Le talisman d'Isabella

Jaclyn Reding

Le talisman d'Isabella

Traduit de l'américain par Perrine Dulac

J'AI LU

Titre original :

THE ADVENTURER
Signet, an imprint of New American Library,
a division of Penguin Putnam Inc., N.Y.

Pour Christine,
une amie merveilleuse.

Embrasse Zach et Jake pour moi.

Le chasseur parcourt aujourd'hui les collines du Sutherland
Et descend vers les eaux claires de la Naver;
Et la terre où depuis des siècles vécut un peuple vaillant
Est maintenant pâture à moutons et à cerfs.
Les manoirs où nos ancêtres ont vu le jour
Ne sont plus que ruines noircies.
Et les cairns couverts de mousse sont tout ce qui reste
Des demeures jadis plaisantes des Mackay…

Inflexibles, ils brandissaient leurs fières enseignes
Quand leurs ennemis payaient rançon;
Et le même noble esprit les inspire aujourd'hui
À secourir les membres malheureux de leur clan.
Les vieillards et les faibles qu'ils ont juré de protéger
Par « main forte » et compassion vigilante.
Car fidèle en amitié et vaillant au combat
Fut toujours le clan Mackay…

Alors ralliez sa bannière et enrôlez-vous !
De nouveau l'étendard est déployé,
Dans le monde entier les cris de guerre ont retenti,
Et les alliances ont été proclamées par le clan.
En exil ou en Écosse, l'amour du pays et du clan
Nous ne le laisserons jamais mourir;
Debout et fiers jusqu'au bout,
Honorons le nom de Mackay.

Elizabeth MACKAY, *Bridge of Allan,*
Écosse, 1889

Prologue

Perché sur son promontoire, l'enfant scrutait la mer.

Il offrait au vent un visage où, malgré ses douze ans, se devinaient déjà les traits émaciés et la mâchoire dure de ses ancêtres gaéliques.

Il avait les cheveux de la couleur de la tourbe, presque noirs, la peau tannée par les vents qui balayaient la lande, des yeux vifs et expressifs, où se retrouvaient tous les tons de vert, d'or et de brun qui tapissaient les collines, et un corps mince et nerveux façonné par d'interminables courses dans les collines.

Le rocher sur lequel il était assis s'appelait « la pierre de Mackay », car des générations de Mackay s'étaient assises sur cette terrasse de granite pour surveiller la mer. Son propre père, Artair Ros Mackay, n'avait pas fait exception.

Le ciel était clair, le temps doux et le vent taquin. La main en visière, le garçon plissa les yeux, scrutant dans le lointain un rocher déchiqueté qui émergeait des vagues telle la dent d'un géant gaélique.

Il fixait ce point… et espérait.

Apparaîtrait-elle aujourd'hui ?

En se retirant, la mer découvrait des épaves – galions espagnols, bricks hollandais, vaisseaux anglais – dont les mâts brisés jaillissaient de l'eau, tels les doigts d'un noyé. Un fort courant les faisait dériver jusqu'au fond de la baie. Certains navires avaient, disait-on, sombré avec leur trésor et, à en croire la légende, ce seraient aux milliers de doublons et de pièces éparpillés dans les profondeurs que le sable du rivage devait sa teinte dorée.

Était-elle là-bas, folâtrant parmi les carcasses endormies ? Se glissant par les hublots et ramassant des pièces d'or espagnoles comme les jeunes Écossaises des bouquets de bruyère et de fleurs sauvages ?

Il avait passé là des heures, des jours, des mois même. S'échappant dès qu'il le pouvait pour aller guetter son apparition.

Tout comme son père.

À un jet de pierre du rivage méridional de la baie se dressait un rocher élancé qu'on appelait *Am Buachaille*, c'est-à-dire le berger. On prétendait que cette haute colonne de grès coupée du continent par des siècles d'érosion marine était un ancêtre Mackay, qui avait attendu si longtemps qu'il avait fini par être pétrifié.

Elle était un mythe.

Un fantasme.

La gardienne du clan.

Et l'on assurait que seul un vrai Mackay pouvait la voir, danser avec elle… l'aimer. Il avait toujours su qu'il lui suffirait de la voir, une seule fois, pour être capable de dire une fois pour toutes que c'était vraiment lui.

Le vrai Mackay.

Mais ce n'était, semblait-il, pas pour aujourd'hui.

Déjà le soleil baissait à l'horizon, baignant d'une lumière crépusculaire les îles qu'on devinait à l'ouest. La nuit tombait, il était plus que temps de rentrer.

Le jeune garçon se leva à contrecœur. Ne risquait-elle pas d'apparaître dès qu'il aurait le dos tourné ?

Il prit le sac posé à ses pieds, plein de coques et de bigorneaux ramassés le long du rivage et dans le loch. Tâche fastidieuse, qu'il faisait pourtant volontiers, car cela lui offrait un prétexte pour aller attendre.

L'attendre elle.

Il fit deux pas en direction des collines. Soufflant de l'ouest, le vent tourbillonnait sur la lande, l'enlaçant, le retenant. Il hésita, car porté par ce même vent il aurait juré avoir entendu un chant, un chant de sirène…

… le chant d'une *maighdean mahra*.

Le garçon se retourna vers la mer.

Et il la vit.

Elle était plus belle encore que dans la légende. Ses cheveux tournoyaient dans le vent comme des rubans noirs, sa mince silhouette se tenait en équilibre sur l'arête rocheuse créée pour elle, pour qu'elle puisse tenir sa cour au milieu des poissons, des fous de Bassan et des macareux.

Assise sur son trône marin, elle le regardait.

Il ne voyait pas ses yeux, mais les savait plus bleus que les profondeurs de l'océan. C'était ce qu'affirmait la légende.

Le temps s'était arrêté. Sans la quitter du regard, il s'avança jusqu'au rivage. Si près… et pourtant si loin. Elle tendit la main, lui fit signe d'approcher. Mais il ne pouvait franchir la distance qui les séparait.

— Viens sur le rivage, sirène… viens danser avec moi.

C'était sa voix, pourtant, il ne se rappelait pas avoir ouvert la bouche.

Elle leva les bras au-dessus de sa tête avec grâce – il retint son souffle, sûr qu'elle viendrait à lui et lui rapporterait la pierre précieuse de son clan. Il attendit. Dans un miroitement vert, elle plongea dans les profondeurs.

Le cœur battant au rythme des vagues qui roulaient sur le rivage, il s'approcha du bord et demeura planté là, dans le sable mou, l'eau lui caressant les pieds et éclaboussant ses jambes nues.

À attendre.

Il attendrait éternellement s'il le fallait.

Comme *Am Buachaille*.

Il vit la mer se fendre, aperçut l'éclat vert de sa queue, et son cœur se mit à battre de plus belle, car il savait qu'elle venait… qu'elle venait à lui, et seulement à lui…

— *Calum ! Calum Mackay !*

Il battit des paupières, ouvrit lentement les yeux.

Mais ce n'était pas la sirène mystique qui lui cachait le soleil.

C'était son frère de lait, Fergus Bain.

Les poings sur les hanches, le dominant d'une bonne tête, le redoutable blond, de quatre ans son aîné, le fixait, l'air menaçant.

— Pendant que tu dors dans l'herbe comme un méchant agneau, Lachlann et moi nous crevons à enlever les pierres de ce maudit champ ! Et tu n'as même pas été fichu de ramasser un seul bigorneau de toute la journée !

— Mais si ! fit Calum en se levant précipitamment. J'ai un sac plein de…

Fergus attrapa le sac avant que le garçon ne s'en saisisse.

— Il est plein de rien du tout, coupa-t-il en le retournant et en le secouant. Pas le moindre bigorneau !

Perplexe, Calum regarda le sac vide.

Il était plein, tout à l'heure, à ses pieds, tandis qu'il regardait la...

Il tourna les yeux vers la baie.

Le rocher qu'il surveillait était désert.

— En rentrant de Durness, ce soir, papa va être content de ne rien trouver d'autre dans la marmite que des pommes de terre et du chou !

Fergus fronçait les sourcils, mais l'étincelle qui brillait dans son regard disait mieux que des mots qu'il savait pourquoi Calum n'avait pas ramassé de bigorneaux.

— Mais je l'ai vue, Fergus. Cette fois, c'est vrai, je te promets ! Elle nageait pour me retrouver sur la grève, quand tu m'as appelé.

— Alors où elle est maintenant ? riposta Fergus en scrutant la baie.

— Je ne sais pas. Tu as dû lui faire peur.

— Mon pauvre garçon, une fois de plus, tu as rêvé. Voilà ce que papa a gagné en te bourrant le crâne avec tous ces bobards, lorsque tu étais petit. Je peux te dire qu'il n'y a pas de sirène dans ces eaux. Rien que des épaves et les os des marins noyés.

Mais Calum savait ce qu'il avait vu et ne pouvait se résoudre à croire que ça n'avait été qu'un rêve. Cela semblait si réel. *Elle* paraissait si réelle.

— Elle était là, je t'assure, Fergus. Je le sais. Je l'attendais debout sur la grève...

— Mais je t'ai trouvé allongé dans le *marchair*.

Baissant les yeux, Calum remarqua l'herbe aplatie par le poids de son corps.

— Ce n'était pas un rêve, insista-t-il en secouant la tête. C'est impossible.

De sa grande main, Fergus ébouriffa la tignasse brune de son cadet.

— Le ressac est un puissant somnifère. Tu étais assis seul ici, le visage chauffé par le soleil, et tu t'es endormi, voilà tout. Oublie ça et tâchons de ramasser quelques bigorneaux pour mettre dans cette fichue marmite ; il ne nous reste qu'à peine une heure de jour. Allez, viens.

Calum empoigna son sac dans un geste de dépit et descendit vers le loch à la suite de son frère.

Fergus avait probablement raison. Il n'y avait sans doute pas plus de sirène dans cette baie que d'or dans les arcs-en-ciel. Ce n'étaient que des contes pour occuper les longues soirées d'hiver, à la lueur des feux de tourbe. Ils nourrissaient l'imagination des Écossais et emplissaient d'idées fantasques la tête des jeunes garçons. Mais Calum n'était plus un enfant. Il était un homme à présent. Il était temps qu'il oublie sirènes et pierres magiques. Il était temps qu'il accepte de ne jamais connaître la réponse à la question qui le hantait : « Qui est le vrai Mackay ? »

Au fond de son cœur, il se savait Mackay jusqu'au bout des ongles, et c'était tout ce qui comptait. Il décida alors de ne jamais revenir sur ce promontoire, de ne plus perdre des heures à guetter ce qui n'existait pas.

Il redressa ses maigres épaules et suivit Fergus en donnant des coups de pied dans les pierres et en frappant du poing les hautes graminées. Une bourrasque fit voler l'extrémité de son tartan. Calum hésita, car, porté par le vent, il aurait juré avoir entendu un chant. Le chant d'une sirène… ?

… le chant de la sirène.

1

C'est dans l'aventure seule que certains parviennent à se connaître – à se trouver.
André GIDE, *Journal*

19 mai 1747
Mon dernier jour à Paris.

Le ciel au-dessus des toits est clair, parfaitement bleu, et moucheté de légers nuages blancs. Je ferme les yeux. L'air est doux, chargé de ces senteurs mêlées que j'ai appris à aimer – la brise du matin, la rose et la miche à peine sortie du four. Les oiseaux pépient sous les frondaisons des marronniers comme des dames autour d'une tasse de thé. Et j'entends des enfants rire, jouer au palet dans une cour voisine, tandis que quelque part, quelqu'un joue du clavecin…

Lady Isabella Drayton leva sa plume de la page de son journal et soupira. Le printemps à Paris. Qu'y avait-il de plus beau au monde ?

Assise dans le jardin de la maison que son père avait louée près de la rue Saint-Honoré, son chocolat refroidissant dans la verseuse, elle ne voyait rien qui l'égalât.

Pendant presque trois mois – quatre-vingt-un jours exactement –, Isabella avait trouvé son bonheur dans la capitale française. Elle avait passé la première semaine à se promener dans le jardin des Tuileries, à admirer les collections royales du palais du Louvre, et à assister à des pièces de Molière au Palais-Royal.

Puis elle avait établi une routine. Le mardi, elle observait l'agitation de la ville en prenant un café au Procope, près du boulevard Saint-Germain. Dans les étroites rues pavées, les voitures filaient à tombeau ouvert. « Gare ! » criaient leurs cochers, quelques secondes avant de manquer d'écraser les piétons qui restaient là à brandir le poing en débitant un chapelet d'injures tandis que les malotrus s'éloignaient dans un fracas de sabots et de roues.

Le mercredi, elle passait la matinée à dessiner – dans le jardin quand le temps était beau, dans le salon donnant sur la rue quand il pleuvait – et à écrire à ses parents et à ses sœurs qui étaient à Drayton Hall, en Angleterre. Catherine, l'aînée des trois plus jeunes filles Drayton, qui n'avait pas encore dix-neuf, la tenait régulièrement au courant de ce qui se passait à la maison. Dans sa dernière lettre, reçue trois jours plus tôt, elle racontait que Mattie, âgée de quatorze ans, était encore « amoureuse » – Isabella ne comptait plus les fois où elle l'avait été – et que Caroline, qui n'avait que neuf ans, s'obstinait à vouloir monter son cher cochon, Homère, à la course d'amazone de la fête de Hexham. Elle avait évidemment réussi à convaincre leur mère, mais le duc était demeuré inflexible.

Les autres jours, on pouvait voir Isabella déambuler sur les quais de la Seine dont les eaux gris-vert miroitaient sous les rayons du soleil matinal. Elle jetait des morceaux de pain rassis aux cygnes et s'arrêtait pour choisir sur les éventaires des marchands des babioles à offrir à ses sœurs.

Parfois, elle s'attardait pour regarder les peintres qui gagnaient leur vie en immortalisant sur la toile des vues de la célèbre capitale. Le plus souvent, elle s'installait pour dessiner elle-même. Notre-Dame, le pont Neuf au crépuscule, les magnifiques vitraux de la Sainte-Chapelle et d'autres lieux encore, afin de garder une trace de son séjour à Paris, l'époque la plus passionnante de sa vie.

Si seulement Elizabeth avait été là, avec elle.

La sœur aînée d'Isabella aurait adoré Paris, ses scènes de la vie quotidienne, ses bruits, ses odeurs. Elle aurait trouvé là matière à nourrir cette joie de vivre qui la caractérisait.

Elizabeth, qui était à présent lady MacKinnon of Dunakin, était la confidente d'Isabella, sa source d'inspiration, celle qu'elle aurait rêvé d'être.

À treize ans, Isabella s'était crue amoureuse de leur voisin, le fils du comte de Chilton, Kentigern Saint-Clive, lui-même âgé de dix-sept ans. Très blond, très beau, il représentait son idéal masculin, et avait une façon de la regarder qui la faisait rougir jusqu'à la racine des cheveux. Mais ce qu'Isabella ignorait – et qu'Elizabeth semblait savoir –, c'est que de nombreuses jeunes filles du Northumberland s'étaient également crues amoureuses de lui. En fait, le jeune Saint-Clive entretenait sa réputation de séducteur en se montrant charmant envers toutes les filles qu'il croisait, depuis la trayeuse de vache jusqu'à la jeune fille de bonne famille.

Isabella devait découvrir la terrible vérité le jour de la fameuse fête de Hexham où Caroline avait décidé de monter son cochon.

C'était l'une de ces belles journées ensoleillées où le ciel paraît immense. Isabella avait cueilli des marguerites sur la berge de la Tyne et les avait effeuillées, jetant les pétales au vent.

Il m'aime.

Un peu.

Beaucoup.

Pas du tout.

À cet instant, Isabella avait trébuché sur son bien-aimé allongé entre les bras – et les jambes très nues – de Maggie Flowerdew, plus connue dans la région sous le nom de Maggie la Déflorée.

Comme la plupart des jeunes filles bien élevées, le spectacle des désirs humains les plus extrêmes lui avait été épargné. Ainsi, elle n'avait jamais vu et n'aurait jamais imaginé que pût exister ce qui s'étalait devant elle, sur cette colline balayée par le vent. Elle avait failli s'évanouir à leur vue. Que ne l'avait-elle fait, au lieu de se tenir là comme une gourde, le souffle coupé, à les fixer avec horreur, tandis qu'ils se relevaient dans un désordre de peaux blanches et de vêtements enfilés à la hâte !

Maggie avait beaucoup ri de la naïveté d'Isabella.

Kentigern Saint-Clive avait simplement paru contrarié.

Quand Isabella avait été enfin en mesure de parler, elle n'avait réussi à prononcer qu'un seul mot :

— *Pourquoi ?*

— Vous n'êtes qu'une enfant, Bella Drayton, avait rétorqué Saint-Clive, sa culotte maladroitement remontée et de la luzerne accrochée à ses cheveux couleur sable.

Il aurait aussi bien pu lui dire qu'elle avait des cornes sur la tête et le groin d'Homère en guise de nez.

Isabella avait été profondément humiliée. Pour toute réponse, elle avait lâché ses marguerites et s'était réfugiée dans le sanctuaire de la voiture familiale pour pleurer tout son soûl contre les coussins de velours, tandis que le reste de sa famille dégustait des tartes aux myrtilles et assistait aux courses, sans se douter qu'elle avait le cœur en lambeaux.

Tous sauf Elizabeth.

Ayant découvert Isabella, elle l'avait tenue dans ses bras en lui caressant les cheveux jusqu'à ce que ses sanglots s'apaisent et que ses larmes se tarissent. Puis Elizabeth avait fait quelque chose de si téméraire et audacieux qu'on en parlait encore chaque année, à la fête de Hexham.

Selon une antique tradition, le dernier concours de la journée, avant que chacun rassemble affaires et enfants pour regagner le village, était le concours de tir à l'arc. Les fils des gentilshommes de la région y participaient toujours, et depuis trois ans, c'était Kentigern Saint-Clive qui remportait le prix. Cette année, cependant, toutes les têtes s'étaient tournées vers Elizabeth quand elle avait annoncé son intention de concourir.

Des murmures désapprobateurs avaient jailli de toutes parts. Qu'une demoiselle, fille de duc de surcroît, veuille se mesurer à tous ces jeunes gens !

« Honteux », avait-on entendu.

« Scandaleux. »

Mais leur père, qui adorait Elizabeth et la préférait à ses quatre autres filles, avait donné son accord. C'était l'un des avantages d'avoir un duc pour père ; on pouvait accepter un certain degré d'inconvenance.

Les cibles avaient donc été installées. Les archers, dont certains étaient manifestement déconcertés à l'idée de se mesurer à la fille du duc de Sudeleigh, s'étaient mis en ligne sans enthousiasme. Et si

Elizabeth n'avait pas remporté le prix, cet après-midi-là, elle avait atteint son but en plantant sa flèche dans un gros et vieux chêne…

… chêne contre lequel Kentigern Saint-Clive était appuyé.

De sa vie, Isabella n'oublierait le spectacle qu'offrait le superbe Saint-Clive, figé d'effroi, l'extrémité emplumée de la flèche fichée dans l'arbre à angle droit… entre ses cuisses, et à moins de cinq centimètres sous l'entrejambe de sa culotte tachée d'herbe.

Il en avait toujours été ainsi en ce qui concernait les deux sœurs. Devant Elizabeth, éblouissante avec sa chevelure rousse et ses yeux étincelants, Isabella la brune n'avait d'autre choix que de jouer les ombres, enviant sa sœur pour son esprit et son audace, espérant parvenir, ne serait-ce qu'une seule fois, à se montrer aussi audacieuse.

Mais à présent, Elizabeth était en Écosse, mariée à son beau Highlander de mari, et aux yeux d'Isabella aucun homme ne convenait mieux à sa fougueuse sœur que l'imposant Douglas MacKinnon. Il avait découvert en elle une vulnérabilité qu'elle avait volontairement niée durant la première partie de sa vie. Il avait en même temps su exalter son esprit, et cette volonté obstinée qui était sa marque.

Ils se complétaient parfaitement. Mais ne devait-il pas en être toujours ainsi en amour ? Une rencontre fortuite…

Ou une pantoufle cherchant le pied qui lui est destiné ?

D'une manière ou d'une autre, comme par magie, le destin se réalisait.

Pour certains en tout cas.

Apparemment pas pour Isabella.

Son séjour à Paris devait être son aventure, l'occasion de rencontrer son destin.

Sa dernière chance.

Avant son départ d'Angleterre, il avait été entendu que ses parents profiteraient de son absence pour dresser une liste de prétendants possibles. C'était Isabella qui en avait décidé ainsi. C'était sa façon à elle d'adresser un ultimatum au destin.

Contrairement à Elizabeth, qui serait volontiers restée vieille fille si elle n'avait pas rencontré Douglas, à presque vingt-quatre ans, Isabella avait la ferme intention de se marier et, si possible, d'avoir des enfants. Son éducation à Drayton Hall, au fin fond du Northumberland, l'avait protégée, elle s'en rendait bien compte. En dehors de Kentigern Saint-Clive, elle avait eu fort peu de relations avec le sexe opposé. Elle n'était allée qu'une seule fois à Londres, mais elle était trop jeune, à l'époque, pour faire autre chose que se promener dans le parc, ou accompagner sa mère chez la modiste, et attendre sagement sur un tabouret capitonné, pendant que la duchesse, objet d'un grand empressement, faisait ses essayages.

Aussi, qui mieux que ses parents étaient à même de décider qui lui conviendrait ? Leur mariage avait été arrangé, et il était difficile de rencontrer deux personnes plus heureuses ensemble.

Ce n'était pas que le destin ne lui ait pas fourni de nombreuses occasions. Durant son séjour à Paris, Isabella avait assisté à d'innombrables soirées et réunions mondaines. Elle avait été présentée, flattée et même admirée par de nombreux messieurs. Français et Anglais, comtes, vicomtes, marquis, tous s'étaient montrés affables ; certains étaient même beaux, mais aucun ne lui avait inspiré le moindre sentiment.

Tout le monde n'était peut-être pas appelé à vivre une aventure. Beaucoup devaient se contenter de mener une vie confortable, mais ordinaire, sans rencontres de hasard, sans imprévu…

… sans mystérieux galant portant la fameuse pantoufle.

C'était le cas de ses parents. Ils menaient depuis plus de vingt-cinq ans une vie rangée et ordinaire.

Elle poussa un profond soupir.

— Il n'est pas trop tard, tu sais, murmura-t-elle en regardant les nuages. Si tu as prévu quelque chose, cher destin, il reste encore un jour, une dernière nuit avant d'abandonner définitivement toute idée d'aventure.

Le lendemain, Isabella retournerait en Angleterre, après s'être arrêtée au château de Versailles. Quelques mois plus tôt, le duc et la duchesse avaient reçu une invitation du roi, mais ils n'avaient pu accompagner leur fille en France. Le duc avait donc envoyé Isabella avec sa propre sœur, Idonia Fenwycke, alors veuve, pour présenter les respects de la famille à Louis XV et à la reine Marie. Isabella était si heureuse à Paris qu'elle n'était pas pressée de quitter la capitale pour la pompe de la cour, elle avait donc repoussé cette visite jusqu'au dernier moment.

Elle s'arrêterait brièvement à Versailles, avant de rejoindre Calais, où elle embarquerait pour l'Angleterre. Et ensuite ? Elle retrouverait sa vie, l'avenir qui l'attendait – un avenir qui compterait bientôt un mariage, des enfants, et un mari qu'il lui restait à rencontrer.

Si l'idée du mariage était en soi excitante, Isabella ne pouvait s'empêcher d'éprouver quelque appréhension à la perspective d'épouser un inconnu. Elle n'ignorait pas les rapports intimes qui existaient entre un homme et une femme.

Après tout, elle en avait vu une illustration à cette fête, et avait entendu assez de remarques sibyllines au cours des thés que donnait sa mère. Toutefois, c'était Elizabeth qui lui avait tout expliqué, répondant à ses questions avec une honnêteté et une candeur qui avaient sidéré Isabella.

C'était juste avant le départ de celle-ci pour la France. Les deux jeunes femmes étaient assises dans la chambre d'Elizabeth, dans la demeure des MacKinnon à Édimbourg. Elizabeth avait annoncé à sa sœur qu'elle attendait un enfant pour la fin de l'été. Cette nouvelle avait fait naître chez Isabella un sentiment nouveau. Elle avait toujours souhaité avoir des enfants, mais ce n'est qu'à cet instant, devant la joie sereine de sa sœur, qu'elle avait vraiment éprouvé le désir d'être mère.

Et depuis cette envie n'avait cessé de croître.

— Cela paraît tellement intime, avait commenté Isabella. Faire cela avec un homme.

— Pour être intime, ça l'est, avait admis Elizabeth. En fait, il n'y a rien de plus intime. Mais crois-moi, ça ne se réduit pas à ce que tu as vu en découvrant ce misérable Saint-Clive à la fête. C'est beaucoup, beaucoup plus que cela. Quand il s'agit de l'homme avec qui tu dois passer ta vie, c'est l'expérience la plus naturelle, la plus évidente et la plus belle qu'une femme puisse vivre.

— Mais comment peux-tu savoir, Bess ? Comment savoir qu'on a trouvé l'homme qui nous convient ? On ne peut pas dire que les ménages heureux courent les rues. Regarde les amis de nos parents. Il y en a autant d'heureux que de malheureux. Toi-même quand tu as vu Douglas pour la première fois, tu ne te doutais pas que c'était le bon. Si je me souviens bien, tu l'as pris pour un fermier obtus...

— Bella, je t'en prie, ne me le rappelle pas. C'est moi qui étais idiote.

— Mais c'est toi qui l'as trouvé, Bess. Dans des circonstances presque incroyables, tu as déniché celui qui t'était destiné. Tu fais partie de celles qui ont de la chance. Tu en as toujours eu.

— Et tu en auras, toi aussi, avait assuré Elizabeth en étreignant la main d'Isabella.

Toi aussi...

— Bella ? Bella, chérie ?

La voix qui provenait de l'intérieur de la maison arracha Isabella à ses pensées.

— Bella, tu es là ?

Isabella se tourna vers la porte. Elle se rendit alors compte qu'elle avait les yeux humides de larmes.

Elle les essuya en hâte et se redressa.

— Oui, ma tante, répondit-elle. Je suis ici. Dans le jardin.

En réponse, elle perçut un froissement de brocart.

— Ah, tu es là !

Lady Idonia Fenwycke était la sœur aînée du père d'Isabella, mais hormis la rondeur du visage et le menton volontaire, ils ne se ressemblaient pas du tout. Ces traits, qui contribuaient à rendre son père plus imposant, plus ducal, donnaient à sa tante un air hommasse qui contrastait avec sa petite taille et la touffe de cheveux blancs frisottants qui sortait de sous son bonnet telle une queue de lapin.

Quelque peu écervelée (Elizabeth la qualifiait aussi de « bornée »), lady Idonia avait donc accompagné sa nièce à Paris, lui rebattant les oreilles de son précédent séjour dans la capitale française lorsque son mari, lord Fenwycke, était encore de ce monde, pendant le règne de Louis XIV, le Roi-Soleil.

Elle se croyait parfois revenue à cette époque.

— Tiens, chérie, fit-elle en tendant à Isabella un parchemin plié et scellé. Ceci vient d'arriver pour toi.

Isabella prit la lettre et reconnut immédiatement l'écriture de sa mère.

— Elle vient de Drayton Hall, remarqua-t-elle, troublée.

La duchesse avait promis de lui écrire avant qu'elle ne quitte Paris pour lui faire savoir quel mari ils lui avaient choisi. Elle devait préciser son nom, son rang et tout ce qu'elle savait de lui, afin qu'Isabella profite des quelques jours que durerait le voyage de retour pour étudier leur choix.

Comme la lettre n'était pas arrivée durant les semaines précédentes et que Catherine n'en avait fait mention dans aucune de ses missives, Isabella en avait déduit que le duc et la duchesse n'avaient trouvé aucun parti possible.

Jusqu'à présent.

En retournant la lettre pour en briser le sceau, Isabella songea qu'une fois qu'elle l'aurait lue, sa vie ne serait plus jamais la même.

Elle hésitait donc, fixant le sceau qui représentait les armoiries de la famille, comme s'il s'agissait de la boîte de Pandore.

— Tu ne vas pas l'ouvrir, ma chérie ?

— Quoi ? fit Isabella en levant la tête.

— La lettre, chérie. Tu vas la lire ?

Après un ultime regard à la missive, Isabella la fourra entre les pages de son journal, puis se tourna vers sa tante en secouant la tête.

— Pas tout de suite, ma tante. Peut-être plus tard. C'est notre dernière journée à Paris et je ne veux pas perdre une minute. Et puis, n'est-ce pas l'heure de notre promenade sur les quais ?

2

Il existe en Écosse, au-delà de la frontière des Highlands, un coin isolé où les fantômes du passé semblent plus proches de la terre que du ciel. Les vents du nord, de l'ouest et de l'est s'y combattent sans répit, et le soleil parvient rarement à percer l'épais voile d'obscurité et de brouillard qui le recouvre en permanence.

La flotte du roi scandinave Haco, arrivée en 1263, l'appelait simplement le *Hvarf*; le gaélique ancien le connaissait sous le nom d'*Am Parbh*. Les deux noms désignaient, sur la côte septentrionale écossaise, le « tournant », à partir duquel les marins, durant des siècles, prenaient la direction du sud ou de l'est. Ce fut toutefois l'anglais, dont la langue corrompait si souvent les autres, qui devait donner à ce lieu le nom qui lui est resté et qui lui convient parfaitement.

Le cap Wrath[1].

Calum Mackay se tenait justement là, à l'extrémité de l'ancienne terre de Calédonie, sur un promontoire de roche rouge surplombant la mer déchaînée. Des cormorans tournoyaient au-dessous de lui telles des feuilles emportées par la brise, car il se trouvait à cent vingt mètres au-dessus du niveau de la mer. Seul, sur la falaise balayée par le vent, il

1. *Wrath* signifie « colère » en anglais. (*N.d.T.*)

regardait les voiles d'un bateau dans sa lunette. Le vent soulevait les extrémités de son tartan et faisait voler ses cheveux autour de son visage. Mais tant que les voiles n'eurent pas disparu à l'est, dans les brumes, il demeura parfaitement immobile.

S'il s'était observé à travers les lentilles de la lunette, Calum ne se serait sans doute pas reconnu. Il ressemblait davantage à un guerrier celte qu'au fils de famille qui avait fréquenté l'université d'Édimbourg quelque dix ans plus tôt. Il avait les cheveux longs, plus longs qu'il ne l'aurait voulu, le bas du visage couvert d'une barbe en broussaille, le tour des yeux et le nez burinés par le soleil et l'air marin. Sa mâchoire, carrée sous la bouche dure, dénotait un caractère inflexible sinon entêté.

C'était un homme qui se laissait difficilement fléchir. Une fois sa décision prise, il était pratiquement impossible de le faire changer d'avis. Sa tenue reflétait son caractère. Sous son manteau, il portait le kilt vert foncé, noir et bleu, et l'épée à deux tranchants de son père dont la poignée gainée d'osier était fixée à la taille en même temps qu'une paire de pistolets, toujours chargés et amorcés.

Les Anglais ne les avaient pas encore mis hors la loi, bien que, d'après la rumeur, la mesure fût imminente. Mais Calum ne s'en souciait pas. Car tant qu'il lui resterait le moindre souffle, le gémissement de la cornemuse serait porté par le vent furieux, et la lame fendrait l'air pour séparer le bien du mal.

Sur le cap Wrath, les lois de l'Anglais n'avaient pas cours.

— Ils sont partis ?

Le vent soufflait avec tant de violence que Calum n'avait pas entendu l'homme approcher.

Il se retourna, hocha affirmativement la tête, puis regarda une dernière fois dans sa lunette pour s'assurer que le bateau était bien parti.

— Oui, il vient juste de passer au large de Whiten Head. Avec ce vent, ils croiseront le bateau de Belcourt avant d'arriver en vue du golfe.

Avec ses deux mètres, Malcolm Mor MacCuick ressemblait à un chêne vénérable. Ses cheveux poivre et sel frôlaient ses larges épaules. Sous des yeux qui avaient contemplé toute la misère du monde, son visage était mangé par une barbe hirsute.

Ses bras étaient assez puissants pour étouffer un homme ; Calum l'avait vu faire. Armé d'une claymore, l'homme était à lui seul une machine de guerre.

Il avait fait sa connaissance dans la Manche, sur le pont d'une frégate, à l'instant de se colleter avec six hanovriens qui prétendaient le mettre aux fers. MacCuick avait jeté le premier par-dessus bord et le deuxième dans l'écoutille. En un clin d'œil, il avait liquidé les trois suivants et décoché au dernier un coup de tête qui lui avait fait exploser le crâne.

Ce n'est que plus tard que Calum découvrit que MacCuick n'aurait jamais dû être là. Le bateau était une prison flottante transportant des prisonniers jacobites dans les colonies. Et MacCuick n'était pas plus jacobite que le gros Hanovre qui occupait le trône usurpé de Saint-James.

Fermier, père et mari, Malcolm MacCuick vivait auparavant dans une petite ferme aux environs d'Inverness. Son seul crime avait été de se trouver au voisinage du champ de bataille de Culloden.

C'était le 16 avril de l'année précédente, par un matin glacial. Aidé de son fils, MacCuick labourait sous la pluie. Il avait entendu le canon tonner sur la lande, les cris des hommes chargeant. Mais il était bien décidé à ne pas s'en mêler. La Couronne avait promis d'épargner ceux des Écossais qui refuseraient de rejoindre la rébellion. Quelles que fussent ses opinions politiques, MacCuick avait une femme et une fille, et son fils n'avait pas treize ans. Sa famille avait davantage besoin de lui que l'intrépide prétendant au trône Charles Édouard Stuart, dont l'armée était bien inférieure à celle du duc de Cumberland.

Mais la guerre n'avait pas cru bon de laisser Malcolm MacCuick à l'écart.

Les premiers blessés étaient arrivés au milieu de l'après-midi, portés ou soutenus par des camarades eux-mêmes mal en point. MacCuick était un géant au grand cœur, incapable de fermer sa porte aux rebelles blessés, comme de résister au regard suppliant de sa fille de six ans, prénommée Mary comme sa mère.

— Nous allons les aider, n'est-ce pas, papa ? lui avait-elle demandé.

Quand les Anglais étaient arrivés, une vingtaine de blessés étaient allongés sur la paille dans son étable. Rendu fou par le massacre qu'il venait de quitter, leur capitaine n'écouta pas les explications de MacCuick. Il ordonna qu'on les tue, sa famille et lui, avant de mettre le feu à l'étable.

Mais Malcolm Mor MacCuick avait survécu.

Étendu sur le sol, blessé au flanc, il entendait les hurlements des rebelles dévorés par les flammes, et son fils, sa fille et sa femme agoniser à ses côtés. Il entendait les rires des soldats anglais qui mettaient à sac sa pauvre maison, tuaient ses moutons et ses vaches, et fracassaient l'une après l'autre ces assiettes qui étaient le bien le plus précieux de son épouse.

Le surlendemain, une bande de rebelles l'avaient découvert. Ils avaient soigné ses blessures et partagé avec lui leurs maigres provisions. Une semaine plus tard, surpris par un détachement gouvernemental tandis qu'ils essayaient de traverser la Ness, ils avaient été capturés et jetés en prison avant d'être condamnés puis envoyés aux colonies comme criminels.

Mais le bateau de MacCuick n'était jamais arrivé à destination. En doublant Rattray Head, sur la côte orientale de l'Écosse, il avait été rattrapé par un autre bateau d'un gris spectral qui, selon l'équipage anglais, ne pouvait être qu'un vaisseau fantôme. Il fendait le brouillard au son de la cor-nemuse, indéfiniment répété par le vent comme le gémissement d'un *bean sidhe*.

Ce bateau, l'*Aventurier*, était le bateau que Calum venait de voir disparaître à l'est.

— Une fois qu'ils auront les « bibles » de Belcourt, nous aurons la pièce qui nous manquait, déclara Calum à MacCuick en quittant son poste d'observation.

— Il ne nous reste plus qu'à attendre.

Château de Versailles

Isabella se trouvait à une extrémité du salon de l'Œil-de-bœuf, au milieu d'une foule de courtisans, d'émissaires, de valets de pied en livrées et de gardes. Dans une cacophonie où se mêlaient français, anglais, italien et portugais, chacun cherchait à se faire remarquer.

Les vastes jupes à paniers, en soie et en satin aux couleurs éclatantes, se froissaient dans la bousculade générale. L'air était chargé d'un étonnant mélange d'odeurs, où dominait celle de la sueur, combattue par la bergamote, le néroli et l'ambre.

À mesure que l'heure avançait, la foule paraissait augmenter, si bien qu'Isabella eut bientôt du mal à respirer.

— J'espère qu'il ne tardera pas, murmura-t-elle pour elle-même, tout en essayant de protéger l'encombrante boîte qu'elle transportait.

C'était un cadeau pour le roi de la part de son père, et l'apporter jusque-là n'avait pas été tâche facile.

Apercevant par une fenêtre les jardins du château, elle eut envie d'aller prendre l'air, mais se retint, sachant qu'elle ne pouvait risquer de laisser passer son tour, quand son nom serait enfin appelé.

Arrivées quelque trois heures plus tôt, les deux femmes avaient donné au garde qui avait arrêté leur voiture la lettre censée leur obtenir une audience du roi. Et elles avaient été introduites dans le salon pour attendre…

… et attendre…

… et attendre encore, tandis que la foule grossissait au point qu'Isabella doutait qu'une personne de plus pût entrer dans la pièce.

C'est alors qu'elle avisa une femme, dont la jupe mesurait près de deux mètres de large, qui forçait le passage, tel un cuirassé enrubanné, et pénétrait dans le salon bondé.

La pièce pouvait donc accueillir une personne de plus.

— Tu le vois, ma chérie ? s'enquit tante Idonia.

La bonne dame mesurait tout juste un mètre cinquante, si bien qu'Isabella apercevait à peine sa tête, bien qu'elle fût dressée sur la pointe des pieds et qu'elle tendît le cou au-dessus de son col de dentelle pour tenter d'apercevoir quelque chose.

— Tu vois le Roi-Soleil ? reprit-elle.

— Ma tante, le Roi-Soleil n'est plus de ce monde. Le roi actuel est son arrière-petit-fils, Louis XV.

Elle préféra ne pas préciser que si, par un caprice de la Providence, le précédent Louis était toujours de ce monde, il aurait cent neuf ans.

— Seigneur, souffla Idonia avant qu'un coup de trompette n'annonçât que le capitaine des gardes s'apprêtait à appeler le nom suivant.

Isabella regarda autour d'elle. Il était impossible que le roi reçût tout le monde. Tandis que la porte donnant dans les appartements privés du monarque s'ouvrait et se refermait, elle commençait à se demander si elle ne s'était pas fourvoyée.

Voix étouffées. Cous tendus. Le salon tomba dans un tel silence qu'Isabella entendit à côté d'elle le gargouillement d'un estomac affamé. Soudain, une voix, à l'autre bout du salon, tonna :

— Lady Isabella Drayton et lady Idonia Fenwycke de Drayton Hall dans le Northumberland !

Le cœur d'Isabella bondit.

Des têtes se tournèrent de droite et de gauche, fouillant la foule à la recherche des étrangères qui avaient été appelées. Il y eut des chuchotements, des murmures, des grommellements aussi. Isabella coinça la boîte sous son bras, attrapa la main de sa tante et se fraya un passage jusqu'à la porte.

— Pardon… Excusez-moi… S'il vous plaît, monsieur…

L'opération prit plusieurs minutes et beaucoup d'effort, et quand elles atteignirent enfin leur but, le capitaine s'apprêtait à appeler le nom suivant.

— *Non !* s'écria-t-elle.

— Oui, mademoiselle ? fit l'homme en considérant Isabella d'un air ébahi.

— Vous venez de m'appeler. Je suis lady Isabella Drayton, répondit-elle dans un français impeccable. Et voici lady Fenwycke.

— Le roi n'aime pas attendre, mademoiselle, lui rappela le capitaine d'un ton sévère.

— Oui, j'en suis certaine, mais je…

L'homme tourna les talons et franchit la porte.

— Oh, non ! gémit Isabella. Nous avons mis trop de temps à traverser la foule. Nous ne pourrons jamais voir le…

— Mademoiselle, chuchota le garde qui se tenait, telle une statue, à côté de la porte. Vous devez suivre le capitaine.

— Oh, merci beaucoup ! dit Isabella en lui adressant un sourire.

— Mademoiselle Drayton.

Le capitaine était réapparu, la mine contrariée.

— Souhaitez-vous oui ou non voir le roi de France, ce matin ? demanda-t-il.

— Bien sûr que oui, répondit-elle en lui emboîtant le pas.

Sans un mot, il leur fit traverser une demi-douzaine de salons somptueux aux murs tendus de riches soieries rouges que faisaient chatoyer des lustres scintillants. Leurs pas résonnaient sur le sol de marbre noir et blanc. On avait l'impression de quitter le monde des mortels pour entrer dans l'Olympe. Impression renforcée par les noms des salons qu'ils traversaient – Vénus, Diane, Mars, Mercure – dont les plafonds étaient décorés de scènes illustrant la vie de leurs divins homonymes.

Ils arrivèrent dans le plus beau salon de tous, le salon d'Apollon, qui servait de salle du trône. En y pénétrant, Isabella demeura bouche bée. Ce qui s'offrait à son regard était époustouflant.

Les murs étaient tendus de soie or et argent. La pièce était entourée de candélabres figurant des déesses de taille humaine sous une représentation d'Apollon traversant le plafond dans son char. Un portrait de Louis XIV en manteau d'hermine ornait l'un des murs. En face était accroché un autre portrait dont le sujet arborait le même manteau et la même pose. C'était le portrait du roi Louis XV adolescent. Il ne devait pas avoir vingt ans.

Plusieurs gardes et ministres se trouvaient dans le salon. Ils regardèrent Isabella et sa tante entrer en bavardant tranquillement. Le trône se trouvait à l'autre bout de la salle sur une estrade recouverte d'un riche tapis doré sous un vaste dais rouge et or.

Le capitaine s'arrêta devant le trône, inclina la tête et annonça :

— Lady Isabella Drayton et lady Idonia Fenwycke de Drayton Hall dans le Northumberland.

Quelques secondes s'écoulèrent, puis une voix s'éleva :

— Avancez, mademoiselle.

Isabella avait entendu dire dans les salons parisiens que Louis était beau, et c'était vrai. Depuis sa perruque parfaitement coiffée et poudrée jusqu'aux talons rouges de ses chaussures à boucle, avec sa lippe et ses yeux bruns au-dessus d'un nez Bourbon, il était d'une beauté imposante. Il semblait de taille moyenne, pourtant, alors même qu'il était assis, toutes les personnes présentes semblaient petites comparées à lui.

Isabella s'immobilisa devant l'estrade et plongea en une gracieuse révérence. Idonia l'imita.

— Sire, Votre Majesté me fait beaucoup d'honneur en acceptant de me recevoir, dit Isabella en se redressant. Mes parents, le duc et la duchesse, m'ont chargée de porter à Votre Majesté ainsi qu'à

Sa Majesté la reine leurs hommages très respectueux.

Le roi la considéra avec un sourire aimable tout en pianotant avec ses doigts.

— Nous attendions votre arrivée, mademoiselle. À la lecture de la lettre de votre père, je crois comprendre que vous avez passé plusieurs semaines à Paris ?

— En effet, Sire. C'était mon premier séjour en France.

— Notre belle ville vous a-t-elle plu ?

— Oh oui, Sire ! Je n'ai jamais rien vu de plus admirable.

Cette réponse parut plaire au roi, car il sourit de plus belle.

— Eh bien, j'espère que vous reviendrez.

Baissant les yeux, Isabella remarqua la boîte qu'elle avait posée à ses pieds. Elle se pencha pour la ramasser.

— Mon père m'a chargée de remettre ce modeste présent à Votre Majesté, fit-elle en tendant le paquet rond.

— On dirait une boîte à chapeau, mademoiselle ! Dites-moi, mon ami le duc m'enverrait-il un chapeau anglais pour remplacer ma couronne de France ?

Il rit de sa plaisanterie tout en s'emparant de la boîte. C'est alors qu'un bruit en sortit, une sorte de miaulement haut perché, qui rompit le silence.

— Qu'est-ce que c'est ? demanda Louis, intrigué. Un chapeau… qui geint ?

Il tira sur le ruban qui fermait la boîte et l'ouvrit, découvrant un chaton blanc sur un coussin à glands. C'était un angora persan que son père avait eu du mal à se procurer, et qui avait passé les dernières semaines avec Isabella à rôder dans son hôtel parisien. Il aurait maintenant tout un palais à explorer.

Le chaton leva la tête, regarda le roi en clignant des yeux et poussa un nouveau miaulement.

— Mais ce n'est pas une boîte à chapeau. C'est une boîte à chat !

Tandis que tout le monde s'esclaffait, Louis prit le chaton dans ses bras et le caressa derrière les oreilles.

L'animal ronronna de plaisir.

— Votre père sait combien j'aime les chats, fit le roi en portant le chaton à son visage. Mais comment allons-nous t'appeler, mon petit ?

— Si je puis me permettre, Sire. Pendant que nous étions à Paris, j'ai pris l'habitude de l'appeler Étoile.

— C'est parfait ! Parce qu'il est si lumineux et resplendissant...

— Et c'est un excellent voyageur. Durant tout le trajet jusqu'ici, il est resté pelotonné au fond de la voiture.

Louis se tourna vers la jeune femme d'une singulière beauté qui s'était approchée et se tenait près de lui, telle une colombe.

— Regardez, ma chère... Ce petit chat n'est-il pas ravissant ?

La dame inclina la tête en souriant et se mit à caresser le chaton avec grâce et naturel. Ce ne pouvait être la reine, songea Isabella, car Marie avait quelque sept ans de plus que Louis, et depuis la naissance de leur dixième enfant, les époux n'avaient guère de relations. Le roi et la jeune femme discutaient à voix basse, et quand celle-ci caressa la joue de Louis, Isabella comprit qu'elle n'était autre que la maîtresse du roi, la fameuse marquise de Pompadour.

Ce que confirma un instant plus tard le roi lui-même.

— La marquise serait heureuse que vous nous honoriez de votre présence, ce soir, lors d'un petit souper dans ses appartements.

Un souper ? Son père n'avait pas prévu qu'elle s'attarde au château.

— Sire, je remercie Votre Majesté. Ce serait pour moi un grand honneur, mais je crains de ne pouvoir accepter.

Isabella entendit quelqu'un suffoquer derrière elle, et vit plusieurs courtisans ouvrir la bouche de surprise. L'un d'entre eux secoua la tête avec désapprobation. Le roi et sa maîtresse n'avaient manifestement pas l'habitude d'essuyer un refus.

— Je voyage avec ma tante, Sire, s'empressa-t-elle d'expliquer, et nous sommes en route pour l'Angleterre. Nous n'avions pas envisagé de passer la nuit à Versailles, et nous comptons rejoindre la côte aujourd'hui même. Et puis, nous n'avons pas réservé de chambre pour la nuit.

— Mon secrétaire, Pitou, se fera un plaisir d'y remédier. Nous trouverons dans le château un appartement pour vous et votre chère tante.

Il jeta un regard sur sa droite, à Pitou probablement, qui s'inclina et disparut.

— Vous voyez, c'est arrangé. Ainsi, au lieu de vous enfourner dans une voiture grinçante, vous allez pouvoir passer la journée à jouir des plaisirs de Versailles. Et demain, vous partirez reposée pour Calais. Et je peux même vous procurer un compagnon de voyage.

Il fit signe à un homme d'un certain âge, la tête coiffée d'une imposante perruque, qui s'avança avec empressement.

— Lord Belcourt, qui est venu passer quelque temps ici, repart demain pour l'Angleterre. Je suis sûr qu'il sera heureux d'emmener deux charmantes dames dans sa voiture jusqu'à Calais.

— Bien sûr, Sire, fit l'homme. En fait, nous devons prendre le même bateau, et comme je connais le père de lady Isabella, ce serait un honneur pour moi d'accompagner ces dames à Édimbourg.

— Merci beaucoup, Milord, répondit Isabella, ne sachant comment refuser. Sire, ajouta-t-elle en plongeant de nouveau en une profonde révérence, Sa Majesté nous comble.

— À ce soir donc, mademoiselle.

3

Les jardins du château étaient aussi grandioses et extraordinaires que les bâtiments eux-mêmes.

Des fontaines en bronze doré scintillaient sous le soleil d'été. Les roses étaient plus belles et exhalaient un parfum exquis. Des haies de buis taillées déployaient leurs formes élégantes. Même les oiseaux voletant autour des cerisiers semblaient chanter avec plus de légèreté, offrant l'illusion d'un paradis intact.

Guidées par un page désigné par le roi, Isabella et Idonia passèrent l'après-midi à admirer les merveilleuses fontaines d'Apollon et de Neptune, les parterres bordés d'arbres exotiques, à se promener sur le Grand Canal et à goûter les fruits exquis de l'orangerie. Elles gravirent les fameuses Cent Marches et s'arrêtèrent pour reprendre leur souffle sur la terrasse surplombant le tapis vert.

Moins d'un siècle plus tôt, cet éblouissant panorama n'était qu'un modeste pavillon de chasse au milieu d'hectares de marécages, sans bois, sans eau, sans vue. En l'espace de cent ans, l'endroit avait été transformé comme par magie en quatorze bosquets et chambres de verdure, séparées par des charmilles, au cœur desquelles se cachaient des statues évoquant la Grèce antique et des fontaines alimentées par des systèmes hydrauliques grâce auxquels l'eau dansait et bouillonnait.

Il était impossible d'en faire le tour en un après-midi, mais elles virent l'essentiel, achevant leur visite par le célèbre jeu de mail. Là, tandis qu'Idonia assistait à une partie, Isabella préféra se promener dans le labyrinthe pour réfléchir à la soirée à venir.

À l'idée d'être entourée d'étrangers en représentation et de devoir parler d'elle, elle avait l'estomac noué. Elle ne devait s'arrêter que brièvement à Versailles, or voilà qu'elle y passait la nuit, et, pire, soupait avec le roi dans les appartements privés de sa maîtresse !

Comment cela était-il arrivé ?

Une telle perspective aurait transporté de joie n'importe qui.

N'importe qui excepté Isabella.

Contrairement à sa sœur, qui brillait dans le monde et aimait à échanger des idées et à donner son opinion sur des sujets variés, Isabella préférait observer. Elle se contentait de confier ses pensées aux pages de son journal et de son carnet de croquis, pensées qu'elle n'imaginait pas partager avec quiconque.

Tout en se promenant entre les haies du labyrinthe, elle essayait de se convaincre qu'elle n'avait rien à craindre. S'il était une chose qu'elle avait réussi à perfectionner en vingt-trois ans d'existence, c'était l'art de se rendre invisible dans une pièce bondée. Elle s'assiérait discrètement et sourirait quand on s'adresserait à elle, elle examinerait son assiette ou regarderait les autres jouer leurs rôles. Puis, dès que les convenances le permettraient, elle s'éclipserait, comme elle le faisait lors des innombrables dîners que donnaient ses parents à Drayton Hall. Et au matin, elle partirait pour l'Angleterre, Versailles ne serait plus alors qu'un agréable souvenir à conter à ses enfants à l'heure du coucher.

Par saint Georges, qui croyait-elle tromper ?

Un simple dîner, vraiment ! À Versailles, rien n'était simple. Même si elle essayait de les chasser, mille et une questions lui tournaient dans la tête.

Que dirait-elle ?

Comment s'habillerait-elle ?

Comment se coifferait-elle ?

Comment se coiffer sans sa femme de chambre ?

Ne comptant pas passer la nuit à Versailles, Isabella avait envoyé Sofia à Calais avec les malles et les paquets. De sorte qu'elle n'avait sur elle que l'élégante robe qu'elle portait en ce moment même et les vêtements de voyage destinés à la traversée.

La coiffure que lui avait faite Sofia, un simple chignon sur la nuque, convenait pour une visite, et s'accommodait très bien d'un chapeau de paille. Mais pour un souper, l'étiquette était entièrement différente. Sans parler d'un souper à Versailles avec le roi de France…

Elle pouvait demander à sa tante de l'aider, certes, mais en songeant à la coiffure de celle-ci, à la mode quarante ans plus tôt, elle hésita. Elle n'avait donc d'autre choix que de se débrouiller seule. Elle avait souvent observé sa femme de chambre, et il lui était arrivé de coiffer ses sœurs. Elle devrait réussir à faire quelque chose de simple, mais qui ait du style, si seulement…

Isabella ne remarqua l'homme qui se tenait devant elle sur le chemin qu'à l'instant où elle le heurta.

— Mon Dieu ! Je suis désolée. Je…

La collision fit basculer son chapeau de paille en avant.

En le redressant, elle croisa un regard gris-bleu dans un visage qui lui était presque... familier.

— Pardon, monsieur, s'excusa-t-elle. J'étais tellement absorbée dans mes pensées, que je ne vous ai pas vu.

L'homme avait à peu près son âge, des cheveux clairs dont elle n'aurait su toutefois dire l'exacte couleur, car ils étaient poudrés. Il était vêtu d'un manteau en soie gris argent, assorti à ses yeux, fermé par des boutons d'argent, sous lequel elle apercevait un gilet de brocart jaune clair et bleu. Il portait une épée au côté et un tricorne sous le bras.

— C'est ma faute, mademoiselle Drayton, fit-il en la regardant de façon étrange. J'aurais dû m'annoncer.

Il connaissait son nom ?

Il lui parlait en français, mais avec un léger accent – italien peut-être ?

— Vous savez qui je suis ?

— Oui, mademoiselle. Je vous ai manquée tout à l'heure, dans le salon d'Apollon. Un valet m'a appris que je pourrais vous trouver dans le labyrinthe.

Il l'avait vue avec le roi ?

— Vous avez un avantage sur moi, monsieur, car si vous connaissez mon nom, je ne connais pas le vôtre. Nous sommes-nous déjà rencontrés ?

— Non, mademoiselle. Pas directement. Mais peut-être vous mettrais-je sur la voie en vous disant que je connais votre sœur...

— J'ai quatre sœurs, monsieur.

— Ah, fit-il, visiblement surpris, Je parle de lady MacKinnon, bien sûr. Elle m'a rendu un grand service. En fait, sans son aide, je ne serais pas ici à vous parler.

Isabella l'étudia avec plus d'attention.

— Vous… vous êtes Charles Stuart, dit-elle. Le Jeune Prétendant.

Deux ans plus tôt, le petit-fils de Jacques II d'Angleterre, Charles Édouard Stuart – le prince Bonnie – était arrivé sur la côte écossaise pour lever l'étendard de son père, héritier légitime des couronnes réunies d'Angleterre et d'Écosse, contre George II de Hanovre. Isabella et Elizabeth avaient suivi de près le déroulement de la rébellion.

Les nombreux portraits de son chef publiés durant les troubles lui avaient, comprit Isabella, rendu son visage familier.

Pour les partisans du Jeune Prétendant, le trône devait revenir aux Stuarts, descendants de Charles II. Refusant un souverain catholique, ses adversaires soutenaient le cousin protestant le plus proche, George de Hanovre et ne se cachait nullement de pré-férer son Hanovre natal à ce nouveau royaume. Attaché aux deux camps par des liens de sang remontant à Henri VIII, le duc de Sudeleigh, le père d'Isabella, se trouvait dans une position délicate.

— Ma sœur m'a beaucoup parlé de Votre Altesse, dit Isabella avec une gracieuse révérence. C'est un grand honneur pour moi de vous rencontrer.

— Allons, fit le prince en lui prenant la main pour la relever. Nous sommes cousins, non ? En famille, on ne fait pas de cérémonie, si éloigné que soit notre cousinage. Surtout, ajouta-t-il en fronçant les sourcils, vis-à-vis d'un prince sans palais.

Le beau visage du prince s'était rembruni à l'évocation de sa défaite.

— Il est heureux, Votre Altesse, dit-elle pour alléger son humeur, que vous soyez venu à ma recherche, car je crois m'être perdue dans ce labyrinthe. Voilà au moins un quart d'heure que je passe devant cette statue dans l'espoir que quelqu'un viendra à mon secours.

— Eh bien, voyons comment nous sortir de là.

Le Jeune Prétendant sourit et offrit le bras à Isabella.

En chemin, ils découvrirent une étonnante collection de fontaines de pierre et de bronze dissimulées dans les bosquets. Trente-neuf en tout, chacune représentant une fable d'Ésope et sa morale. Le prince révéla à Isabella que Louis XIV avait commandé ce labyrinthe au siècle dernier, pour son fils, le Grand Dauphin, afin d'illustrer les méandres de la vie – et les leçons à apprendre en cours de route.

— Voyez-vous, reprit le prince, comme ils passaient devant *Le Renard et le Roi singe* batifolant dans l'eau, dans le labyrinthe, comme dans la vie, on peut aisément faire fausse route, ou rencontrer une impasse. Mais avec du courage et de la volonté, il est possible de trouver sa voie, tout en acquérant de la sagesse.

Vu la façon dont il s'exprimait et son air déterminé, le prince n'avait manifestement pas accepté la défaite, et comptait bien retourner un jour en Écosse pour tenter de reprendre la couronne de son père.

Ils étaient arrivés à la sortie du labyrinthe et regardaient les fenêtres du château scintiller à la lumière du couchant. Isabella avait apprécié la compagnie du prince. Elle avait eu plaisir à discuter avec lui, et lui savait gré de ne pas l'avoir pressée de déclarer vers qui allait sa loyauté. Il semblait simplement heureux d'avoir partagé ces brefs instants avec elle.

— Je suis désolé, dit le prince en s'inclinant, mais je dois vous quitter pour regagner Paris. J'ai prévu d'aller à l'Opéra, ce soir, et j'ai cru comprendre que vous deviez souper avec le roi et la marquise de Pompadour.

Cette rencontre lui avait fait momentanément oublier son anxiété.

— En effet, soupira-t-elle, bien que je craigne de me ridiculiser. Je n'avais pas prévu de séjourner au château, et je n'ai pas la tenue adéquate, ni même une femme de chambre pour me coiffer.

— Mademoiselle, vous êtes belle telle que vous êtes, déclara le prince en lui baisant la main. Je ne doute pas que vous étinceliez au milieu de cette nuée de courtisans. Au revoir, ma chère cousine, ajouta-t-il en s'inclinant de nouveau. J'espère que votre voyage de retour se passera bien. Je vous prie d'adresser mes hommages à votre ravissante sœur quand vous la reverrez.

Isabella acquiesça et le suivit du regard tandis qu'il s'éloignait. Elle attendit, pour se retourner, qu'il ait disparu derrière la haie en fleur.

— Je m'apprêtais à t'envoyer chercher par un garde, s'écria Idonia, apparaissant soudain aux côtés de sa nièce. Mais je vois que tu as trouvé de l'aide auprès d'un gentilhomme. Bel homme avec cela. Qui était-ce, ma chérie ?

Sachant que peu de gens étaient au courant du rôle joué par sa sœur dans l'évasion du prince, l'été précédent, Isabella répondit :

— Je ne l'avais encore jamais rencontré, ma tante. Il m'a gentiment aidée à trouver la sortie.

— Il n'a pas essayé de prendre des libertés avec toi, j'espère ? s'inquiéta Idonia qui, en dépit de ses excentricités, prenait très au sérieux son rôle de chaperon. En matière d'amour, les Français sont souvent incorrects. Crois-moi, chérie, je m'y connais.

— Non, ma tante, assura Isabella en retenant un sourire. Il a été parfaitement courtois. J'irai même jusqu'à dire qu'il avait les manières d'un prince. À présent, ajouta-t-elle en se tournant vers le château, nous allons tenter de nous rendre présentables pour ce dîner.

Les dames s'étaient vu attribuer un appartement dans l'aile nord du château qui donnait sur les jardins. Bien que de taille modeste, les deux pièces étaient richement décorées de brocart et de dorures. Installé dans une alcôve, le lit était recouvert d'une lourde courtepointe de damas rouge. Une table de toilette d'angle, une petite coiffeuse, un fauteuil devant la cheminée et une armoire en acajou occupant presque tout un mur complétaient l'ameublement.

Isabella était assise devant la coiffeuse à essayer des coiffures, toutes plus désastreuses les unes que les autres, quand on frappa à la porte. Elle consulta la pendule en bronze doré de la cheminée et constata qu'il n'était que cinq heures et demie. Puis elle s'adressa Idonia, endormie sur le lit dans la pièce voisine.

— Ce ne peut être déjà le valet de pied chargé de nous conduire chez la marquise...

En effet. Ce n'était pas un valet de pied, mais une femme de chambre. Lorsque Isabella ouvrit la porte, cette dernière lui sourit et fit une révérence.

— Bonjour, mademoiselle. On m'a chargée de vous apporter ceci.

Un vêtement d'un vert profond était drapé sur son bras.

— Oh, c'est ravissant, mais vous avez dû vous tromper de chambre ! Malheureusement, ceci ne m'appartient pas.

— Mais si, mademoiselle, déclara la femme de chambre en entrant. C'est bien la chambre. Et vous êtes la dame que m'a décrite le gentilhomme.

— Le gentilhomme ?

— Oui, mademoiselle. Il m'a demandé de vous remettre ce message.

Isabella s'empara du parchemin plié et le lut à la lumière du bougeoir mural.

Ma chère mademoiselle,

Minette est à votre disposition pour vous coiffer et vous habiller. Bien que je n'aie pu, faute de temps, me procurer une robe de cour appropriée, cette tenue et l'adresse de Minette à l'aiguille devraient faire l'affaire pour le souper de ce soir. Elle travaille pour l'une des couturières les plus estimées du château. Je vous prie d'accepter ce petit geste. C'est le moins que je puisse se faire en échange de la gentillesse que votre sœur m'a manifestée lorsque j'étais moi-même dans le besoin.

Bien à vous,

C.É.S.

Quand Isabella leva les yeux, elle vit que la femme de chambre avait déployé la toilette sur le fauteuil.

Elle était en brocart vert émeraude à motifs de coquillages et de dauphins. Isabella en demeura muette d'admiration. C'était le cadeau le plus délicat qu'elle eût jamais reçu.

— Souhaitez-vous l'essayer ? demanda Minette.

Isabella passa les deux heures qui suivirent à se faire coiffer, pomponner et habiller. Minette maîtrisait véritablement son art. En un instant, sembla-t-il à Isabella, elle reprit la jupe de façon à l'adapter à sa taille fine. Elle la fixa sur une robe en satin ivoire brodé de fleurs bleues et vertes, dont les manches moulantes se terminaient au coude par une triple rangée de volants de largeur croissante, bordés d'un flot de dentelle. Elle remplaça les cerceaux de la jupe d'Isabella par des paniers semblables à ceux que portaient les dames de la cour. Ils étaient si larges que la jeune fille pouvait y poser les bras en marchant.

Minette ramena dans le dos les pans de la jupe, « à la polonaise », les retenant par des roses de soie. Mais la touche finale, ce fut le corselet en soie brochée émeraude, garni de perles de verre dont le dessin rappelait celui de la jupe. L'effet était si saisissant qu'Isabella étouffa un cri quand elle pivota pour se contempler dans la glace.

Elle se reconnaissait à peine.

— Oh, Minette ! s'exclama-t-elle. C'est absolument ravissant.

— Et maintenant, mademoiselle, dit la femme de chambre en souriant avec fierté, voyons votre coiffure.

À l'heure convenue, un valet de pied vint frapper à la porte et guida Isabella et Idonia à travers les couloirs du château jusqu'aux appartements du roi, d'où, par un escalier étroit, l'on accédait à ceux de la marquise de Pompadour.

— Mademoiselle Drayton, madame Fenwycke, comme je suis heureuse que vous ayez pu venir, dit la marquise avec chaleur avant de les introduire dans un salon où se trouvaient déjà une douzaine de personnes.

À leur arrivée, les conversations cessèrent et tous les visages poudrés et fardés se tournèrent vers elles.

Les appartements de la marquise étaient magnifiques à la fois par la taille et par le décor. Plafonds moulurés, parquets, cheminée de marbre sculptée, hautes fenêtres cintrées donnant sur les jardins, mobilier en bois fruitier et portraits dans des cadres de bois doré ajoutaient à l'élégance et à la grâce de l'ensemble.

Et les acteurs de cette noble scène n'étaient pas moins impressionnants.

On y dénombrait des coiffures poudrées ornées de plumes et de perles, des habits de velours soutachés d'or et des robes profondément décolletées découvrant des gorges laiteuses sur lesquelles étincelaient des pierres précieuses. Isabella traversa la pièce et reconnut aussitôt le roi, assis dans un fauteuil près du feu. Il discutait avec un gentilhomme dont elle discernait mal le visage: Sa tenue, où les velours aux riches coloris se mariaient à des soies chatoyantes, était particulièrement somptueuse.

— Mesdames, venez que je vous présente.

Vêtue à la dernière mode, la marquise portait une robe de satin rose avec un rang de perles de la taille des billes de Caroline. Elle fit faire à Isabella et à Idonia le tour du salon, les présentant à chacun de ses invités, étonnant mélange de personnalités, où se côtoyaient des aristocrates, des dignitaires étrangers et des artistes, dont Voltaire. Lord Belcourt, son futur compagnon de voyage, était du nombre.

Les présentations achevées, ce qui prit pratiquement une heure, un valet vint annoncer que le souper était servi.

Aussitôt, les convives se levèrent et suivirent leur hôtesse dans une pièce adjacente, éclairée par des lustres et des candélabres. La porcelaine et le cristal étincelaient sur la table dressée avec raffinement. Une escouade de valets de pied se tenaient contre le mur opposé. Les places furent rapidement occupées par ceux à qui elles étaient réservées. Nouvelle venue, Isabella pensait prendre n'importe quel siège restant, aussi fut-elle plus que surprise quand on la fit asseoir à côté de la marquise et en face du roi.

— Bonsoir, mademoiselle.

Le gentilhomme avec qui elle avait vu le roi parler apparut à ses côtés.

C'était un homme d'une soixantaine d'années, mince et de taille moyenne, au sourire séduisant. Son regard était cependant ce qui retenait l'attention dans son visage. Il était sombre, et fascinant.

— Bonsoir, monsieur, répondit-elle tandis qu'il lui baisait la main.

— Oh, pardonnez-moi, monsieur, intervint Mme de Pompadour. Je ne vous ai pas présenté, tout à l'heure, car vous bavardiez avec le roi. Mademoiselle Drayton, permettez-moi de vous présenter notre ami le comte de Saint-Germain. Monsieur, voici lady Isabella Drayton du Northumberland, en Angleterre. Elle est la fille du duc de Sudeleigh, qui est un ami du roi.

— Ah, lady Isabella Drayton, répéta-t-il avec un léger accent qu'elle ne put identifier. Je ne crois pas vous avoir déjà vue au château. Êtes-vous à Versailles depuis longtemps ?

— Lady Isabella n'est là que pour la soirée, comte, répondit la marquise. Elle part demain pour l'Écosse.

— L'Écosse ? répéta Saint-Germain en inclinant la tête. Je suis enchanté de faire votre connaissance, mademoiselle. Cependant, votre départ précipité est certainement une perte pour la France.

La façon dont il l'étudiait rendait Isabella nerveuse. Il semblait que, par son seul regard, le comte pouvait mettre au jour ses secrets les plus intimes.

Saint-Germain prit place, et la marquise fit signe de commencer le service.

Tandis que chacun se voyait servir de la volaille rôtie et du cuissot de chevreuil, l'assiette du comte, remarqua Isabella, restait vide. On posa simplement devant lui une petite théière qui se révéla contenir un liquide vert-jaune au parfum inconnu.

— Vous ne soupez pas, monsieur ?

— Non, je ne mange ni vin ni viande, mademoiselle. Cela me brouille l'esprit. Je prendrai une collation plus tard, dans mes appartements. En attendant, je bois une infusion préparée à partir d'un mélange d'herbes découvertes lorsque je voyageais dans l'Est. Voulez-vous y goûter ?

Sans attendre sa réponse, il en emplit son verre.

Estimant qu'il serait grossier de refuser, Isabella le leva. L'odeur du breuvage était puissante et terreuse. Elle en but une gorgée.

— C'est bon, commenta-t-elle. Ce n'est pas amer, et... cela me rappelle quelque chose, mais je ne saurais dire quoi.

— J'ai fait la même réflexion, mademoiselle, assura Mme de Pompadour. Cela calme remarquablement les maux d'estomac. J'ai supplié le comte de me dire ce que c'était, mais il a refusé, ajouta-t-elle en lançant au comte un regard plein de coquetterie. Tout comme il a refusé de révéler le lieu et la date de sa naissance. Notre comte est un homme insaisissable. Certains le disent sans âge.

La marquise se pencha vers Isabella et poursuivit en baissant la voix :

— Voyez-vous, je sais par la comtesse de Gergy, qui a connu le comte de Saint-Germain il y a quelque cinquante ans, lorsqu'elle était ambassadrice à Vienne, qu'il n'a absolument pas changé.

— Oh, madame, cette bonne comtesse est trop aimable ! observa Saint-Germain avec un petit rire.

— Vous admettez que vous connaissez la comtesse ?

— C'est vrai, j'ai rencontré Mme de Gergy, il y a fort longtemps.

— Ah oui, mais il y a combien d'années ?

— De très, *très* nombreuses années.

— Dans ce cas, monsieur, vous devez avoir plus de cent ans !

Isabella nota que la conversation avait intéressé plusieurs autres convives.

— Ce n'est pas impossible, chère marquise, riposta Saint-Germain. Bien qu'il soit aussi possible que Mme de Gergy, pour laquelle j'ai le plus grand respect, se trompe, tout simplement.

— Oh, monsieur, le rabroua la marquise, vos réponses sont toujours énigmatiques. Peut-être répondrez-vous à ceci. La comtesse prétend aussi que vous lui avez donné un étrange élixir qui lui a permis de conserver son apparence intacte pendant au moins vingt-cinq ans. À croire que vous l'aviez puisé aux eaux de la fontaine de Jouvence.

Saint-Germain se contenta de sourire en fixant Isabella.

— On ne peut nier que la comtesse soit d'une beauté peu commune pour son âge, insista la marquise.

Le comte ne répondait toujours pas.

— Si cela est vrai, pourquoi ne pas procurer le même élixir au roi ? De façon que notre monarque bien-aimé dirige éternellement la France ?

La remarque de la marquise réussit à attirer l'attention du roi et des convives. Le silence se fit, les fourchettes s'arrêtèrent à mi-chemin des bouches ouvertes ; on attendait la réponse de Saint-Germain.

Lorsqu'il se décida à parler, ce fut en russe, laissant tout le monde perplexe.

Tous sauf Isabella.

Elle s'esclaffa, et les regards convergèrent vers elle, à son grand embarras.

— Ah, la demoiselle venue d'Angleterre parlerait-elle le russe ? s'enquit le comte.

— Un peu, avoua-t-elle. Mon père a encouragé ses enfants à étudier plusieurs langues. Fascinée par l'histoire de la tsarine Élisabeth Petrovna, j'ai choisi le russe.

— Vous devez donc nous traduire, mademoiselle, déclara le roi. Qu'a dit le comte de Saint-Germain ? Pourquoi n'offre-t-il pas cet étrange élixir de jeunesse à son roi ?

Saint-Germain inclina la tête.

— Mais certainement, mademoiselle, traduisez pour Sa Majesté.

Isabella regarda Louis qui, assis en face d'elle, attendait sa réponse. Elle sentait tous les regards rivés sur elle.

— Le comte a dit, Sire, que les médecins royaux le feraient torturer pour avoir songé à droguer Votre Majesté.

Le roi éclata de rire, et tous les invités l'imitèrent. Isabella se sentit soulagée. On servit du vin. En manière de félicitations, le comte leva son verre vide.

Après le souper, qui s'acheva agréablement, certains invités s'éclipsèrent, tandis que d'autres restaient pour le café ou se retiraient dans une antichambre où l'on jouait aux cartes.

Isabella, qui n'aimait pas le jeu, s'approcha d'un tableau. C'était une nature morte représentant un collier en diamants, rubis et perles, enroulé sur une main de femme. Chaque pierre brillait d'un éclat qui lui était propre, conférant au collier une telle réalité qu'Isabella avait l'impression qu'il lui suffisait de tendre le bras pour s'en emparer.

— Vous aimez cette peinture, mademoiselle ?

Tournant la tête, Isabella reconnut le comte de Saint-Germain. Il l'avait rejointe si discrètement qu'elle ne s'était pas aperçue qu'il se tenait près d'elle.

— En effet, monsieur. Quel talent pour rendre la lumière ! Regardez le rubis. Voyez la façon dont il reflète tous les tons de rouge. J'aimerais comprendre comment l'artiste a réussi à représenter si parfaitement les nuances de la lumière.

Une tasse de café à la main, le roi se joignit à eux.

— Dans ce cas demandez-le-lui, mademoiselle, dit-il.

— Lui demander, Sire ?

— Oui, car l'artiste est à côté de vous. Ce n'est autre que le comte en personne.

— Vraiment, monsieur ? s'étonna Isabella en observant Saint-Germain.

Ce dernier hocha la tête avec modestie.

— Comment êtes-vous parvenu à faire étinceler les pierres de la sorte ? Elles ont l'air si vraies. À croire que vous les avez fait fondre par magie de manière à les restituer sur la toile avec un pinceau.

— Je suis heureux que vous admiriez ce tableau, mademoiselle, déclara le comte avec un sourire tandis qu'une petite lueur s'allumait au fond de son œil. Je serais ravi d'en peindre un pour vous, si cela pouvait contribuer à vous faire retarder votre départ, afin que nous jouissions plus longtemps de votre compagnie.

— Je crains que cela ne soit impossible, monsieur. Ma famille m'attend. Mais je vous remercie de votre proposition.

— Isabella, ma chérie, interrompit tante Idonia. Nous devrions nous retirer. Un long voyage nous attend, demain, et tu dois te reposer. Lord Belcourt me dit que nous devrons partir tôt si nous voulons arriver à temps à Calais.

— Bien sûr, ma tante.

Isabella fit une révérence au roi.

— Bonsoir, Votre Majesté.

Puis elle se tourna vers Saint-Germain et lui offrit sa main.

— J'ai eu grand plaisir à vous connaître, monsieur.

— J'espère seulement, mademoiselle, fit le comte en s'inclinant, que notre rencontre de ce soir ne sera pas la dernière.

Isabella apprendrait moins d'une heure plus tard ce que le comte entendait par ces mots.

4

Pelotonnée dans un fauteuil, devant la cheminée où brûlait un bon feu, Isabella achevait un dessin à la lueur d'une bougie quand on frappa doucement à la porte.

Elle regarda l'heure. Il était tard, beaucoup trop tard pour une visite. Idonia s'était retirée depuis longtemps, mais en proie à une agitation sans doute due aux événements de la journée et la perspective du voyage, Isabella avait pris son carnet de croquis dans l'espoir de se calmer.

Posant ses crayons, elle traversa la pièce sans bruit et ouvrit la porte pour découvrir un valet de pied.

Il venait, semblait-il, d'être réveillé. Sa perruque était de travers et sa chemise à moitié sortie de sa culotte. Il tenait à la main un petit plateau d'argent sur lequel était posé un papier plié.

— Pour vous, mademoiselle.

Isabella prit le mot et remercia le valet qui s'inclina avant de s'éloigner. Elle s'approcha d'une chandelle pour lire le message.

Mademoiselle,

Il est une affaire dont je dois vous entretenir avant votre départ. Ma requête peut paraître étrange, étant donné que nous venons juste de faire connaissance, mais je demande votre indulgence. Je vous remercie de bien vouloir me retrouver dans la galerie des Glaces à minuit. Je vous donne ma parole de gentilhomme que mes intentions sont honorables.

Bien à vous,

Saint-Germain

Minuit moins le quart.

Elle savait fort bien qu'il était inconvenant d'aller retrouver un homme, seule, et à une heure pareille. Un homme qu'elle connaissait à peine, qui plus est. Elle jeta un regard à Idonia qui ronflait doucement dans l'ombre. Elle ne remarquerait pas son absence. Et puis ce n'était pas si loin ; la galerie des Glaces se trouvait à l'étage inférieur, dans l'aile adjacente. Elle serait de retour bien vite.

Isabella relut le mot, le plia et s'habilla en hâte. Elle n'aurait pas le temps de lacer son corset, aussi se contenta-t-elle d'enfiler ses jupes et sa veste de voyage. Ses cheveux dénoués et brossés pour la nuit cascadaient sur les épaules dans un flot de boucles brunes. Elle glissa les pieds dans des chaussures plates à semelles souples qui lui permettraient de se déplacer silencieusement. Puis, après en dernier regard en arrière, elle se dirigea vers la porte.

Empoignant ses jupes, elle s'élança dans le couloir désert. Ce n'était qu'ombres, obscurité et un pâle clair de lune filtrant à travers les fenêtres.

Ses pieds effleurèrent les marches de marbre du grand escalier. Quelque part, derrière une porte fermée, elle entendit une femme glousser.

Isabella franchit une porte au bout d'un vestibule et s'engouffra dans une cage d'escalier voûtée. Une autre porte, un long couloir, et elle atteignit enfin l'entrée de l'élégante galerie des Glaces.

Le spectacle qui s'offrait à ses yeux la stupéfia.

Le clair de lune scintillait sur les innombrables cristaux qui ornaient, telles des lumières féeriques, la vingtaine de lustres suspendus au plafond, et se reflétaient sur les dix-sept fenêtres cintrées et les dix-sept miroirs du mur opposé. Isabella avait l'impression de se trouver au milieu d'une pluie d'étoiles.

La salle était vide.

Elle s'avança sur le parquet ciré, admirant les peintures. Le plafond de Le Brun célébrant le règne du Roi-Soleil, les sculptures de Lemoyne représentant différents dieux. À son arrivée, en fin de matinée, la galerie était tellement bondée qu'elle n'avait pas vraiment pu en apprécier toutes les splendeurs.

Elle s'arrêta devant un buste de Louis XIV, le visionnaire qui avait créé ce château. En fermant les yeux, elle le voyait dans toute sa glorieuse majesté, tenant sa cour dans cette salle. Bien qu'on l'appelât le Roi-Soleil, elle trouvait que la lune enveloppant son visage royal de mystère lui convenait mieux.

Lorsque le comte sortit de la pénombre, Isabella sursauta.

— Je ne vous avais pas vu, dit-elle.

Elle respira lentement, pour calmer les battements de son cœur. Il se tenait tellement immobile qu'elle l'avait pris pour une statue.

— Mademoiselle, chuchota-t-il. Je suis heureux que vous ayez accepté de venir.

Il portait la même tenue qu'au souper.

— Votre message m'a paru pressant.

— En effet. Venez, mademoiselle. Faisons quelques pas.

Le comte lui prit la main et l'entraîna dans l'ombre.

— Voyez-vous, mademoiselle, je vous attends depuis longtemps. Depuis des années et des années.

À son contact, la peau d'Isabella se hérissa, pourtant, étrangement, cet homme ne lui faisait pas peur.

— Mais comment est-ce possible, monsieur ? Nous nous sommes rencontrés aujourd'hui pour la première fois.

— C'est vrai. Mais je vous connais. Je vous ai toujours connue, Isabella.

Il prononça son prénom d'une voix douce qui lui donna la chair de poule.

— Je crains de ne pas comprendre.

— Ceci vous aidera peut-être.

Les yeux écarquillés, Isabella regarda le comte glisser la main dans son habit et en retirer un objet fixé à une chaîne en argent.

C'était une pierre, un cristal enchâssé dans une résille d'argent repoussé. Il était brut et brillait d'un éclat laiteux que l'obscurité de la nuit ne parvenait pas à atténuer. En l'examinant de plus près, Isabella éprouva une sensation étrange, comme s'il lui était familier, comme si elle l'avait déjà vu quelque part.

Mais c'était impossible.

— Savez-vous ce que c'est ?

— Non, répondit-elle en prenant le bijou dans la main.

Elle était glacée.

— Cette pierre était autrefois la propriété des rois des Gaëls. Elle est si ancienne que personne ne peut la dater avec précision. Elle a été donnée, il y a des siècles, aux MacAoidh, les Fils du Feu, par une *maighdean mhara*.

— *Majh-een*... tenta-t-elle de répéter.

— C'est du gaélique, mademoiselle. La langue la

plus ancienne qui existe. Cela signifie « sirène ». C'est la sirène qui a enchanté cette pierre.

— Enchanté ?

— Oui. Ses pouvoirs sont multiples, à la fois curatifs et mystiques. De sorte qu'elle est recherchée par des gens qui en feraient mauvais usage. Depuis qu'elle n'est plus en la possession des MacAoidh, tout va de travers. Des malheurs s'en sont suivis, qui n'ont cessé jusqu'à aujourd'hui. La pierre doit être rendue au plus vite, sinon tout espoir sera à jamais perdu.

Légendes.

Enchantements.

— C'est une histoire fascinante, monsieur, mais quel rapport cela a-t-il avec moi ?

— À chaque époque, mademoiselle, il y a des pouvoirs qui sont en action, des pouvoirs qui nous dépassent. Certains les attribuent à Dieu, d'autres à des forces obscures. D'autres encore y voient l'œuvre de la nature. Quelles que soient vos croyances, vous devez savoir ceci : pour chaque faute, il existe une vertu ; pour chaque mal, un bien. C'est l'ordre naturel des choses qui maintient l'équilibre entre les éléments – le vent, l'eau, la terre et le feu. Ces quatre éléments se sont associés pour créer cette pierre mystique. Sa disparition a été une faute terrible. Sa restitution exige un bienfait. Et je crois que vous êtes ce bienfait, mademoiselle Drayton.

— Moi ? Mais comment…

— Vous devez prendre cette pierre et la rapporter. Vous devez rétablir l'équilibre. Le MacAoidh légitime attend. Il y a cependant une complication, ajouta-t-il.

— N'y en a-t-il pas toujours ? demanda Isabella, à la fois fascinée et effrayée par les paroles du comte.

— Il y a deux Fils du Feu, à la fois semblables et pourtant très différents. Il vous revient de choisir entre les deux. Si votre choix est le bon, tout ira bien. Sinon, vous changerez le cours de l'histoire.

Isabella était si captivée par les propos du comte, qu'elle n'avait pas remarqué qu'il lui avait passé la chaîne autour du cou.

Elle sentit soudain le poids de la pierre.

— Attendez... non... ce n'est pas... je ne sais même pas qui...

Elle s'interrompit tandis qu'elle soulevait la pierre par sa chaîne et la contemplait au clair de lune. Celle-ci semblait remplie de milliers d'éclats. Dès qu'Isabella la toucha, qu'elle la prit entre ses doigts, la pierre se mit à étinceler, comme si un feu brûlait à l'intérieur. D'abord bleue, puis rouge pâle. Ce n'était ni un effet de la lumière ni un tour de magie. C'était bien réel, car la pierre était tiède, presque chaude contre sa peau.

Le comte avait raison. Elle était enchantée.

— Vous voyez, la pierre elle-même vous le dit. Suivez-la, mademoiselle. Elle vous conduira où vous devez aller. Elle vous conduira en Calédonie. Une fois là, tout viendra à vous. Jusque-là – écoutez-moi bien – vous ne devez pas vous en séparer. Protégez-la comme votre vie même jusqu'à ce que vous ayez trouvé le vrai MacAoidh. Vous pourrez alors la lui remettre. À lui seul.

— C'est un homme... ?

Le comte tourna les talons et disparut comme par magie.

— Monsieur ? Comte ? Où avez-vous... ?

Mais elle s'adressait aux ombres.

Seule au milieu de la galerie, elle se demandait si elle n'avait pas rêvé.

Était-elle somnambule ?

Non, car la pierre pesait autour de son cou et son cœur battait encore à coups redoublés.

Le comte avait raison. Ce n'était pas une banale pierre. Tandis qu'Isabella remontait l'escalier obscur menant à sa chambre, elle répandait une lueur inexplicable qui éclairait son chemin.

Suivez la pierre… elle vous conduira là où vous devez aller…

Qui était ce MacAoidh qu'il l'avait chargée de trouver ? Et pourquoi l'avoir choisie elle ?

En regagnant à pas lents son appartement, Isabella se demandait si elle ne devrait pas simplement enlever la chaîne, la donner à un valet de pied pour qu'il la rapporte au comte après son départ. Elle pouvait tout oublier de cette rencontre et de cette nuit. Retourner en Angleterre et reprendre le cours de sa vie.

Mais certaines paroles du comte la firent réfléchir.

Elle doit être rendue au plus vite, sinon tout espoir sera à jamais perdu.

À jamais.

Isabella rêvait d'une aventure.

Pour autant qu'elle le sût, l'aventure ne faisait que commencer.

Le capitaine Jeremiah Grange scrutait l'horizon de son œil de marin averti.

La journée était lugubre, le ciel morne et gris, le vent vif gonflait les voiles de son nouveau sloop qui fendait les eaux turbulentes de la mer du Nord.

Le temps était de ceux qui tiennent les marins en alerte. À tout moment, une bourrasque pouvait le faire dévier de sa course. Mais Grange traversait ces eaux depuis près de trente ans. Il les connaissait par cœur, en prévoyait toutes les humeurs.

Cette science était son gagne-pain, et il était fier d'avoir essuyé son lot de tempêtes sans avoir jamais perdu un seul homme.

Avec l'expérience, il avait acquis une assurance qui se devinait à la façon dont il tenait son gouvernail. Il possédait aussi une espèce de sixième sens, « la sagesse du navigateur », qui lui permettait de savoir, en observant la vaste étendue d'eau, de vent et de ciel qui s'étendait à perte de vue, s'il se tramait quelque chose.

— Ohé ! appela-t-il à l'adresse de Davy qui se tenait dans le nid-de-pie du mât de misaine.

Davy avait des yeux de lynx, les meilleurs de tout l'équipage, et il s'acquittait de sa tâche avec la fierté d'un vrai marin.

— Ouvre l'œil, mon garçon !

— Ouais, cap'taine ! cria-t-il du haut de son perchoir. On est dans la purée de poix.

— Maudit brouillard… marmonna Grange en remontant son col pour se protéger du vent cinglant.

S'il ne s'était agi que d'aller de Calais à Douvres… Cinq à six heures de traversée tout au plus, avec la terre en vue presque en permanence, plutôt que cette mer du Nord inconstante et insondable.

S'il avait eu le choix, il aurait longé la côte anglaise, surtout avec ce brouillard, mais pour aller plus vite, et éviter les chalutiers et les petites embarcations qui grouillaient le long des côtes, il avait dû prendre la pleine mer. Hélas, le mauvais temps l'avait obligé à ralentir, doublant probablement son temps de traversée, alors qu'il avait promis à sa femme, Hester Mary, dont son bateau portait le nom, qu'il serait de retour à Harwick à temps pour fêter leur anniversaire de mariage.

Cela ferait vingt-cinq ans cette année, et Hester

attachait beaucoup d'importance à ce genre d'événement. Depuis des semaines, elle projetait un grand dîner avec leurs filles, Anne et Jane, et tous les petits. Elle s'était même déjà procuré les ingrédients pour un gâteau glacé. Cela rappela à Grange qu'il devait s'arrêter à la mercerie pour lui acheter un joli bonnet. Cela lui ferait plaisir. C'était une bonne épouse, patiente et compréhensive – il n'était sûrement pas facile d'être femme de marin –, mais s'il voulait célébrer leur vingt-sixième anniversaire de vie commune, mieux valait voguer en pleine mer...

... où tout pouvait survenir.

— Bonjour, capitaine.

L'arrivée de lady Isabella chassa toutes pensées de brouillard et de bonnets. Il était fidèle à Hester depuis vingt-cinq ans et continuerait à l'être, mais cela ne signifiait pas qu'il fût insensible à un joli minois.

Grange pivota et effleura son couvre-chef.

— Bonjour, lady Isabella. Vous êtes bien matinale.

Elle lui décocha un sourire qui le réchauffa.

— Le vent ne me dérange pas, et je ne peux pas rester enfermée quand il y a tant à voir.

— Guère plus aujourd'hui que du brouillard et de l'eau, milady. Même les sternes restent chez elles.

Ce n'est qu'en prononçant ces mots que Grange en prit conscience. Il n'y avait pas d'oiseau. Nulle part. Le marin superstitieux en resserra son emprise sur le gouvernail.

— Ce n'est peut-être rien que de très normal pour vous, capitaine. Mais pour moi, c'est magnifique.

Elle repoussa la capuche de son manteau et offrit son visage au vent, les yeux fermés, les bras écartés comme pour étreindre l'horizon. Des mèches de ses cheveux bruns retenus par un simple ruban bleu lui caressaient le menton, la joue pâle, le bout de son gracieux petit nez. Ses lèvres s'ourlaient en un sourire de pur plaisir.

Oh, avoir trente ans de moins…

À la vue de son équipage, Grange refoula cette pensée. Dans le gréement, sur le pont, ses hommes étaient figés, tels des chiots haletants, et contemplaient la jeune fille.

— Davy ! hurla-t-il, les ramenant tous à leur devoir. Ouvre l'œil.

— Ouais, cap'taine !

L'équipage s'arracha à sa contemplation. Chacun se remit à la tâche, qui sur les ponts, qui dans les mâts. Le vent parut se calmer. Grange relâcha sa prise et inspira à fond l'air marin, quand soudain…

La voix de Davy se fit de nouveau entendre, avec moins d'assurance cette fois.

— Cap'taine ?

— Qu'y a-t-il, mon garçon ?

— J'suis… pas tout à fait sûr, capitaine. J'crois distinguer quelque chose. Derrière le brouillard…

— Où ?

— Droit devant… on dirait…

Grange tendit le cou pour essayer d'apercevoir par-dessus le gaillard d'avant. Il crut d'abord à un simple ondoiement de la brume. Les yeux plissés, il regarda plus attentivement, et ce qu'il vit le fit tressaillir.

Cette ombre mouvante ressemblait fort à un bateau.

Les battements de son cœur s'accélérèrent. « Tu n'as rien à craindre, se tança-t-il en agrippant le gouvernail. Jamais les Français n'oseraient s'en prendre à un bateau anglais dans cette zone septentrionale… alors que les deux couronnes sont sur le point de signer un traité de paix. »

— Davy, prends ta lunette. Tu distingues des canons, mon garçon ?

— Ouais, cap'taine. Quinze, peut-être vingt.

— Des sabords ?

— Ouverts, cap'taine.

Un moment passa.

— Cap'taine ?

— Oui, Davy ?

— C'est un curieux bateau. J'en ai jamais vu de pareil. Il est gris, même les voiles, comme s'il faisait partie du brouillard…

— Capitaine, y a-t-il lieu de s'alarmer ? risqua lady Isabella.

Grange l'entendit vaguement, et ne prit pas la peine de lui répondre. Il était trop occupé à essayer de décider s'il devait ralentir pour accoster l'autre bateau, ou mettre la barre à tribord et s'enfuir.

— Davy ! cria-t-il.

— Ouais, cap'taine ?

— Quel pavillon bat-il ?

Une pause.

— Cap'taine. Il arbore le Météore rouge…

Le pavillon nautique anglais. Grange poussa un soupir de soulagement.

— Le pavillon est en berne, cap'taine ! Et on dirait qu'il y a un feu à bord…

— Arrêtez ! hurla Grange sans hésiter. Mettez en panne ! Il est en perdition !

L'équipage s'empressa d'obéir. Grimpant dans le gréement telles des araignées dans leurs toiles, les hommes tirèrent des filins et changèrent la position des voiles avec une précision d'horloge. C'était une manœuvre qu'ils avaient maintes fois effectuée et qu'ils exécutèrent à la perfection. Quelques minutes plus tard, le bateau commença à dériver, perdant de la vitesse. Grange barrait en direction de l'autre navire, fendant le brouillard dans un étrange silence. Il semblait que le vent même retenait son souffle.

Très vite, l'autre bateau apparut.

C'était un brick élancé, un deux-mâts gréé en carré. Comme l'avait dit Davy, il était peint en gris, ce qui le rendait presque invisible. À travers le nuage de fumée noire qui s'élevait du pont, Grange n'apercevait pas âme qui vive. Ses voiles étaient ferlées, et le bateau se balançait paresseusement sur la mer, l'air abandonné.

Grange mit la barre à bâbord, afin de s'amarrer bord à bord.

— Davy, tu vois quelqu'un ?

— Non, cap'taine, trop de fumée. Mais je crois pouvoir lire son nom.

Il s'écoula un moment, puis :

— Il s'appelle l'*Aventurier*.

Cela ne lui disait rien, mais il pouvait venir d'un des ports du Nord, Newcastle ou Aberdeen.

— Simmons, cria Grange à l'adresse d'un des matelots. Descends avec quelques hommes dans la cale et rapporte des seaux et une corde pour l'aborder et éteindre ce feu avant qu'il ne soit trop tard. Les autres, scrutez la mer pour vous assurer qu'il n'y a personne dans l'eau.

Il plaça le *Hester Mary* bord à bord, verrouilla le gouvernail et se dirigea vers la proue. C'est alors qu'il remarqua le deuxième pavillon qui flottait au vent sur le mât de beaupré. C'était un pavillon inconnu, un lion rampant azur sur fond blanc. Au-dessus, et légèrement décentré, on remarquait une main tenant quelque chose – un poignard ? Difficile à dire, il voyait mal.

En revanche, il entendit distinctement, un instant plus tard, le cri rauque qui déchira le silence.

Bratach Bhan Clann Aoidh !

Des grappins s'accrochèrent au bastingage du sloop, accouplant les deux bateaux flanc contre flanc. Le *Hester Mary* gémit et s'immobilisa brutalement.

Un désordre indescriptible s'ensuivit.

Une trentaine d'hommes, peut-être plus, jaillirent sur le pont de l'*Aventurier*. Ils avaient les cheveux en bataille, des barbes hirsutes et poussaient des cris terrifiants. Ils envahirent l'avant du *Hester Mary* en hurlant et en brandissant de lourdes épées, des fusils à pierre et des targes cloutées.

C'est alors que Grange comprit que ce n'étaient pas des cris qu'il entendait, mais des cornemuses. Seul sur le pont avant, un homme faisait un bruit infernal.

Seigneur, des pirates... des pirates écossais !

Les minutes qui suivirent s'apparentèrent pour Grange à un cauchemar. Avant qu'il eût pu lancer des ordres à son équipage, les pillards les avaient entourés et regroupés au milieu du gaillard d'arrière. Avec leurs expressions farouches et leurs yeux qui semblaient lancer des éclairs, ils étaient effrayants.

— Écoutez, cria Grange pour dire quelque chose (il ne savait même pas s'ils comprenaient la langue du roi), nous n'avons rien. Ce n'est pas un navire marchand. C'est un simple sloop de transport. Ma cargaison, ce sont mes passagers.

Il attendit, le cœur battant, tandis que les pirates les dévisageaient tour à tour, son équipage et lui.

— Tout doux, l'homme. Nous savons ce que vous transportez.

Grand, blond, avec des yeux bleu clair de Scandinave, le chef s'avança vers Grange.

C'était une véritable montagne portant le tartan écossais et trois pistolets en travers de la poitrine. Une épée dont la lame pouvait abattre un arbre prolongeait son bras musclé.

— Combien de passagers ? lança-t-il.

Comme le capitaine ne répondait pas assez vite, il hurla :

— Combien ?

— Cinq en dehors de l'équipage, avoua Grange, sachant que tenter de le tromper ne servirait à rien. Je le jure.

— Faites-les venir ici.

Grange hocha la tête à l'adresse de son second, Burgess, qui fila vers l'entrepont.

— Va avec lui, dit l'Écossais à l'un de ses hommes. Vous trois, ajouta-t-il, à la cale.

Ils acquiescèrent et disparurent. L'Écossais se tourna de nouveau vers Grange.

— Quiconque tentera de résister sera abattu, prévint-il.

Ils attendirent, immobiles. Involontairement, le regard de Grange s'arrêta sur la lame de l'Écossais. On voyait qu'elle avait beaucoup servi, et ne demandait qu'à resservir.

Des bruits métalliques montèrent bientôt de la cale, indiquant que les pirates fouillaient la cargaison. Grange se demandait ce qu'ils espéraient trouver. Il n'y avait que les bagages des passagers et leurs réserves de nourriture qui, vu la brièveté de la traversée, étaient réduites.

Lord Belcourt et la tante de lady Isabella furent conduits sur le pont en même temps que deux Françaises, des vieilles filles qui se rendaient à Édimbourg pour consoler leur frère de son récent veuvage. Tirés de leurs lits, ils étaient tous en vêtements de nuit.

— Qu'est-il arrivé, capitaine? demanda lady Fenwycke, au bord de l'évanouissement. Je dormais quand ces brutes ont fait irruption dans ma cabine!

— Oui, que signifie tout ceci, Grange? lança à son tour lord Belcourt, visiblement agité, la perruque de travers, comme s'il l'avait coiffée à la va-vite. Vous là, ajouta-t-il à l'adresse du géant écossais. Que se passe-t-il? J'exige une explication.

L'Écossais s'avança sur lui en tirant un pistolet de sa ceinture et le pointa sur la poitrine de lord Belcourt.

— Voilà la réponse, l'Anglais

Tout le monde se figea. Lord Belcourt écarquilla les yeux. Il tremblait. Ayant passé sa vie, depuis sa naissance probablement, à intimider les autres, il n'était pas habitué à être ainsi traité. Grange n'aurait pas été étonné qu'il mouillât sa culotte.

Isabella vit Idonia vaciller et réussit à la rattraper avant qu'elle ne heurte le pont.

— Je vous en prie, ne faites pas ça.

Les mots d'Isabella, prononcés d'une voix suave, eurent l'effet d'un coup de tonnerre et détournèrent l'attention de l'Écossais. Tandis que les deux Françaises essayaient de ramener Idonia à elle, Isabella fit quelques pas vers lui. Oubliant son air menaçant et les battements de son cœur, elle leva le menton et le regarda droit dans les yeux. Puis elle prit la parole en s'efforçant de contrôler le tremblement de sa voix.

— Prenez ce que vous voulez, mais je vous en prie, ne répandez pas le sang. La vie d'un homme vaut mieux que quelques biens.

L'Écossais se contenta de la fixer, mais son expression s'adoucit quelque peu. Un instant, Isabella crut l'avoir amadoué... jusqu'à ce que cet imbécile de lord Belcourt ouvre à nouveau la bouche.

— Vous avez intérêt à l'écouter, Highlander. Vous n'avez pas idée de l'erreur que vous commettez en nous attaquant de la sorte. Savez-vous qui je suis ? Je suis un lord, membre du Conseil privé. Le roi fera exposer votre tête sur une pique avec celle de ces sales jacob… !

Belcourt ne put terminer sa phrase, car l'Écossais l'avait saisi par les cordons de sa chemise de nuit et le soulevait. La perruque du bonhomme glissa de sa tête, révélant sa calvitie, tandis qu'il dansait comme un pendu au bout d'une corde, les jambes ballantes et les yeux exorbités dans son visage de plus en plus rouge. L'Écossais glissa le canon de son pistolet entre ses lèvres tremblantes.

— Menace-moi encore avec ton charlatan de roi et je te fais sauter ce qui te reste de dents.

Il arma son pistolet.

Les deux Françaises hurlèrent.

Idonia, qui était revenue à elle, s'évanouit de nouveau.

Isabella s'avança, mains tendues, en signe de reddition.

— Je vous en conjure…

— Fergus ! la coupa l'un des pirates. La fille ! Regarde ! elle porte la…

— *Wheesht !*

Le dénommé Fergus lâcha lord Belcourt. Celui-ci atterrit sur le postérieur avec un bruit sourd. Suffoquant, il se mit à desserrer maladroitement les cordons de sa chemise de nuit pour respirer. Pendant ce temps, Fergus et son compagnon discutaient âprement. Si Isabella ne comprenait pas ce qu'ils disaient, elle crut néanmoins reconnaître les sons gutturaux du gaélique. Il était manifestement question d'elle, car ils se tournèrent à plusieurs reprises dans sa direction.

Finalement, Fergus s'approcha d'elle.

— Cette pierre, d'où la tenez-vous ?

Portant la main à la chaîne d'argent, Isabella s'en voulut de ne pas avoir caché le bijou sous son vêtement.

Vous ne devez pas vous en séparer. Protégez-la comme votre vie même…

— Vous ne pouvez l'avoir, déclara-t-elle, puisant courage dans les paroles de Saint-Germain.

— Ah, vraiment ? répliqua-t-il en croisant les bras. Et pourquoi donc ?

— Parce que… elle ne vous appartient pas.

À peine ces mots sortis de sa bouche, elle en vit le ridicule. Grands dieux ! Elle avait affaire à un pirate !

— Et alors ? fit-il, souriant à peine.

— C'est que… elle est enchantée, et si vous la prenez, il vous arrivera malheur.

Elle ignorait ce qui avait bien pu lui dicter cette réplique, et elle s'attendait que l'Écossais se plie en deux de rire, pendant que ses camarades lui enlèveraient la pierre.

Isabella la prit dans sa paume, ferma les yeux en inspirant profondément et fit des vœux pour qu'elle réagisse comme elle l'avait fait à Versailles. Elle rouvrit les yeux. L'instant d'après la pierre se mit à rayonner.

— Hé, Fergus… tu vois ? On dirait…

— Évidemment que je vois, imbécile. Je ne suis pas aveugle.

Les hommes qui étaient descendus dans l'entrepont étaient revenus, traînant des caisses et des malles, dans l'intention de les charger sur leur propre bateau.

L'un d'entre eux, remarqua Isabella, transportait ses malles.

— Attendez ! Que faites-vous ? Ce sont mes bagages.

Fergus, qui la regardait bizarrement, se contenta de sourire.

— Eh bien, c'est parfait, petite. Vous en aurez besoin. Vous venez avec nous.

5

Cap Wrath, Écosse

Le vent marin pénétrait dans la chambre, soulevant la tapisserie effilochée suspendue au-dessus de la meurtrière percée dans le mur de pierre du château.

L'air était frais et la brise faisait frissonner la silhouette sur le lit. Dehors, l'aube pointait et le cri de la mouette porté par le vent éveilla l'homme endormi.

Calum roula sur le dos, faisant crisser les fougères et les bruyères dont son matelas était fait. Les yeux fixés sur les poutres de chêne qui s'entrecroisaient au-dessus de sa tête, il resta un moment immobile à écouter le ressac en contrebas. Son sommeil avait été agité par toutes sortes de visions…

Une sirène à la noire chevelure…

… et une pierre qui tournoyait, une pierre parée des couleurs de la mer.

C'était un rêve qu'il n'avait pas eu depuis l'enfance.

Il s'était réveillé en pleine nuit, persuadé de ne pas être seul, et s'était même levé pour regarder dans le couloir noyé d'ombres, avant de se dire qu'il était simplement victime de son imagination, que cette insomnie était davantage due à la sauce épicée que MacCuick lui avait servie, la veille au soir, qu'à une vision. Ces « épices » trouvées sur la galère qu'ils avaient abordée près de la pointe de Berwick étaient probablement une forme extrême-orientale de morphine.

Oui, c'était sûrement cela.

Rejetant ses couvertures, Calum posa les pieds sur les dalles glacées et se leva. L'air frais lui caressa la poitrine. Il enfila sa chemise, s'enveloppa dans les plis épais de son tartan et le ceintura. Puis il alla vers la cuvette et se regarda dans le miroir.

Il avait du mal à se reconnaître. Avec ses longs cheveux en broussaille encadrant un visage barbu et buriné, il ne lui manquait qu'un bandeau sur l'œil pour que l'illusion fût parfaite. Il jouait depuis si longtemps au pirate qu'il avait perdu de vue l'ancien Calum Mackay, le Calum qui croyait à la légende du clan, qui surveillait jour après jour cette portion de rivage, persuadé qu'une sirène lui apparaîtrait.

Qu'était devenu ce garçon ?

Écartant ces pensées moroses, Calum versa de l'eau froide dans la cuvette, en emplit le creux de ses mains et s'en aspergea le visage. Puis, passant les doigts dans ses cheveux, il les coiffa vaguement et les attacha sur la nuque avec un lien de cuir.

Il quitta la chambre, parcourut le long couloir sombre, descendit l'escalier à demi en ruine, foulant des sols autrefois recouverts de riches tapis, et à présent envahis de mauvaises herbes, puis traversa une pièce dont le plafond s'était effondré quelques années plus tôt, la laissant ouverte sur le ciel. Les murs de pierre étaient verts de mousse, et une famille de pétrels nichait sur le rebord de la fenêtre qui servait autrefois de point d'observation aux damoiselles Mackay. Nulle tapisserie sur les murs, ni feu joyeux dans les cheminées. Ce qui avait été l'une des plus grandes forteresses des Highlands n'était plus qu'abandon et délabrement.

Le château de Wrath était un lieu légendaire, où les rois d'Écosse venaient chercher asile, et où les guerriers des Highlands s'étaient souvent battus jusqu'à leur dernier souffle. Ancienne forteresse des Mackay, le château avait été abandonné par le clan et son chef quelques siècles plus tôt au profit de terres plus civilisées, à quelques kilomètres à l'est. Depuis, personne ne venait plus au château de Wrath. Les vents marins en étaient les seuls occupants.

Entouré sur trois côtés par une vingtaine de kilomètres de landes désertes, le château se dressait sur un promontoire rocheux, face aux eaux tumultueuses du détroit de Minch. De nuit, aucune lumière n'était visible de la mer, et de jour, on n'apercevait que la ruine retrouvée un an plus tôt par Calum.

Pour un pirate, c'était une cachette parfaite.

Calum en connaissait chaque pierre, chaque passage souterrain, car il y avait joué dans sa jeunesse. Avec ses frères de lait, Fergus et Lachlann, il avait passé son enfance à y conquérir le monde avec pour épées, targes, haches ou mousquets des branches de bois flotté ou tout autre objet. Étant le plus jeune, Lachlann était relégué au rôle d'Anglais, et se trouvait donc toujours vaincu par les Écossais qui étaient invariablement les plus forts. Calum jouait toujours le rôle de son père, sauf que dans son royaume imaginaire, Artair Ros Mackay ne mourait jamais.

Il était victorieux.

Et vivait éternellement.

Au dire de tous, il ne s'était pas trouvé d'Écossais plus brave qu'Artair Ros Mackay. Il devait devenir le chef de son clan quand il décida, en 1715, de soutenir les jacobites. Il comptait mener ses hommes à la gloire, restaurer l'indépendance de l'Écosse. Au lieu de quoi, il était tombé sur le champ de bataille, laissant derrière lui une jeune femme portant dans son sein la nouvelle génération de guerriers Mackay.

Élevé dans des principes de droiture et d'honneur, Calum avait toujours su que le jour viendrait où, à l'exemple de son père, il serait appelé à défendre ce à quoi il tenait le plus. Ce jour était venu durant l'été 1745, quand leur était parvenue la nouvelle de l'arrivée du prince Stuart.

Bien que son clan, sur ordre de son oncle, eût refusé de soutenir officiellement le prince, Calum n'avait pas hésité un instant à rejoindre la rébellion. N'était-il pas honteux qu'en l'espace de trente ans un clan qui avait été, pendant des siècles, farouchement fidèle aux Stuarts, y gagnant même des titres de noblesse, eût changé de camp ?

À présent, les Mackay soutenaient l'usurpateur Hanovre. Et Calum était seul. Mais il ne se battait pas pour son clan. Il se battait pour l'Écosse, tout comme William Wallace, Robert Bruce ou son père.

Pendant sept mois, la cocarde blanche à son chapeau, Calum avait accompagné les rebelles jacobites. Ils avaient failli être victorieux, enlevant Prestonpans, puis Falkirk, aux forces hanovriennes. Ils étaient arrivés jusqu'à Derby, à deux cents kilomètres de Londres. L'Électeur qui se faisait appeler George II avait même ordonné de se tenir prêt pour une évacuation rapide de sa maison.

Puis ce fut Culloden.

Une bataille qui avait duré moins d'une heure n'aurait pas dû renverser le cours de la rébellion.

Ce fut pourtant le cas. Et les rebelles n'avaient eu d'autre choix que de se disperser dans les collines avec les troupes royales à leurs trousses. Pendant plus de quinze jours, Calum et les siens avaient réussi à leur échapper, dormant dans des grottes, se cachant dans la bruyère avec l'espoir de rejoindre leur régiment.

De reprendre le combat.

Ils étaient près de Loch Carron, sur la côte occidentale de l'Écosse, et comptaient rejoindre les îles où ils avaient entendu dire que se cachait le prince Bonnie. Fatigués, affamés, avec, pour se protéger du rude climat des Highlands, les seuls vêtements qu'ils avaient sur le dos, ils avaient été attaqués par une compagnie de soldats anglais.

Calum avait quitté le camp pour tenter de trouver de quoi manger. Alors qu'il revenait avec un lièvre et un saumon attrapé à mains nues, il avait vu les soldats emmener les siens, attachés les uns aux autres comme des animaux.

Il les avait suivis jusqu'à Inverness, impuissant à les soustraire aux mauvais traitements, dont plusieurs devaient mourir. De là, les survivants avaient été emmenés à Édimbourg dans les cales d'un bateau-prison, pour être jugés.

Mais Calum n'était pas disposé à attendre sans rien faire.

Il avait écumé les tavernes de la ville, les ruelles sombres et les venelles écartées pour rassembler un équipage de compatriotes loyaux à leur cause. Puis, au nom du prince Charles Édouard Stuart, ils avaient pris d'assaut le brick royal, HMS *Osprey*, où les prisonniers jacobites – ses frères – étaient retenus captifs. Par une nuit sans lune, ils avaient maîtrisé la garde, avant d'abandonner les hommes qui la composaient sur un petit skiff au milieu des eaux plates du Firth of Forth. Ils n'atteindraient pas le rivage avant le matin. D'ici là, Calum, ses hommes et l'*Osprey* auraient disparu dans la brume.

Beaucoup considéraient Culloden comme la fin de la rébellion. Si la bataille avait effectivement été perdue, aux yeux de Calum et de la plupart des survivants, cela ne signifiait pas que la guerre l'était. Les rebelles avaient simplement besoin de se regrouper, de rassembler leurs troupes et de mettre au point une nouvelle stratégie. Ils avaient battu les Anglais par le passé, et ils pouvaient sûrement les battre de nouveau. Mais il leur fallait récupérer leurs hommes éparpillés aux quatre vents, ou prisonniers des hanovriens.

Voilà pourquoi Calum avait décidé de prendre la mer. Pour les retrouver, ces héros des Highlands, et les ramener au combat. Il avait commencé par celui qui les avait entraînés, l'été dernier, dans la voie de la rébellion.

Il était allé trouver Bonnie Prince Charlie.

C'était à la fin de l'automne de l'année précédente. Calum avait emmené l'*Osprey*, rebaptisé l'*Aventurier*, au large de Calais. Laissant son équipage à bord, il s'était rendu à Paris, où il avait retrouvé le prince et plusieurs officiers jacobites qui avaient fui l'Écosse, lord Ogilvy et lord Elcho, Glenbucket et les héritiers Lochiel. Comme il l'espérait, ils s'apprêtaient à retourner dans les Highlands. Il ne leur manquait que les fonds et les combattants. Lorsque Calum leur avait fait part de ses intentions, et proposé ses services et ceux de son équipage, ils l'avaient nommé sans hésiter corsaire jacobite.

La mission de Calum était double. Il devait traquer et aborder les vaisseaux hanovriens, libérer les éventuels prisonniers, embaucher ceux qui souhaitaient se joindre à eux et s'emparer de tout navire pouvant être mis au service du prince. Les prisonniers anglais devaient être libérés, une partie du butin divisée entre les membres de l'équipage, le reste tenu en réserve pour la cause. Ainsi, l'*Aventurier* et les bateaux saisis devenaient une flotte officieuse au sein de la marine jacobite.

L'Électeur George n'était toutefois pas d'accord. Il avait déclaré que l'équipage de l'*Aventurier* était « un véritable fléau des mers ».

Des pirates.

Des maraudeurs.

Des traîtres à la Couronne.

Faute de connaître la véritable identité de Calum, les autorités l'appelaient « l'Aventurier ». Étant donné sa faculté à glisser entre les mailles des filets, la récompense promise pour sa capture avait atteint la somme considérable de vingt mille livres.

Calum lisait le récit de ses exploits, réels et imaginaires, avec un mélange d'amusement et d'incrédulité. Il ne s'était jamais identifié aux brigands sans foi ni loi qui avaient hanté les récits de son enfance. Évidemment, ils dévalisaient des bateaux, mais ne tuaient jamais sans raison et respectaient les lois de la guerre.

Les forces hanovriennes ne pouvaient pas en dire autant.

Pour tenter de soumettre définitivement les Écossais, les autorités avaient recommandé de ne pas « faire de quartier ». Elles avaient envoyé dans les Highlands le propre fils de l'Électeur, Guillaume, duc de Cumberland, pour une mission qui lui vaudrait le surnom de « Boucher ».

Les maisons furent dévastées, les châteaux encore debout pillés et incendiés, de façon à en effacer jusqu'au souvenir. Des vies innocentes furent passées au fil de l'épée sans autre forme de procès, et ceux qui osaient s'élever contre ces injustices étaient réduits au silence, emprisonnés et bannis.

C'était pour ces milliers de victimes que Calum avait pris le gouvernail de l'*Aventurier*, abordant les bateaux-prisons et libérant les condamnés. S'il mourait pendant cette mission, ce serait une mort honorable. Au cours de l'année écoulée, il avait sauvé d'innombrables vies humaines. Certains avaient été débarqués en France, les autres ramenés dans les Highlands.

Cependant, Calum était poussé par un motif plus personnel.

À sa naissance, six mois après la mort de son père, son oncle, qui avait été nommé chef du clan en attendant sa majorité, l'avait confié à un membre du clan Mackay. C'était une tradition profondément ancrée chez les Écossais. Un garçon avait besoin d'un père, et comme Calum n'en avait plus, Uilliam Bain avait été choisi pour assumer cette tâche.

Uilliam était un brave homme, un fermier courageux, et un Écossais pur et dur. Il avait donné à Calum la même éducation qu'à ses deux fils, Fergus et Lachlann, lui inculquant bravoure et sens de l'honneur. Ce matin d'avril 1746, Uilliam Bain avait fièrement affiché ces vertus.

Bien que plus âgé que la plupart des combattants, il s'était battu aux côtés de ses trois fils, prêt à mourir pour son pays. Se tenant dans les premières lignes, ils s'étaient rués avec leurs épées et leurs targes sur les Anglais en poussant le cri de guerre des Mackay – *Bratach Bhan Clann Aoidh !* Uilliam était tombé pendant la deuxième charge, la cheville brisée par la mitraille. Les garçons l'avaient évacué du champ de bataille et porté sur une levée en pierres sèches, où ils l'avaient laissé tandis qu'ils retournaient se battre.

On ne l'avait plus revu.

Calum apprit des mois plus tard que Uilliam avait été emmené à bord d'un bateau-prison, qui avait fait le tour des îles pour ramasser d'autres prisonniers rebelles, avant de rejoindre Carlisle sur la côte nord-ouest de l'Angleterre, où les captifs seraient jugés par le Conseil privé. Calum et ses frères, Fergus et Lachlann, savaient qu'ils n'auraient, le moment venu, qu'une seule chance de le sauver. Il leur fallait donc choisir avec soin l'heure et l'endroit pour frapper.

Calum s'était donc intéressé à lord Henri Belcourt.

Conseiller en second du Conseil privé, lord Henri était chargé de tenir le registre des prisonniers jacobites. Il avait été envoyé par la Couronne sur le continent pour négocier des échanges de prisonniers étrangers. Le reste du temps, il se contentait de mettre une marque à côté du nom des aristocrates écossais dont les corps se balançaient au bout d'une corde.

Lord Belcourt était reputé pour sa précision. Il connaissait les noms, les prétendus crimes et la localisation de chaque prisonnier, tout étant enregistré, pour la postérité, dans des livres connus sous le nom de « bibles » de Belcourt. Il avait, disait-on, l'intention de les publier, lorsque serait consommée la chute définitive des Écossais.

Cependant, Calum avait une autre idée.

Avec les informations contenues dans ces pages, il saurait comment retrouver Uilliam. Lorsqu'il avait appris que lord Belcourt devait traverser la Manche pour rejoindre l'Angleterre, il avait décidé d'envoyer son équipage l'intercepter.

Ce serait le premier pas de la mission la plus importante de leur vie.

— Bonjour, MacCuick, dit Calum en entrant dans la cuisine du château.

Contrairement à la désolation des salles supérieures, la pièce paraissait flambant neuve. Des casseroles de cuivre et des bouilloires en fonte étaient accrochées aux murs blanchis à la chaux. Des tonneaux de vin provenant des meilleurs vignobles français étaient entreposés à côté de rôtis de viandes fumées. Des fruits et des légumes exotiques, dont des bananes et des ananas, attendaient dans des paniers métalliques. Et le géant qui avait fait de ce lieu son domaine se tenait devant la cheminée.

Sans un mot à l'adresse de Calum, il continua à remuer sa marmite de porridge avec une attention et une précision que rien ne devait interrompre. À l'inverse des autres, MacCuick n'avait aucune envie de prendre la mer. Il n'avait jamais souhaité se battre, mais y avait été entraîné malgré lui, et en avait payé le prix ultime. Après avoir été libéré du bateau-prison où Calum l'avait découvert, il n'avait nulle part où aller, ne possédait plus rien que le souvenir de la famille qu'il avait perdue. Conscient des horreurs auxquelles il avait assisté – il avait vu égorger sa famille sous ses yeux –, Calum comprenait sans peine que l'homme avait eu son compte de massacres et de violences.

MacCuick restait donc au château de Wrath. Il cuisinait pour les hommes, lavait leur linge et cultivait des herbes et des fleurs dans de minuscules pots d'argile. Il avait remplacé l'aumônière en cuir par un tablier, l'épée par une louche.

— Y a-t-il quelque chose dans cette marmite qui puisse apaiser ma faim ? s'enquit Calum.

MacCuick pivota et hocha la tête avec nonchalance.

— Il y a du porridge et des pains qui cuisent sur le feu.

— Va pour le porridge. Tu n'y as pas mis une de tes épices bizarres, au moins ? Je ne sais pas ce que tu m'as donné hier soir, mais ça m'a brouillé les sens, et je n'ai pas fermé l'œil de la nuit.

MacCuick se gratta la tête.

— Ce n'était que du gingembre et une pincée de safran. C'est bon pour la digestion, et ça empêche les gaz.

— Ce ne sont pas les gaz qui m'ont tenu éveillé, mais des rêves. Des rêves étranges...

Manifestement soucieux, MacCuick prit son *Précis de bonne cuisine* et se mit à le feuilleter. Il contenait des recettes, des conseils ménagers et culinaires. Le livre avait été découvert à l'occasion d'un de leurs pillages, et le géant y puisait toute sa science.

— On dit ici que le safran régénère le sang et que c'est un aphrodisiaque...

Un aphrodisiaque ?

— Seigneur, essaierais-tu de me tuer ?

— Il n'y a pas de mal à essayer de te pousser vers les filles. Je ne t'ai pas vu en regarder une seule depuis...

— Depuis jamais. Au cas où tu ne t'en serais pas aperçu, il n'y en a pas ici. C'est une règle, et nous y tenons, car les filles troublent la pensée.

— C'est vrai. Mais c'est un trouble agréable.

— Je n'ai pas besoin de ça.

— Ce n'est pas sain pour un garçon de vivre comme un moine. Va donc un peu à Durness. J'ai entendu parler d'une fille qui s'appelle Jenny Sinclair. Tu te féliciteras d'être un homme quand elle...

— Assez ! Je suis un homme simple, MacCuick, d'origine modeste. Je préfère une chère plus ordinaire. D'accord ?

MacCuick le regarda, fronça les sourcils, puis secoua la tête et retourna à sa marmite en grommelant. Il emplit un bol de porridge, tandis que Calum prenait une tasse dans le buffet et se versait du thé de la bouilloire qui frémissait sur le feu.

— Fergus est passé et t'a demandé.

— Fergus ? Ils sont déjà de retour ? s'étonna Calum.

— Oui. Ils sont rentrés la nuit dernière.

— Pourquoi ne me l'as-tu pas dit tout de suite ?

— Tu n'as pas demandé !

Calum prit une profonde respiration, attendant la suite. Comme MacCuick ne disait rien, il reprit :

— Alors ? Où sont-ils ?

— Ils t'attendent dans la grande salle.

Oubliant son petit-déjeuner, Calum se dirigea vers la porte, sa tasse de thé à la main.

6

Fergus fut le premier à accueillir Calum. Il se leva et étreignit son frère de lait en lui administrant une formidable claque dans le dos.

De quatre ans plus âgé que Calum, Fergus était le fils aîné de Uilliam, et l'ami sur lequel il avait toujours pu compter. Calum lui faisait une confiance absolue.

Lachlann, de cinq ans plus jeune que Fergus, était assis au bout de la table. Hormis la différence de taille, des yeux plus gris que bleus et un nez cassé, six ans plus tôt, en se bagarrant avec son frère, il en était la copie presque parfaite. La fille qui était la cause du différend était partie depuis longtemps, mariée à un insulaire qui lui avait tourné la tête. Le nez brisé était là pour lui rappeler l'inconstance des femmes et la dévotion d'un frère qui avait dû brutaliser le cadet qu'il aimait pour le garder d'avoir le cœur en miettes.

À côté de Lachlann, le massif Mungo MacLeod avait pris place sur une chaise qui menaçait de se disloquer sous son poids. Oncle maternel des deux Bain, c'était un Écossais à la panse proéminente et aux cheveux couleur de flamme mourante, plus roux que blonds, et mêlés de fils blancs. À côté de lui, son fils Hugh. Bien qu'à vingt-trois ans il fût le plus jeune de tous, Hugh MacLeod avait la clairvoyance et la sagesse d'un homme deux fois plus âgé, qualités qui lui venaient de son père.

Ils étaient assis autour de la table, une bouteille de whisky entre eux. À la vue de la bouteille, Calum comprit que la mission avait été un succès.

Pourquoi alors était-il sur ses gardes ?

Prenant une chaise, il but son thé tandis que Fergus faisait le récit de leur voyage. Il raconta comment le *Hester Mary* avait été trompé par un feu sur le pont du bateau. Ils décrivirent l'indignation de lord Belcourt, sa perruque de guingois, l'absence de résistance de l'équipage. En moins d'une heure, l'opération avait été bouclée, et ils étaient repartis avec les malles de lord Belcourt.

— Vous avez fait quoi ! ? s'étrangla Calum lorsque Fergus eut achevé son récit.

Il espérait avoir mal compris.

Malheureusement, il avait parfaitement bien entendu.

— Nous avons enlevé la fille. Celle dont je t'ai parlé.

— Comment ça, *enlevée* ? Tu veux dire que tu l'as amenée ici ? Au château ? Es-tu complètement fou ?

— Nous étions obligés de l'emmener avec nous, répliqua Fergus en élevant la voix. Nous n'avions pas le choix.

— Nous ne sommes pas de vrais pirates, bougres d'idiots ! s'indigna Calum. Et ensuite quoi ? Vous allez brûler un village ? Torturer un enfant ?

— Calum, écoute-moi. Nous étions obligés de la prendre. Elle a la pierre.

La pierre.

À ce seul mot, Calum se tut.

— La... ? Tu es sûr ? Tu es sûr que c'est *Clach na Bratach* ?

— Aussi sûr qu'on puisse l'être puisque aucun de nous n'a jamais vu la pierre ; nous en avons seulement entendu parler. C'est notre père qui pourrait le confirmer, mais il n'est plus là. Elle ressemble à ce qu'on nous en a dit, et elle était là, pendue au cou de cette fille comme un simple colifichet. Qu'aurions-nous dû faire ? Nous ne pouvions tout de même pas la laisser partir en l'emportant.

MacCuick pénétra dans la salle, apportant le porridge de Calum et une théière pleine. Il s'attabla avec eux, et le silence se fit le temps qu'il ajoute à son thé du sucre et un peu de crème.

Calum prit enfin la parole.

— Qui est-ce ?

— On ne sait pas.

— Qui est qui ? demanda MacCuick qui avait raté le début de la conversation.

Calum ne lui répondit pas. Il était trop occupé à essayer de comprendre comment des hommes qu'il avait toujours considérés comme prudents avaient pu agir de manière aussi insensée. Voilà qu'il se retrouvait avec une prisonnière. Outre l'énorme désagrément que cela causait, c'était une entorse aux lettres de marque qui faisaient d'eux des corsaires, et que le prince lui-même avait signées.

En réalité, il était devenu le pirate qu'on l'accusait d'être. Ils auraient de la chance si toute l'armée hanovrienne ne se précipitait pas à leur porte.

— Elle était avec Belcourt ? interrogea-t-il distraitement. C'est peut-être sa fille, ou sa nièce…

— On pourrait exiger une rançon, proposa Mungo. Ce serait intéressant de voir combien Belcourt est prêt à payer pour sa parente, alors que les nôtres ne valent apparemment rien.

— Moi, je la lui renverrais, mais avec un enfant écossais dans le ventre, déclara Hugh. Ça se fait chez les Français. J'en ai entendu parler dans notre régiment à Falkirk. Ils appellent ça le droit de cuissage ou quelque chose d'approchant.

— Bon sang, qu'est-ce qu'il raconte ? fit Lachlann en regardant Calum.

— C'est une vieille coutume médiévale qui donnait au seigneur des droits sur la virginité des jeunes filles, la nuit de leurs noces. Une façon d'améliorer le sang.

— Oui, renchérit Hugh. Au temps de Wallace et de Bruce, le vieil Edward Longshanks a donné ce droit à ses hommes. Ils prenaient nos filles et les refilaient à leurs seigneurs comme des jouets, croyant ainsi extirper le sang écossais de nos veines. Je ne vois pas pourquoi on ne leur rendrait pas la politesse avec cette fille. On pourrait tous l'essayer.

Calum s'apprêtait à lui montrer ce qu'il pensait de sa suggestion vulgaire, quand MacCuick tapa du poing sur la table.

— Je refuse d'être plus longtemps exclu de cette conversation. Qu'est-ce que c'est que cette histoire de rançon, de filles et d'enfants… ?

— Ils ont ramené une fille, expliqua Calum en se tournant vers lui.

— Une fille ? répéta MacCuick, radieux. Bravo ! Justement on en discutait, Calum, hein ? Finalement, tu n'auras pas besoin de Jenny Sinclair. Et elle pourrait s'occuper de la lessive et du ménage…

— Ce n'est pas ce genre de fille, MacCuick.

— Et c'est quel genre alors ? demanda-t-il après réflexion.

— C'est une prisonnière.

MacCuick fit « oh », mais il était clair qu'il ne comprenait pas. Il se tourna vers Fergus en secouant la tête.

— Je connais les besoins d'un homme, Fergus Bain, dit-il, mais tu es un beau gars. Tu ne pouvais pas te trouver une fille consentante ? Jenny Sinclair à Durness ne t'aurait pas mis à la porte. Elle ne t'aurait peut-être même pas fait payer...

— Imbécile ! Nous avons enlevé la fille parce qu'elle a la pierre.

— La pierre ?

— Oui. *Clach na Bratach*. La pierre enchantée des Mackay.

MacCuick était de plus en plus perdu.

— C'est une vieille légende du clan, intervint Mungo, soucieux de justifier leur acte. C'est la légende d'une *maighdean mhara nan MacAoidh*.

— La sirène de Mackay ? traduisit MacCuick.

— Oui, celle-là même. C'était il y a des siècles, poursuivit Mungo en prenant le ton lyrique d'un *seanchaidh*, un de ces conteurs gaéliques de jadis. Plus loin que remonte le souvenir. Le chef Mackay pêchait dans la baie de Sandwood, quand il remarqua une belle jeune fille assise sur un rocher qui émergeait de la mer. C'était une apparition. Elle coiffait sa longue chevelure noire avec un coquillage et chantait la plus jolie chanson qu'il eût jamais entendue. Il était sous le charme de sa beauté autant que de son chant mélodieux. Il s'assit sur le rivage et l'écouta des heures durant, jusqu'à ce que le soleil sombre derrière les îles. Il craignait, s'il partait, ou même s'il tournait la tête, de ne plus jamais la revoir.

En bon conteur, Mungo s'arrêta pour l'effet. Tous, à l'exception de Calum, le fixaient, captivés.

Calum, lui, regardait son thé.

— Quand la sirène eut fini de chanter, reprit Mungo, Mackay l'appela et lui signifia de le rejoindre sur le rivage. Mais elle se contenta de secouer la tête et lui fit signe de venir à elle. Elle était si belle, et le sourire qu'elle lui adressa si ensorceleur qu'elle ravit le cœur de Mackay. À cet instant, il sut qu'il devait l'avoir pour femme.

— Une sirène pour femme, ricana MacCuick. Que pouvait-il faire ? Lui offrir un joli hareng comme appât ?

— Idiot, fit Mungo en lui décochant un regard noir. Notre Mackay était beaucoup plus malin que ça. Il promit à la jeune fille de danser avec elle si elle venait sur le rivage. La proposition était alléchante, car elle ne pouvait pas danser dans la mer. Mackay savait qu'elle devrait, pour ce faire, se débarrasser de sa queue, et que s'il parvenait à la lui dérober et à la cacher, elle ne pourrait pas retourner dans la mer. Elle n'aurait d'autre choix que de rester avec lui à jamais.

— Et c'est exactement ce qui se passa, enchaîna Hugh, volant la gloire à son père. Elle vint sur le rivage et se défit de sa queue pour danser avec Mackay. Ils dansèrent jusqu'à ce que la lune monte dans le ciel, faisant étinceler les eaux de la baie comme des diamants. Au bout d'un moment, Mackay la lâcha et recula pour regarder si elle continuait à danser seule sur ses jambes. Elle était si captivée par cette nouvelle expérience qu'elle ne le vit pas prendre la queue qu'elle avait laissée sur le rivage et la cacher dans le fond de son sac de pêche.

— Oh, le malin ! s'exclama MacCuick, que le récit avait fini par intéresser.

Penché sur la table, le menton dans la main, il fixait Hugh et Mungo.

— Sans sa queue, reprit Mungo, la sirène ne pouvait regagner sa demeure marine. Elle épousa donc

Mackay, et ils eurent sept enfants – quatre filles et trois garçons. Les années passèrent et la sirène et son Mackay étaient heureux, mais elle n'oubliait pas son vrai foyer. Elle avait la nostalgie de la mer. Or, un jour, alors que Mackay était sorti, les enfants accoururent vers leur mère, tout excités. Ils portaient un étrange vêtement vert qu'ils avaient déniché dans un vieux sac. Elle reconnut sa queue depuis longtemps perdue, et comprit que le monde marin était de nouveau à portée de main.

— Bigre ! s'exclama MacCuick en levant les bras. L'homme prend soin d'elle, lui donne un foyer et une famille, l'aime, et elle ne pense qu'à partir ?

— On ne peut pas changer le peuple de la mer, soupira Mungo. C'est comme ça.

Il inspira profrondément et poursuivit son récit :

— Cette nuit-là, avant le retour de Mackay, elle prit sa queue, mit les enfants au lit, les embrassa et se dirigea vers le rivage. Comme elle pénétrait dans l'eau, Mackay, qui rentrait à la maison, aperçut sa femme et comprit qu'elle avait trouvé la queue. Ce qu'il redoutait était arrivé. Il cria, la suppliant de ne pas le quitter, mais elle se contenta de secouer la tête. Elle l'aimait, oui, mais elle ne pouvait pas changer de nature. Même sans sa queue, elle appartenait au monde marin. Mais avant de disparaître dans la mer, elle lui lança une pierre, une merveilleuse pierre marine à laquelle elle avait jeté un sortilège pour protéger le clan aussi longtemps que se perpétueraient les enfants des enfants de ses enfants.

Lorsqu'il se tourna vers Calum, MacCuick avait la larme à l'œil.

— Et cette fille qu'ils t'ont amenée… elle a cette pierre ?

— À ce qu'ils disent. La pierre a disparu il y a quelque trente ans, et depuis personne ne l'a vue. Mon père est mort pour cette pierre ; il est mort en la portant au cours d'une bataille pour le roi Jacques, notre roi légitime.

Cette dernière déclaration provoqua un concert de « oui ». Les verres furent remplis et levés en l'honneur du roi de l'autre côté de la mer.

Puis le groupe demeura silencieux, savourant l'alcool.

— Et pourquoi n'avez-vous pas simplement pris la pierre ? demanda MacCuick, un moment plus tard. Pourquoi avez-vous emmené la fille ?

— Parce qu'il y a une malédiction sur la pierre.

— Une malédiction ? Alors pourquoi diable en vouloir ?

Cette fois, ce fut Calum qui répondit :

— La malédiction ne touche que ceux qui s'en emparent par la violence.

— Oh, allons donc… se moqua MacCuick.

— Ce n'est pas une plaisanterie, MacCuick. À l'époque de Bruce, un rival s'est introduit dans le château de Wrath et a dérobé la pierre, tuant le fils et le petit-fils du chef. Quinze jours plus tard, la femme du monstre l'a trouvé mort dans le lit matrimonial au réveil. Il avait été mordu en plusieurs endroits par une vipère. Curieusement, elle-même était indemne. Tous ceux qui ont osé voler la pierre ont péri de morts étranges ou brutales. Finalement, elle revenait chez les Mackay, généralement rapportée par le plus proche parent du coupable, désireux d'apaiser la colère de la pierre.

— Il te reste donc à convaincre cette fille de te la donner, conclut MacCuick.

— Sans doute. Où est-elle ? s'enquit Calum en se tournant vers Fergus.

— Dans la chambre donnant sur le large.

— Tu l'as laissée seule ?

— Non. J'ai posté Dermid et Graeme devant la porte. Non que ce soit utile. Où irait-elle ?. Nous sommes au milieu de nulle part, et en plus, elle n'a pas la moindre idée de l'endroit où elle se trouve. On pourrait tout aussi bien être en Chine. Elle ne sait même pas pourquoi on l'a enlevée.

En fait, elle le savait.

La pièce où Fergus avait enfermé Isabella était située dans la même tour que la grande salle, deux étages au-dessus, mais il ignorait que derrière lui dans l'épaisseur du mur et sur toute la hauteur de la tour courait un conduit. Au temps de la splendeur du château, il servait à déverser les eaux usées et autres ordures. Pour l'heure, il permettait à la captive d'écouter leur conversation.

Et à présent, elle savait exactement ce qu'elle devait faire.

la
ter
cô
ré
qu
co
dui
Ca
vo
po
Fe
pl
El
da

7

Calum monta l'escalier menant à la chambre de la prisonnière à pas lents, s'arrêtant une fois, puis deux, pour réfléchir.

Il n'avait pas la moindre idée de ce qu'il allait trouver.

Ils avaient donc pris un otage. Il devait l'accepter. Il n'avait d'ailleurs pas le choix. Restait à savoir ce qu'il allait faire d'elle.

Il pouvait simplement la relâcher. Il chargerait Fergus de la remettre sur le bateau et de la débarquer discrètement près d'Édimbourg. On agirait comme si rien ne s'était passé. Après tout, c'était lui qui avait eu l'idée de l'amener au château, et Calum n'avait pas besoin de la voir.

Mais il y avait la pierre.

Cette pierre qu'il avait désirée toute sa vie. Et voilà qu'elle était à portée de main.

Qui était cette fille ? Comment se trouvait-elle en possession de la pierre ? Était-elle jeune ou vieille ? Fergus n'en avait rien dit, mais Calum avait l'impression que ce n'était ni une matrone ni une enfant. Quoi qu'il en fût, elle devait être terrorisée. Elle avait été enlevée par des pirates et conduite dans un lieu inconnu. Et s'il la trouvait en pleine crise de nerfs ? Et si, à sa vue, elle poussait un cri et s'évanouissait ?

Et si elle n'était pas là ?

Elle pouvait s'être échappée et errer à présent dans la *parbh*, cette immensité couverte de landes battues par les vents qui s'étendaient derrière les murailles du château... On pouvait y disparaître à jamais.

Et si la pierre était perdue avec elle ?

Et si... ?

Et si Fergus et les autres l'avaient blessée en l'enlevant ? Au fait, comment avaient-ils procédé ? S'était-elle débattue ? Avaient-ils dû la maîtriser, lui lier les mains et la bâillonner, la menacer ?

Fergus ne l'avait pas précisé, et l'imagination de Calum battait la campagne.

Il secoua la tête, horrifié à la pensée de ce qui avait pu se passer. Elle avait aussi bien pu tomber malade pendant le voyage. Peut-être brûlait-elle de fièvre, seule et à l'insu de tous, dans cette chambre.

On ne savait même pas qui elle était ni d'où elle venait.

On ne connaissait même pas son nom.

Cette seule pensée lui flanquait mal au crâne. Et il avait atteint le haut de l'escalier. La porte de la chambre se trouvait juste en face de lui.

Il ne pouvait plus reculer.

Calum s'approcha, mal à l'aise. Les deux hommes que Fergus avait postés là étaient écroulés contre le mur, assoupis. Il toussa et ils bondirent sur leurs pieds, prêts à recevoir ses ordres.

— Chef ?

— A-t-elle dit quelque chose ?

— Non. Elle est aussi muette qu'une carpe.

Calum ne s'attarda pas à leur demander s'ils étaient sûrs qu'elle se trouvait toujours dans la chambre. Avec un soupir résigné, il posa la main sur le loquet.

Le grincement des gonds résonna sinistrement à ses oreilles.

Il poussa le battant. La pièce était sombre. Il n'y avait pas de fenêtres et elle était éclairée par une unique bougie qui faisait danser les ombres sur les murs de pierre. On n'entendait que le bruit des vagues se brisant sur les rochers en contrebas. Pas de cri. Pas le moindre son. Calum demeura un long moment immobile. Il avait laissé la porte ouverte derrière lui pour laisser entrer la lumière.

— Mademoiselle ?

Silence.

Puis il la vit.

Assise sur une chaise à l'autre bout de la chambre, les jambes repliées sous elle, à demi dans l'ombre. Elle était drapée dans une vieille couverture. Elle ne cria pas. N'eut pas même un clignement de paupières. Toutefois, en s'approchant, il remarqua qu'elle tremblait.

— Vous avez froid, dit-il doucement.

« Ou peur », songea-t-il.

— Un peu, avoua-t-elle en le regardant à peine.

« Un peu des deux », décida-t-il.

Sa voix était basse, presque un murmure, et voilée, le genre de voix qui convenait à une pièce obscure. Il s'approcha plus près et fut aussitôt saisi par son parfum, un parfum spécifiquement féminin – fleuri, sucré – qui attire l'homme autant que la chaleur de l'âtre par une froide nuit d'hiver.

Calum recula d'un pas. Ses yeux s'étaient suffisamment habitués à l'obscurité pour discerner la forme de son visage, la courbe de son nez, l'élégant modelé de son menton. Ce qu'il vit suffit à le faire cligner des yeux.

Deux fois.

Son visage d'une beauté singulière aurait pu être sculpté dans l'albâtre. D'épais cils balayaient ses joues d'une pâleur de clair de lune. Ses cheveux bruns tombaient en mèches désordonnées sur ses oreilles, et il fut pris d'une irrésistible envie de les écarter pour mieux la voir.

Elle était tout simplement exquise.

Ses sourcils dessinaient une courbe harmonieuse, et ses lèvres pleines, joliment ourlées, étaient légèrement entrouvertes. À leur seule vue, il sut qu'elles seraient douces. Ce qu'il ignorait, c'est le goût qu'elles auraient et la façon dont elles s'ajusteraient aux siennes…

Calum cilla, choqué par ses propres pensées.

Comment diable en était-il venu à songer cela ? C'était comme s'il avait été…

… *ensorcelé*.

Il secoua la tête pour tenter de s'éclaircir les idées.

— Qui êtes-vous ? demanda-t-elle en le fixant droit dans les yeux. Pourquoi m'avez-vous amenée ici ?

Le timbre était mélodieux, l'accent cultivé – et indubitablement anglais.

— Je suis Mackay. Et vous ? risqua-t-il presque timidement.

— Je suis…

Elle fronça les sourcils, troublée.

— Avez-vous dit que vous étiez MacAoidh ?

Elle avait prononcé le nom à la manière ancienne, avec l'inflexion gaélique – *Mack'uy* –, ce qui était pour le moins étrange. La plupart des Anglais s'escrimaient à prononcer *Mac-kay*.

Qui était cette femme ?

— Oui. Je suis Calum Mackay de Wrath.

Elle parut interloquée, mais après un moment, elle hocha la tête et murmura :

— Oui. Oui, bien sûr.

On aurait dit qu'elle s'adressait à elle-même plutôt qu'à lui.

Elle se redressa et le regarda avec une expression étrange, comme si elle s'efforçait de se montrer courageuse.

La couverture dans laquelle elle était enveloppée lui glissa de l'épaule, révélant une tenue de voyage dont la veste évasée, de coupe masculine, était boutonnée jusqu'au cou. C'était un beau vêtement gansé, à parements de soie, trahissant un milieu aisé.

Était-ce la fille de lord Belcourt ?

Que Dieu lui vînt en aide si c'était le cas...

— Vous n'avez pas besoin de cela, assura-t-il en indiquant le bougeoir qu'elle tenait caché sous la couverture, pour le cas où elle aurait à l'assommer. Je n'ai pas l'intention de vous faire le moindre mal.

Elle hocha la tête, sans poser le bougeoir pour autant.

Elle déplia les jambes et il aperçut un bas blanc et un pied délicat. Elle se leva et lui fit face. Malgré ses talons, elle lui arrivait à peine au menton. La lumière du couloir lui éclairait le visage, et il vit ses cheveux, presque noir de jais, et ses yeux d'un bleu saisissant.

Bleus comme les profondeurs de la mer des Hébrides...

Calum demeura hypnotisé par ces yeux, jusqu'à ce qu'elle bouge et que la chaîne qu'elle portait autour du cou scintille.

Il en avait presque oublié la pierre.

Lorsqu'il la vit, nichée entre ses seins, il retint son souffle.

Calum n'avait jamais vu la pierre enchantée des MacAoidh, il en avait seulement entendu des descriptions, par les nuits d'hiver, autour d'un feu de tourbe. Mais en la voyant pendue au bout de sa chaîne d'argent, il sut. C'était comme si son sang chantait dans ses veines. C'était bien *elle*. Même dans la pénombre, il s'en dégageait une lumière mystérieuse, inexplicable, évoquant l'origine même de son nom.

MacAoidh – les Fils du Feu.

Il tendit la main comme pour s'en saisir, puis suspendit son geste, hésitant.

— Cette pierre, dit-il à mi-voix, d'où la tenez-vous?

— Pourquoi voulez-vous le savoir? demanda-t-elle en portant la main à la chaîne, comme pour la protéger.

— Parce qu'elle appartient à ma famille.

— Oui, je suis au courant.

— Elle a disparu il y a des années.

— Oui...

— C'est vous qui l'avez volée?

Question stupide, car elle était trop jeune pour cela – en fait, elle ne devait pas avoir plus de vingt-deux ou vingt-trois ans. Mais la pierre pouvait lui avoir été remise par quelqu'un, un parent peut-être... peut-être même celui qui avait tué son père.

— Si je l'ai volée? répéta-t-elle, éberluée. Non. J'ai simplement l'intention de la rendre. De la rendre à son véritable propriétaire.

Ces mots, *véritable propriétaire*, firent remonter à la surface un sentiment d'insécurité profondément enfoui chez Calum. Il prit une longue inspiration, puis demanda :

— Et qui est le véritable propriétaire ?

— Je ne sais pas encore.

— D'où la tenez-vous ? insista-t-il en fronçant les sourcils.

— Je crois que vous ne l'ignorez pas, répliqua-t-elle en le regardant au fond des yeux.

Plutôt que d'offrir des réponses, elle soulevait de nouvelles questions.

S'avançant, Calum se pencha vers elle et demanda d'une voix grinçante :

— Qui diable êtes-vous ?

S'il avait espéré l'intimider, il dut déchanter. Elle soutint son regard et battit des paupières.

— Je crois que vous connaissez aussi la réponse. Je crois que vous l'avez toujours connue.

Calum recula d'un pas. Puis de deux.

— J'ignore à quel jeu vous jouez, gronda-t-il, mais vous n'avez aucune idée de ce que vous faites. Je saurai votre nom. Et tout de suite.

Elle déglutit, trahissant la nervosité qu'elle essayait de dissimuler.

— Je m'appelle…

Elle hésita.

— Je m'appelle Maris.

Maris ?

— Je ne connais pas de Maris.

— Vous en êtes sûr ?

— Oui. Tout à fait sûr. J'ai parcouru tout le pays, et je n'ai jamais rencontré personne de ce nom.

— Qui a parlé de pays ? répliqua-t-elle.

Calum la dévisagea.

Maris.

C'était du latin. Cela signifiait « de la mer ».

Était-ce son nom ? Le nom de celle qu'il avait vue dans ses rêves ?

Il écarta cette pensée et tenta d'ignorer les battements précipités de son cœur.

— Que dites-vous là ? Vous n'êtes pas…

Il secoua la tête, effaré.

— Vous ne voulez pas dire, reprit-il, que vous êtes une…

Sirène.

Bien qu'il n'eût pas prononcé le mot à voix haute, ses pensées l'avaient hurlé. Était-ce possible ? Se pouvait-il qu'elle en fût une?

La part raisonnable en lui rangeait cette éventualité au chapitre des rêves d'enfant, mais une autre, celle qui avait été nourrie de contes et de légendes – surtout de cette légende-ci –, ne pouvait s'empêcher de se demander s'il n'y avait pas une infime possibilité que ce fût vrai.

Combien d'heures, de jours, de mois même avait-il passé, assis sur ce promontoire surplombant la baie, à attendre, les yeux rivés sur les eaux bleues et étincelantes, qu'apparût cette fille de légende ? Se pouvait-il que la fille qu'il avait appelée dans ses rêves se tînt devant lui, la pierre qu'il avait cherchée toute sa vie autour du cou ?

Mais comment cela pouvait-il être ?

— Vous mentez, dit-il.

— C'est possible. Mais il est également possible que j'aie été envoyée ici pour restituer la pierre. Pour rétablir l'équilibre. Pour choisir entre les deux, dit-elle en plongeant son regard dans le sien.

Calum fut parcouru d'un frisson.

Comment savait-elle, alors que la plupart des membres de son équipage l'ignoraient ?

— Je ne vous crois pas, rétorqua-t-il, alors qu'il pensait plutôt : Je ne crois pas en vous.

— Croyez-vous en cela ? demanda-t-elle en soulevant la pierre.

Il ouvrit la bouche, mais quand la pierre se mit à briller, les mots moururent dans sa gorge. De rouge sombre qu'elle était, elle pâlit jusqu'à devenir rose, puis orange, et enfin jaune, comme si une flamme mystique jaillissait du creux de la main de la fille.

À la lumière de la pierre, Calum voyait ses yeux émerveillés, son visage radieux comme le soleil en été.

Toute sa vie, il avait été bercé par les récits de la pierre et de la sirène qui l'avait apportée à son peuple. Il l'avait guettée, il l'avait attendue, croyant qu'un jour elle reviendrait et qu'elle rapporterait la pierre.

Qu'elle *lui* rapporterait la pierre.

L'âge venant, il avait abandonné ces rêves d'enfant, les remisant au rayon des contes de fées.

Mais le rêve n'en demeurait pas moins. Car banni de ses pensées durant le jour, il se glissait, la nuit, dans son sommeil.

Et maintenant ?

Maintenant, elle était devant lui.

Il ne pouvait le nier.

Elle le fixait au-dessus de la pierre qui était devenue d'un bleu-vert laiteux.

— Croyez-vous que ceci soit une supercherie, monsieur Mackay ?

Parlait-elle de la pierre ?

… ou d'elle-même ?

Il n'eut pas l'occasion de lui répondre.

— Chef ?

La voix venait de derrière lui. Aussitôt, la lumière à l'intérieur de la pierre s'éteignit comme la flamme d'une bougie.

— Qu'est-ce que c'est ?

— Il y a… commença Lachlann d'une voix hésitante, un message urgent pour toi. Il vient d'arriver.

Un message. Cela ne pouvait vouloir dire qu'une seule chose.

— Je descends tout de suite.

— Le… euh… *messager* qui l'a apporté attend ta réponse.

Sacrebleu !

— Fais-le patienter dans la salle basse. J'arrive.

Il se retourna vers la fille. Elle n'avait pas bougé ni prononcé un mot.

— Lachlann ?

— Oui, chef ?

— Vois avec MacCuick ce qu'il peut offrir à manger à notre invitée.

Il ne quittait pas la fille des yeux. Une part de lui-même ne voulait pas s'éloigner, de peur qu'elle ne s'évanouît comme par magie.

Comme Mackay et la sirène…

— Je dois partir, dit-il. Une affaire urgente me réclame. Mais cette conversation est loin d'être terminée, madame.

Elle hocha simplement la tête, et Calum tourna les talons.

Isabella acheva son thé et reposa la tasse sur la soucoupe avec un petit tintement. Puis elle repoussa sa chaise et se leva pour arpenter la pièce. Le bruit de ses pas résonnait dans le silence.

Après sa rencontre avec Calum Mackay, on l'avait conduite dans ce qui avait été, en d'autres temps, la grande salle où les occupants du château se réunissaient pour écouter les dernières nouvelles, discuter de stratégies de bataille et célébrer les victoires. À l'époque, des bannières multicolores accrochées aux chevrons flottaient au souffle de la brise marine.

Des mariages devaient y être célébrés, des naissances annoncées, et peut-être s'y était-on battu en duel, les claymores heurtant le sol de pierre dans des gerbes d'étincelles. Elle pouvait presque l'imaginer, la fureur des bottes et des parades, le plus faible qui trébuche, le vainqueur haletant qui regarde de toute sa hauteur son ennemi rendre son dernier soupir.

À présent, cependant, la salle n'était plus qu'une coquille vide et sans âme, perdue dans les entrailles d'un château apparemment déserté. Des veines de mortier couraient sur les murs. Le sol était craquelé. À l'autre bout de la pièce se dressait une cheminée de pierre qui n'avait pas dû servir depuis des lustres.

Par la fenêtre, elle apercevait des dépendances en ruine, des bâtiments déjetés et des squelettes de pierre perchés sur la falaise.

À l'horizon, ce n'étaient que mer et ciel à l'infini.

Isabella s'arrêta un moment devant la fenêtre. Elle n'avait pas la moindre idée de l'endroit où on l'avait emmenée, sinon qu'elle était en Écosse. Sur le pont du bateau qui l'emportait, elle avait bien essayé de se repérer, mais la brume et l'obscurité l'en avaient empêchée. D'après la morsure du vent et la brièveté du jour, elle supposait qu'ils étaient remontés loin au nord. Malheureusement, elle connaissait mal cette partie du pays. Sur les cartes qu'il lui arrivait d'étudier, le cartographe avait, lui semblait-il, omis de noter les noms au-dessus d'Inverness, laissant ainsi toute cette région vierge.

Elle s'était efforcée de garder le compte des jours écoulés depuis son enlèvement. Le *Hester Mary* avait dû atteindre Leith, où l'attendaient Elizabeth et Douglas, son père, sa mère et ses sœurs. Que leur avait dit Idonia ? Sa mère devait être morte d'inquiétude. Douglas, le duc et Elizabeth étaient sûrement partis à sa recherche. Mais quelles chances avaient-ils de la retrouver ?

Dire que moins de deux semaines auparavant elle était à Paris, se lamentant de la platitude de sa vie !

Et voilà qu'en l'espace de quelques jours elle avait rencontré le roi de France, soupé avec sa célèbre maîtresse, reçu une pierre enchantée des mains d'un mystérieux comte… Puis elle avait été enlevée par des pirates écossais et conduite dans un château perché sur une falaise, quelque part au fin fond des Highlands.

Le Destin avait-il décidé de rattraper le temps perdu ?

Les Écossais n'avaient probablement pas abordé le *Hester Mary* par hasard, mais Isabella ne croyait pas que leur principal objectif fût la pierre ou elle-même.

L'attaque devait plutôt avoir un lien avec lord Belcourt. C'est en tout cas ce qu'elle avait compris de la conversation entendue par le conduit. Le fait que ce soient des pirates Mackay et qu'ils aient reconnu la pierre n'était peut-être qu'une heureuse coïncidence.

Et ce Calum Mackay ?

Avec son regard farouche, ses longs cheveux noirs et cette barbe qui lui mangeait le visage, il avait tout du parfait brigand.

Et il en était un. Un bandit des mers, plus précisément. Ses hommes n'avaient-ils pas suggéré de l'échanger contre une rançon ? Et bien pis encore ? Elle frissonna au souvenir de leurs propos sur l'horrible et archaïque droit de cuissage. Ils la soupçonnaient d'être apparentée à lord Belcourt et souhaitaient se venger de lui parce que c'était un lord anglais. Que feraient-ils s'ils découvraient que son père était duc, et pas n'importe lequel, mais le duc anglais de Sudeleigh ?

Pour sa sécurité, elle devait garder son identité secrète. Pour le moment, ils ignoraient tout d'elle. Elle avait fait croire à ce Mackay qu'elle était une sirène, cette « Maris » venue rapporter la pierre au clan. C'était tout ce à quoi elle avait pensé.

Il refusait de la croire, elle le savait. En fait, il suffirait de le pousser un peu pour qu'il nie en avoir même envisagé la possibilité. Cependant, une part de lui-même – si petite fût-elle – n'était pas entièrement convaincue qu'elle ne fût pas une sirène.

Et aussi longtemps qu'il aurait un doute, elle ne craindrait rien.

8

Debout dans l'embrasure de la porte basse, Isabella embrassait du regard la cuisine et l'homme qui en avait fait son repaire.

Il était grand, plus grand peut-être que les topiaires du jardin de son père, avec de larges épaules sous sa chemise de lin mal coupée.

Ses cheveux étaient longs, épais et grisonnants. Bien qu'attachés sur la nuque par un lien de cuir, des mèches s'en échappaient, se mêlant à sa barbe grise et retombant sur ses yeux. Ses manches de chemise étaient retroussées sur d'impressionnants avant-bras, tandis qu'il pétrissait une boule de pâte dans une jatte de bois. Une bouilloire frémissait joyeusement sur le feu derrière lui, et des tranchoirs de tailles variées encombraient la table au centre de la pièce.

Contrairement au reste du château, la cuisine était étonnamment propre et bien meublée. Le parfum proprement divin qui s'en dégageait enveloppait Isabella tel un manteau délicieusement chaud et doux.

— Je ne sais pas ce que vous faites, mais cela sent merveilleusement bon, lança-t-elle.

L'homme sursauta et leva la tête. Les mains toujours dans la farine, il la dévisagea sans prononcer un mot.

— Je…

Isabella risqua un pas dans la pièce.

— J'ai fini mon repas et je rapporte les plats vides.

Il continua à la dévisager. Finalement, il indiqua l'évier du menton.

— Vous pouvez les laisser là.

Sa voix bourrue lui évoquait un grognement d'ours.

Isabella traversa la cuisine et déposa les assiettes dans un évier déjà plein de vaisselle sale.

— C'était délicieux, dit-elle, essayant de nouveau de nouer conversation. Le thé était particulièrement savoureux. Je me demandais… en auriez-vous encore ?

Il se remit à pétrir la pâte en silence.

— J'en préparerai une autre théière dès que j'aurai mis ces pains à cuire.

— Je… je pourrais peut-être… vous aider ? proposa-t-elle après l'avoir observé un moment encore.

À son regard, elle comprit qu'il allait refuser. Mais l'instant d'après, quelque chose changea dans son expression. Ses yeux s'adoucirent imperceptiblement, son visage se détendit. Il se saisit de la boule de pâte et la flanqua sur une surface farinée, au centre de la table. S'emparant ensuite d'un rouleau de bois qui avait visiblement beaucoup servi, il le lui tendit.

— Vous savez abaisser la pâte ? demanda-t-il.

— Oui.

Elle ne mentait pas. Dans son enfance, Isabella passait des heures dans les cuisines de Drayton Hall. Elle cueillait des baies qu'elle rapportait à la cuisinière, Dora, pour ses gâteaux et ses tourtes. Parfois, elle s'asseyait et prenait le thé tandis que la cuisine continuait à tourner avec une précision quasi mécanique. Plus grande, Isabella inventait des excuses pour aller observer Dora réaliser de délicieuses créations culinaires rien qu'en jetant, semblait-il, des poignées d'ingrédients dans des jattes de bois.

Elle avait fini par demander si elle pouvait aider. Dora avait d'abord refusé, et c'est ainsi qu'Isabella avait appris combien les cuisinières sont jalouses de leur domaine. En outre, elle était fille de duc, et la frontière était très nette entre les domestiques et les maîtres.

Mais Bella était allée trouver ses parents et leur avait fait part de son désir. Le duc, pour qui toute forme d'apprentissage était un enrichissement, avait accepté. Une future épouse ne pouvait que tirer profit d'un séjour aux cuisines qu'elle aurait un jour à diriger dans sa propre maison.

Isabella s'était attelée à la tâche avec l'enthousiasme qui la caractérisait. C'était pour elle une forme d'expression artistique.

Tandis que ses sœurs prenaient plaisir à d'autres occupations – Elizabeth dans les livres, Catherine à l'épinette, Mattie dans le jardin, et Caroline dans tout ce qui pouvait lui attirer des ennuis –, Isabella trouvait dans la cuisine une autre façon de laisser libre cours à sa créativité. Elle aimait l'idée d'utiliser les produits de la terre et de les combiner pour créer quelque chose d'unique. Son premier essai avait été un pudding à la mélasse nappé de crème au citron qui lui avait valu un sourire approbateur de son père. Elle avait quatorze ans, et la satisfaction que lui avait procurée cette première tentative ne s'était pas démentie depuis.

Isabella étala la pâte en forme de galette ronde et regarda le cuisinier d'un air interrogateur. Il lui montra comment former chaque pain à la main, puis comment les placer sur la grille qu'il accrocha ensuite sur le côté de l'âtre. Elle les observa cuire, lever, brunir, puis les retira du feu et les mit à refroidir sur la table.

— Y a-t-il autre chose, monsieur… ? demanda-t-elle quand elle eut fini.

— MacCuick, dit-il tout en coupant une pomme de terre au-dessus d'une marmite.

— MacCuick, répéta-t-elle. C'est votre prénom ou votre nom de famille ?

— Mon nom de famille, mais tout le monde m'appelle ainsi.

— Quel est votre prénom ?

— Malcolm.

— Je préfère. Cela vous va bien.

— C'est comme ça que ma femme m'appelait, murmura-t-il. Avant qu'elle meure.

Isabella remarqua la tristesse qui avait envahi ses yeux.

— Je suis désolée, fit-elle.

— Non, il n'y a pas à être désolé, riposta-t-il d'une voix rauque. Mais pour dire la vérité, je regrette de ne plus l'entendre.

— Cela vous dérangerait si… peut-être… je vous appelais Malcolm ?

Il se figea, la pomme de terre dans une main, le couteau dans l'autre.

— Ce serait très bien, mademoiselle, dit-il enfin.

— Et vous pouvez m'appeler Bel… Maris. Mon nom est Maris.

Malcolm la regarda. Il ne la croyait pas, c'était évident.

— D'accord pour Maris, mademoiselle, acquiesça-t-il malgré tout.

Il embrassa du regard les meubles et les étagères qui garnissaient les murs blanchis à la chaux.

— J'ai toutes sortes d'épices et d'herbes pour parfumer, mais je ne sais pas trop quoi en faire. J'ai un livre, seulement ça ne m'aide pas beaucoup pour les plats écossais…

Isabella inspecta l'étagère la plus proche, et choisit certaines des herbes qu'elle avait vu Dora utiliser.

— Par exemple, continua-t-il, qu'ajouteriez-vous pour relever le *powsowdie* ?

Isabella ouvrit une jarre en terre cuite remplie de thym et la renifla.

— *Powsowdie ?* Je crains de ne pas savoir ce que c'est.

Malcolm avait fini de couper ses pommes de terre et s'occupait du thé.

— Il y en a dans cette marmite.

Isabella s'approcha de la grande marmite noire qu'il lui indiquait. Elle en souleva le couvercle et jeta un coup d'œil à l'intérieur.

Le *powsowdie* croisa son regard, et elle poussa un cri d'horreur.

— Qu'est-ce que c'est ? s'exclama-t-elle en reposant vivement le couvercle.

— Je vous l'ai dit, petite. C'est le *powsowdie*.

— C'est une tête, Malcolm !

— Oui, une tête de mouton. Vous n'avez jamais mangé de *powsowdie* ?

Refoulant un haut-le-cœur, Isabella ferma les yeux, essayant de chasser de son esprit ce regard vitreux.

— Non, jamais.

— C'est délicieux. Une vieille tradition écossaise. On en sert toujours quand les gars reviennent d'une mission réussie en mer. Et celle-ci est une belle tête, vraiment. J'en ai moi-même brûlé la laine avant de la mettre à mariner pendant la nuit, pour l'attendrir. Il ne reste plus qu'à retirer les yeux et à la fendre entre les oreilles pour qu'on…

« Qu'est-ce qui ne va pas, petite ? Vous êtes verte. Le fromage que je vous ai donné ne vous a pas réussi ? Il était peut-être un peu fort.

Isabella prit une profonde inspiration. Puis une seconde.

— S'il vous... plaît, balbutia-t-elle, puis-je avoir... un peu de thé ?

— Certainement. Il a fini d'infuser. Voici.

Isabella prit la tasse, en huma le parfum et s'apprêta à la porter à ses lèvres, quand...

— Qu'y a-t-il dans ce thé ? s'enquit-elle, suspicieuse.

S'ils se régalaient d'une tête de mouton, qu'appelaient-ils thé ?

— C'est du thé, petite, répondit MacCuick, déconcerté.

— Simplement du thé ? Rien d'autre ? Des boyaux ? Un sabot, peut-être, mis à infuser ?

— Non, gloussa Malcolm. Simplement du thé. Excellent, en plus. Il vient de Chine.

Isabella s'assit sur une chaise et goûta le liquide brûlant, espérant qu'il remettrait son estomac d'aplomb. Relevant la tête, elle aperçut la marmite et changea de position de façon à lui tourner le dos.

Pendant le reste de la journée, Isabella et MacCuick préparèrent un festin. Se tenant à distance de la marmite de *powsowdie*, elle lui montra comment remuer la crème pour qu'elle ne brûle pas sur le feu, tandis qu'il lui apprenait à faire dégorger les bigorneaux.

Tout en travaillant, ils bavardèrent de choses et d'autres, puis elle orienta la conversation sur son ravisseur, dans l'espoir de découvrir qui était vraiment Calum Mackay.

— Malcolm, comment un homme tel que vous a pu échouer avec une bande de pirates ?

— Oh, mais ce ne sont pas des pirates ! Pas dans le sens habituel du terme.

— Mais regardez autour de vous, contra-t-elle en désignant de la main les trésors qui les entouraient. Du café et du thé hors de prix, des fruits exotiques et des plats en argent pour les présenter. Rien de ce qui est ici ne vous appartient.

— Mackay a de très bonnes raisons pour faire ce qu'il fait, mademoiselle Maris, assura Malcolm en secouant la tête. Des raisons honorables. Sans lui, je serais esclave de l'autre côté de l'océan.

— Vous êtes un jacobite ?

— Non, ma fille. Mais c'est ainsi. Je n'étais pour aucun camp. On m'avait dit que si je ne me battais pas, je ne serais pas puni. Et j'avais une famille à protéger.

— Et qu'est-il arrivé ? demanda Isabella, sentant qu'il avait besoin de parler.

— Je vivais près de Drummossie Moor.

— Où a eu lieu la bataille de Culloden ?

— Oui. De mon champ, j'entendais le canon, mais je ne me suis jamais approché. Après la bataille, les blessés sont arrivés, cherchant de l'aide. Ils étaient dans un triste état, percés par les baïonnettes et choqués. Ma Mary et moi, nous ne leur avons pas demandé dans quel camp ils étaient. Nous avons seulement cherché à les soigner et à soulager leur douleur.

— Bien sûr, souffla Isabella.

Elle aurait fait de même.

— Puis les soldats du roi sont arrivés, reprit MacCuick. Certains des hommes que nous soignions étaient jacobites. Ils ont décrété que nous étions tous des rebelles. Ils ont achevé les blessés, et ils ont…

Il se tut et ses yeux s'emplirent de larmes. Il pressa les lèvres, refoulant l'émotion qui le submergeait. Isabella lui prit la main.

Il leva les yeux. Jamais elle n'avait vu une telle douleur dans un regard.

— Ils ont tué ma Mary, puis ma fille et notre fils. Ils nous ont tous abattus, seulement je ne suis pas mort. Je les ai entendus mourir. Jamais je n'oublierai.

Isabella se couvrit la bouche de sa main.

— Je les ai suivis, enchaîna MacCuick, pour les éliminer, mais ce sont eux qui m'ont attrapé et jeté dans un bateau-prison comme rebelle. J'ai eu beau leur expliquer que je n'avais pas pris part à la bataille, j'ai été condamné à la déportation dans les colonies. Ça m'était bien égal. Ma vie était finie. Sans Mary et les enfants, je me moquais de ce qui pouvait m'arriver. Je priais pour mourir dans cette affreuse cale de bateau, je suppliais le Seigneur de me frapper de quelque maladie, le typhus par exemple, pour rejoindre Mary au ciel. On était en mer, au large de Peterhead, quand j'ai entendu de l'agitation sur le pont au-dessus de nous. C'était Calum Mackay, dit-il en la regardant. Il venait nous libérer. J'avais cru vouloir mourir, petite. Mais quand je l'ai vu debout sur le pont, son épée étincelant au soleil, j'ai compris que je voulais vivre. Je voulais vivre, parce que c'est ce qu'aurait voulu Mary.

— Ainsi, Mackay n'attaque les bateaux que pour libérer les prisonniers ?

— Oui, petite. Le roi George croit qu'en se débarrassant de tous les Écossais il écrasera la rébellion. Ils appellent ça « le nettoyage des vallons ».

Isabella en avait entendu parler par les lettres de sa sœur Elizabeth, mais en écoutant MacCuick, elle en reconnut l'injustice.

Injustice que Calum Mackay avait apparemment l'intention de réparer.

— Et tout cela alors ? reprit-elle, montrant les épices, l'argenterie et les tonneaux de cognac. S'il n'est pas un pirate, d'où tout cela provient-il ?

— C'est le butin de guerre, mademoiselle. Calum a des lettres de marque de Bonnie Prince Charlie en personne, qui font de lui un corsaire jacobite. C'est vrai que nous en profitons un peu, mais la plus grande partie est conservée ici, pour le jour où Bonnie Prince Charlie coiffera la couronne d'Écosse qui lui revient de droit. Et il ne prend qu'aux hommes qui dévastent la campagne écossaise. Regardez ces tableaux, ajouta-t-il en désignant deux cadres dorés incongrus sur le mur de la cuisine, au milieu des marmites et des poêles. Ils devaient être livrés à lord William Blakely, un général hanovrien qui avait autorisé ses troupes à piller les vallons autour de Fort William. Il avait acheté ces peintures avec l'argent de la vente du bétail et des moutons écossais volés à d'innocents fermiers comme moi.

« Ce joli meuble là-bas, poursuivit-il en se tournant vers un élégant buffet en bois de rose contre le mur opposé, était en route pour Monkston Hall.

— Chez le comte de Monkston ? fit Isabella.

— Oui. Le même comte de Monkston qui, il y a quarante ans, a usé de supplications, de corruption et de menaces pour assurer l'adoption de l'Acte d'union qui privait l'Écosse de son indépendance. Il y a aussi du cognac importé pour le duc de Hartley ; des épices, des thés et du cacao pour le palais de Saint-James. Mais le véritable joyau n'est pas dans cette cuisine.

— Vraiment ?

— C'est un superbe étalon offert au duc de Cumberland par son cousin, Frédéric II de Prusse. Dix-sept paumes d'élégance et de force, noir comme le diable avec une flamme blanche du toupet aux naseaux.

— J'ai entendu parler de ce cheval, dit Isabella, se rappelant avoir lu des articles dans le *London Evening Post* de son père.

Certains allaient même jusqu'à accuser Louis de France d'avoir commandité le vol de l'étalon, car on l'avait vu, au bois de Boulogne, monter un cheval qui lui ressemblait beaucoup.

— Je me demande ce que ce Boucher de Cumberland dirait s'il savait que son précieux cheval caracole dans les pâturages des Highlands au milieu de jolies juments écossaises.

Isabella demeura silencieuse, abasourdie par tout ce qu'elle venait d'apprendre.

— C'est donc ça ? fit Malcolm au bout d'un moment, l'arrachant à ses pensées. C'est la pierre dont ils parlent tous ?

Isabella se contenta de hocher la tête.

— Elle est plus petite que je ne le pensais, avoua MacCuick. Mais elle est jolie.

Il marqua une pause et ajouta :

— Ils disent qu'elle est enchantée.

Il but une gorgée de thé, puis :

— Ils disent aussi que vous êtes une sirène venue rapporter la pierre.

Il la provoquait. Elle le regarda, mais ne répondit rien.

— Vous êtes une sirène ?

En dépit du peu de temps passé avec lui, Isabella aimait cet homme, et elle ne voulait pas lui mentir.

— Qu'en pensez-vous, Malcolm ?

Il chercha son regard, sourit.

— Je crois, commença-t-il, avant d'avaler une nouvelle gorgée de thé, je crois n'avoir encore rien vu qui prouve le contraire. Je ne vois donc pas ce qui me permettrait de dire que vous n'en êtes pas une.

9

Il faisait presque nuit, lorsque Calum rentra au château de Wrath.

Le rendez-vous qui l'avait appelé, le matin, à quinze kilomètres de là, avait pris plus de temps que prévu. Bien que la journée eût été belle, le ciel s'était couvert pendant le retour et la pluie menaçait.

Le vent du nord balayait la lande, traversant le tartan qu'il avait remonté sur ses épaules. Ses cheveux s'étaient détachés et lui fouettaient le visage. Les *cuarans* de peau de daim lui enveloppaient les pieds et les jambes des orteils aux genoux. Si l'averse qui frappait si souvent les Highlands se décidait à tomber, ces jambières et le tartan seraient sa seule protection. Il n'y avait pas un arbre sous lequel s'abriter, simplement la lande et des collines à l'infini qui, dans les mois à venir, se teinteraient de rouge et de violet, lorsque les bruyères au doux parfum seraient en fleur.

Calum s'arrêta un instant sur la dernière colline, appelée Dunon Mor, pour admirer le paysage qui s'étendait devant lui. C'était à couper le souffle. Il avait voyagé dans des terres lointaines, navigué sur les mers, s'était tenu devant un prince dans un cadre grandiose. Mais rien ne pouvait être comparé à sa terre natale.

Au nord, d'impressionnantes falaises comme tranchées par une épée géante s'abîmaient dans la mer. À l'est, les montagnes dominaient des vallées tourbeuses, traversées par des torrents aux eaux aussi transparentes que le cristal. Au sud s'étendait l'ancienne forêt de Reay, refuge des sorcières et des génies, où, durant des siècles, les chefs de clans avaient chassé le daim.

Mais c'était à l'extrême nord-ouest que se dressait le cap Wrath – sa forteresse ancestrale, berceau de guerriers disparus…

… et unique foyer de Calum.

C'était l'héritage que son père lui avait laissé, et que celui-ci avait reçu de son propre père, le précédent chef du clan. C'était le lieu qu'Artair Ros Mackay avait toujours souhaité faire renaître. Ceux qui l'avaient connu avaient raconté à Calum qu'il rêvait de redonner au château sa gloire d'antan.

Rêve qui n'avait jamais été réalisé.

Artair Ros Mackay n'avait pas l'esprit belliqueux. Il possédait une âme d'érudit et avait passé son enfance plongé dans les livres relatant l'histoire de son pays et des grands patriotes comme Robert Bruce, William Wallace et Andrew de Moray. C'était au cours de ces lectures que les premières semences de la rébellion avaient été plantées dans son cœur.

Il était tombé en 1715 à la bataille de Sheriffmuir, alors que sa femme était enceinte. Il n'était jamais retourné au cap Wrath. Son corps avait été jeté dans une fosse commune avec ceux des autres jacobites morts ce même jour. Depuis, la pierre des Mackay avait tout bonnement disparu.

Jusqu'à aujourd'hui.

Immobile sur son promontoire venteux, Calum ne distinguait pas la moindre lueur provenant de la silhouette indistincte du château…

… le château où *elle* attendait.

Celle qui avait rapporté la pierre.

La fille qui prétendait être une sirène.

En vérité, Calum n'avait guère pensé qu'à elle pendant toute la journée.

Il refusait de prêter foi à ses histoires. Elle n'était pas plus sirène que cet usurpateur hanovrien installé à Londres n'était son souverain légitime. C'était pure invention. Comment pourrait-il en être autrement ? Même si elle paraissait connaître des choses qu'elle n'aurait pas dû connaître, Calum était persuadé que si ses ancêtres devaient jamais lui envoyer une sirène, elle ne prendrait pas la forme d'une Anglaise, si jolie fût-elle.

Et jolie, elle l'était.

En fait, s'il devait dépeindre sa sirène mythique, celle dont il rêvait enfant, ce serait elle, avec son épaisse chevelure noire comme la nuit, indisciplinée comme le vent du nord, et sa peau d'une blancheur de neige. Bien qu'il eût passé peu de temps avec elle, son image était gravée dans sa mémoire. Elle paraissait entourée de mystère, c'était indéniable. À cause de ses yeux surtout, décida-t-il en empruntant un chemin de coupeurs de tourbe. Car c'étaient vraiment des yeux de sirène, bleus comme les profondeurs marines, et légèrement obliques, ce qui lui donnait un air de personnage de contes de fées.

Mais ce n'était pas une fée.

Elle était anglaise, et jouait à un drôle de jeu.

Comment savait-elle qui il était ? Elle était en mesure de l'identifier, lui et tous ses camarades. Il ne pouvait la laisser partir, sinon, d'ici à quelques semaines ou même à quelques jours, il aurait toute l'armée hanovrienne à sa porte. Jusqu'à présent, l'une des raisons de leurs succès dans l'abordage des bateaux anglais résidait dans le fait que leur identité demeurait inconnue. Sans nom à mettre sur l'ennemi, la Couronne ne pouvait les poursuivre. Et pour le monde entier, Calum et les membres de son équipage avaient été bannis du royaume ou laissés pour morts sur quelque champ de bataille…

Oubliés.

Des fantômes.

Et Calum tenait à ce que les choses restent ainsi, même si cela impliquait de garder la fille contre son gré. Elle avait la pierre. Et maintenant que cette pierre était retournée parmi les Mackay, il n'avait pas l'intention de la laisser disparaître de nouveau.

Calum avait toujours été fasciné par le *Clach na Bratach*. D'après la légende, le fétiche prédisait l'avenir, heureux ou malheureux, des chefs du clan, et il suffisait, assurait-on, de le plonger dans l'eau pour guérir n'importe quelle maladie. On prétendait aussi qu'il changeait de couleur pour révéler l'issue d'une bataille. Son père l'avait-il consulté, ce jour fatal ? s'était souvent demandé Calum. Durant toute son enfance, il s'était imaginé rapportant un jour la pierre au clan, en l'honneur de son père. C'était comme s'il avait toujours su que ce jour arriverait.

Mais la question subsistait : comment cette fille était-elle entrée en possession de la pierre ?

Et il avait bien l'intention d'obtenir la réponse ce soir même.

Calum glissa le long du mur de pierre croulant qui tenait autrefois lieu de rempart. L'entrée du château se trouvait au bout d'un sentier qui grimpait en lacets sur le flanc sud de la colline. Jadis, on pénétrait dans la forteresse par une unique ouverture défendue par une herse et plusieurs embrasures. Depuis l'abandon du château, un demi-siècle plus tôt, le corps de garde était tombé en ruine, et la herse avait été retirée.

À l'intérieur, autour de la cour, une multitude de modestes constructions encadraient les deux tours centrales. Le château de Wrath avait été davantage une petite ville fortifiée qu'un château. Son éloignement l'obligeait à vivre en autarcie. Il y avait là des jardins, des écuries, une forge où l'on fabriquait les outils, les marmites, les claymores et les fers à cheval. Au milieu de la cour s'ouvrait la citerne qui procurait de l'eau potable grâce à un puits creusé dans la falaise. Il y avait aussi des magasins, une brasserie, un moulin pour moudre la farine, et une chapelle dont les cintres défiaient encore les vents du nord.

Calum se dirigea vers la tour principale où il s'empara de la lampe en étain qui l'attendait. Pour s'éclairer, ses hommes et lui utilisaient des lampes de contrebandier, fermées sur trois côtés pour éviter que la lumière ne les trahisse. Il entendait, venant de la grande salle, le bourdonnement des conversations dont le ton montait parfois. Un feu devait brûler dans la grande cheminée de pierre, et la bière couler à flots.

De la porte, Calum vit qu'une cinquantaine de ses hommes, de tous âges et de toutes les régions des Highlands, s'étaient rassemblés. Ils attendaient leur part du butin.

Après cette première mission, où il avait réquisitionné le HMS *Osprey*, il avait établi un réseau d'espions à Londres et à Édimbourg, afin d'être informé dès qu'un bateau transportant des condamnés se préparait à faire voile vers les colonies. Un messager arrivait, comme ce matin, et ils préparaient une nouvelle mission. Ils ne pouvaient évidemment pas tous les sauver, mais ceux qu'ils libéraient demandaient le plus souvent à rejoindre leurs rangs. La plupart n'avaient pratiquement plus rien.

S'ils ne prenaient pas place à bord de l'*Aventurier* ou de l'un des autres bateaux mis au service du prince, ils étaient envoyés à travers tout le pays comme éclaireurs ou informateurs clandestins. Ceux qui souhaitaient faire partie de l'équipage de son navire ne devaient avoir ni femme ni enfants. Calum n'admettait aucune exception à cette règle.

Ce n'était pas qu'il eût quelque chose contre la famille, mais leurs missions étaient dangereuses, et Calum ne supportait pas l'idée d'avoir à annoncer à un enfant que son père était mort pour avoir rallié son camp.

Jusqu'à présent, ils avaient eu de la chance. Au cours des dix derniers mois, ils n'avaient perdu qu'un des leurs, et cela parce que la victime s'était montrée stupide. C'était un jeune garçon qui avait donné la priorité au combat sur la cause, aussi avait-il fini avec une balle de mousquet anglais dans la tempe. Calum n'en avait pas eu moins de mal à accepter sa mort.

— Chef ? appela MacCuick en découvrant Calum dans l'embrasure de la porte.

À l'ampleur de sa voix et à l'éclat de ses yeux, il était évident qu'il avait déjà fait honneur au vin.

— Viens avec nous ! Il y a du vin français et du tabac des colonies. Et tu devrais voir le pot de chambre en argent que nos gars ont dégoté ! Gravé et tout… tu imagines ? Ils ont fait une belle prise, cette fois !

Calum entra dans la salle en saluant les hommes qui rentraient de leur dernière incursion sur l'*Aventurier*, et constata que leur butin était en effet impressionnant. Outre le bateau transportant les affaires de Belcourt, ils avaient dévalisé trois vaisseaux anglais. Il y avait des meubles en acajou, de la soie et des dentelles importées, du sel et des tonneaux de thé. Les hommes en partageraient la plus grande partie et vendraient le reste. Calum s'attribuait rarement quelque chose, à moins qu'il ne s'agît d'un objet qui eût une valeur particulière pour lui ou pour la cause, comme l'étalon de Cumberland ou les malles de lord Belcourt.

— Nous avons monté les malles dans le bureau, le prévint Fergus, comme s'il lisait ses pensées.

Calum hocha la tête. Il comptait rester un bref moment dans la salle pour superviser la distribution du butin, puis il passerait le reste de la nuit à compulser les livres de Belcourt.

— Trinque avec nous, chef.

Calum se tourna vers le visage radieux de Hamish Beaton. À la rougeur de ses joues, on devinait que lui aussi avait bu. C'était un garçon d'une quinzaine d'années qui, avant la rébellion, travaillait avec son père dans une ferme d'une centaine d'hectares près de Glen Moriston. Il y avait passé ses nuits à se faire une place dans le petit lit qu'il partageait avec trois de ses dix frères et sœurs. À présent, un an plus tard, tous avaient disparu. Son père avait été tué à Culloden, leur maison avait été détruite, et sa mère était morte de froid, cet hiver. Quant à ses frères et sœurs, il les avait vus succomber les uns après les autres de maladie, de faim, ou des deux.

Hamish lui-même serait mort de faim si Calum ne l'avait découvert dans la cale d'un bateau-prison infesté de rats. Il avait fallu une semaine à MacCuick pour remettre le garçon sur pied à force de cervoise et d'une boisson à base de whisky et de lait. Bien qu'il ressemblât encore à un sac d'os, ces quelques mois l'avaient transformé.

— Merci, Hamish, dit Calum.

Il lui tapota l'épaule, prit la chope de bière qu'il lui tendait et la vida aussitôt pour se la faire remplir deux fois.

Sous l'effet de la bière et du cognac qu'ils buvaient à leur succès, Calum commença à se détendre. Il mangea un morceau de fromage et un peu de *haggis*, puis passa de l'un à l'autre, échangeant quelques saluts et écoutant leurs histoires, jusqu'à atteindre l'autre bout de la salle, où MacCuick et un petit groupe se pressaient autour de quelque chose.

— Chef, fit MacCuick en se retournant, regarde ça. Tu as déjà vu un truc pareil ?

Le groupe s'écarta pour révéler un siège en bois doré sculpté tendu de velours rouge. C'était en fait deux fauteuils réunis par un accoudoir central, mais au lieu d'être côte à côte comme un banc ou un canapé, les sièges se tournaient le dos.

— Qu'est-ce que ça peut bien être ? murmura Hamish, émerveillé.

— Un instrument de torture anglais ? suggéra quelqu'un.

— Non, déclara Calum en faisant le tour du meuble, c'est trop précieux pour un tel usage.

— Je sais ! s'exclama un autre, peut-être Hugh. Je parie que c'est pour quelqu'un qui lit et ne veut pas que son voisin lise par-dessus son épaule…

— Imbécile, rétorqua MacCuick. Qu'est-ce que tu sais de la lecture ?

Suivirent des commentaires divers sur les intentions du fabricant. Tous se pressaient autour de cette bizarrerie pour l'examiner et donner leur opinion, quand MacCuick se plaça devant l'âtre, dominant la foule d'une tête, et attendit que tout le monde se fût tu.

— Je sais ce que c'est, annonça-t-il en fanfare.

Tous se tournèrent vers lui, attendant sa révélation. Le feu craquait derrière lui.

— C'est pour le pauvre mari qui a épousé une laideron. Pour lui éviter d'avoir à la regarder toute la journée !

La salle fut ébranlée par de gros rires d'hommes qu'une voix inconnue, et par trop féminine, fit cesser d'un coup.

— En fait, Malcolm, c'est le contraire.

Les têtes se tournèrent vers la fille, la prétendue sirène, qui se tenait dans l'embrasure de la porte.

La salle était tellement silencieuse qu'on aurait entendu une mouche voler.

Apparemment pas le moins du monde intimidée par les regards d'une cinquantaine ou plus de rudes gaillards, la jeune fille pénétra tranquillement dans la salle, écartant la foule d'un simple haussement de sourcils.

Calum ne la quittait pas des yeux. La lueur du feu réchauffait sa pâleur et allumait dans ses cheveux bruns des reflets roux et bronze. Elle avait troqué sa tenue de voyage pour une robe décolletée, révélant une délicieuse surface de peau qui faisait ressortir l'éclat de la pierre qu'elle portait. Sa jupe, d'un vert chatoyant, brodée de perles de verre, étincelait et bruissait à chacun de ses mouvements. Les chuchotements des hommes n'échappèrent pas à Calum.

C'est la sirène...

C'est une légende...

Clach na Bratach...

Sa fable était donc parvenue aux oreilles des autres. Et, à voir leurs expressions – émerveillement, crainte, respect –, les crédules étaient nombreux.

Tous dévoraient la jeune femme des yeux, mais aussi la pierre. Calum était terriblement mal à l'aise. Bien qu'il eût inculqué à ses hommes un code de l'honneur, la double tentation qui s'offrait à leur vue était la pire qui fût.

Un trésor sans prix, et une femme ravissante.

Calum sentit qu'on le tirait par la manche. C'est alors seulement qu'il s'arracha à sa contemplation pour tourner les yeux vers la mince silhouette de Hamish.

— Chef ? Chef ? C'est vrai ? C'est vraiment… c'est vraiment une sirène ? acheva-t-il dans un murmure.

— Comment pourrait-elle être une sirène, mon garçon ? riposta Calum en lui ébouriffant les cheveux. Tu as déjà vu un poisson descendre un escalier ?

— Mais regarde sa robe, chef. Mungo dit que c'est la peau de sa queue, et si nous la volons, elle ne pourra pas retourner dans la mer.

— Tu me la laisses, elle et sa queue, d'accord ? fit Calum avec un petit rire.

Mais sa désinvolture s'évanouit dès que la fille s'approcha de lui.

— Bonsoir, mademoiselle, dit-il.

— Bonsoir, monsieur Mackay.

— Vous avez là une bien jolie robe.

— En dehors de ma tenue de voyage, c'est tout ce que j'ai. Vos hommes ont pris mes malles quand ils ont mis le bateau à sac.

Hamish la fixait comme s'il s'agissait de quelque créature mythique.

Rien d'étonnant à cela. Elle était si belle que Calum lui-même en avait le souffle coupé.

Du coin de l'œil, il nota que ses deux plus proches voisins essayaient de rentrer leur bedaine avant qu'elle ne la remarque. Les autres se contentaient de la dévorer des yeux.

Et de la désirer.

Et Calum n'avait vraiment pas besoin de ça.

— Ce siège s'appelle une causeuse, reprit-elle. C'est un canapé de fabrication française servant à faire la cour. C'est la dernière mode à Paris. Cela permet aux jeunes couples de converser en se faisant face, plutôt qu'en étant l'un contre l'autre sur un sofa, ce qui peut sembler trop intime à certains pères protecteurs.

Les hommes continuaient à la regarder comme si elle venait de réciter une incantation magique.

Ce fut MacCuick qui, le premier, reprit ses esprits.

— Laissons ces objets de fou aux mangeurs de grenouilles. Une fois la fille épousée, qu'est-ce qu'on en fait ? Du petit bois pour le feu ? Non, j'ai un meilleur usage. Ça ferait un bon siège pour une partie de bras de fer.

— Une partie de bras de fer ? répéta Isabella en le dévisageant. Mais…

Alors qu'un instant plus tôt elle les tenait tous en son pouvoir, soudain, ils l'ignorèrent, séduits par l'idée de MacCuick.

— Ramène-toi, MacCuick, espèce de vieille branche, qu'on leur montre ce qu'est un vrai homme.

C'était Mungo, qui roulait déjà ses manches de chemise.

Trop content, MacCuick dénoua son tablier.

Les paris furent lancés, tandis que la foule faisait cercle autour du siège.

— Hé, attendez !

C'était Hamish, dont la voix fluette avait du mal à se faire entendre au-dessus du brouhaha.

— Quelle sera la récompense pour le gagnant ? demanda-t-il.

— Oui, approuva Hugh. Il faut un prix.

Les hommes regardèrent autour d'eux. Comme ils avaient chacun leur part du butin, rien de ce qui les entourait ne leur semblait une récompense suffisante.

— Pourquoi pas le canapé ? proposa Hamish.

— Qu'est-ce que j'irais faire d'un truc pareil ? rétorqua Mungo.

Différentes propositions fusèrent, aussitôt repoussées.

— Attendez, les gars… Attendez ! Écoutez-moi… Je sais quel devrait être le prix !

C'était de nouveau MacCuick.

— Le gagnant, déclara-t-il avec un grand sourire, aura droit à un baiser de la jolie fille.

Dites à un groupe d'hommes qu'ils concourent pour un beau meuble, et ils préféreront se noyer dans la bière.

Mais dites à ces mêmes hommes, des hommes qui n'ont pas vu de femmes depuis…

… depuis si longtemps qu'ils en ont perdu le souvenir, qu'ils se battent pour le baiser d'une jolie femme, et c'est l'émeute.

— Oui ! crièrent-ils tous d'une seule voix.

Ils auraient levé leur chope à cette idée, mais ils se battaient déjà pour être les premiers à occuper le siège. Il s'agissait moins de connaître avec qui ils allaient se mesurer, que de savoir qui ils convaincraient de ne pas se battre.

La fille, remarqua Calum, se mordillait la lèvre inférieure, les yeux écarquillés, comme si une bande de loups s'apprêtait à se jeter sur elle.

— Hé, les gars !

Calum ne criait pas souvent, et le bruit inhabituel de sa voix s'élevant au-dessus des leurs fit instantanément cesser le chahut.

— Avez-vous songé que la demoiselle n'est peut-être pas d'accord ?

Tous les regards passèrent de Calum… à la fille.

Celle-ci jeta un bref coup d'œil indécis à Calum. Elle refuserait certainement. Il n'y avait aucune chance pour que cette Anglaise…

— J'accepte.

Ce fut au tour de Calum d'être stupéfait.

Ses hommes rugirent de joie.

À cet instant, il comprit qu'il ne laisserait jamais qui que ce fût l'embrasser…

… excepté lui-même.

— Je commence, annonça-t-il en lançant un regard d'avertissement à l'assemblée. Qui veut se mesurer à moi ?

Au lieu de se ruer pour relever le défi, tous demeurèrent muets, et aussi immobiles que des statues. Personne n'osait l'affronter.

Calum s'apprêtait à les renvoyer, quand une voix s'éleva du fond de la salle, forte et assurée.

— Moi.

10

C'était Fergus.

Calum aurait dû s'en douter.

Si quelqu'un pouvait se mesurer à lui, c'était bien son frère de lait.

Les yeux fixés sur Calum, Fergus Bain traversa la salle d'un pas nonchalant, absorbant les regards de l'assemblée tel un vieux chêne les rayons du soleil. Calum connaissait ce regard de défi. Bien qu'ils fussent aussi proches que des frères de sang, au cours de leur enfance, Fergus avait parfois contesté à Calum sa place dans la famille Bain, lui rappelant que sa position de neveu du chef du clan ne lui donnait aucun privilège.

À cinq ou six ans, Calum s'était fracturé le bras en faisant une mauvaise chute. Alerté par ses cris, Uilliam était accouru et l'avait ramené à la maison. Malheureusement, c'était le jour où Uilliam avait promis à Fergus de l'emmener pour la première fois traquer le daim. Au lieu de prendre les mousquets et de s'enfoncer dans la lande avec son fils, Uilliam avait passé l'après-midi à éclisser le bras de Calum avec une lame de bois, et la nuit à le veiller.

Non qu'il préférât Calum à Fergus ou à Lachlann, mais Uilliam avait juré de lui tenir lieu de tuteur. C'était un honneur qu'il avait accepté et dont il s'acquittait avec conscience. Parfois au détriment de ses propres fils.

Fergus n'avait que quatre ans et Lachlann n'était pas encore né quand Calum avait été confié à la famille Bain. Un beau jour, l'oncle de Calum, le chef Mackay, avait tout bonnement apporté le bambin dans la modeste ferme de Bain et l'y avait laissé pour y être élevé. Pour un garçon qui, jusque-là, avait eu son père pour lui seul, cela avait dû être difficile de partager son affection, reconnaissait Calum. Mais Fergus avait fait de son mieux pour l'accepter, malgré d'occasionnelles crises de jalousie.

Et le jour où Calum s'était cassé le bras, il n'avait pas caché ses sentiments. Comme Uilliam achevait de préparer l'attelle de Calum, il s'était aperçu que son fils avait disparu. Fergus avait déjà eu recours à des ruses pour détourner de Calum l'attention de son père et l'attirer sur lui, mais rien de comparable avec ce qu'il inventa cette fois-là. Il fugua pendant trois jours et trois nuits, se cachant dans une grotte, assez proche pour entendre les appels anxieux de son père, mais sufisamment éloignée pour qu'on ne le retrouve pas. Il calcula bien le moment de son retour. Le troisième jour, Uilliam n'en voulait qu'à lui seul de la disparition de son fils, de sorte que lorsque celui-ci refit surface, fatigué, affamé et tremblant de froid, il fut assuré d'avoir, pour quelque temps, la faveur de son père.

— Calum, dit simplement Fergus en s'arrêtant devant lui.

Il ôta sa veste et commença à rouler ses manches. Son visage était inexpressif et déterminé – jusqu'à ce qu'il lance un regard à la fille. Ce ne fut qu'un bref coup d'œil, mais qui suffit à adoucir ses traits.

Calum comprit alors que Fergus n'avait pas seulement saisi l'occasion de prouver sa force contre lui.

Il était lui aussi envoûté.

Ce regard était dangereux, Calum le savait. Il aurait bien renoncé à ce défi, mais c'était impossible.

— Prêts, les gars ?

MacCuick se plaça entre eux, leur administra à chacun une claque dans le dos et les mena jusqu'au canapé français. Ses accoudoirs en bois délicatement sculpté n'offraient pas assez de place aux coudes des deux hommes, si bien qu'on dut improviser un plateau de table avec une des plaques en fonte de MacCuick. L'installation de fortune exigerait une plus grande habileté de la part des concurrents, car il suffirait que le poids de l'un des deux dévie pour que l'ensemble bascule, annulant la partie.

Calum roula ses manches de chemise à son tour, prit place sur le siège où Fergus était déjà assis et avança le bras. Celui qui avait été cassé.

Les yeux dans les yeux, tels des loups se disputant la même proie, les deux hommes joignirent leurs mains et attendirent que MacCuick donnât le signal.

— Bon, les gars. Vous savez ce que vous avez à faire. Dès que je retire la main, la partie commence. Prêts ?

— Prêt, dit Calum.

— Prêt, répéta Fergus.

MacCuick ôta la main. Le combat s'engagea.

Tous dans la salle retinrent leur souffle.

Au début, il n'y eut pas un bruit, seulement un silence tendu, tandis que les deux forces se mesuraient, se heurtaient, résistaient.

Mais comme l'affrontement se prolongeait et qu'aucun des deux ne semblait sur le point de fléchir, l'assemblée commença à s'agiter. Certains murmuraient des paroles d'encouragement, ni à l'adresse de Calum ni à celle de Fergus, mais aux deux à la fois. D'autres essayaient de deviner combien de temps durerait le combat. Heureusement, ils se gardèrent de se diviser.

La mâchoire serrée, Calum refusait de céder.

Il ne pouvait pas perdre.

La salle se réchauffa. Fergus avait le front luisant de sueur. Il cligna des yeux, deux fois de suite, une infime perte de concentration qui permit à Calum de prendre un imperceptible avantage. Ce qui n'échappa à personne. Lâchant le regard de son adversaire, Fergus baissa les yeux pour rassembler ses forces et essayer de regagner sa position initiale. Les muscles de sa mâchoire se crispèrent, son visage vira au rouge sombre.

Les autres se mirent à scander…

Allez…

Allez…

Allez…

Calum les entendait à peine. Quand Fergus avait baissé la tête, il avait aperçu la fille derrière lui, avait croisé son regard et l'avait retenu. Il ne voyait plus qu'elle. Le baiser promis au gagnant était une récompense qui ne pouvait revenir qu'à lui seul.

Rassemblant tout ce qui lui restait de force, de détermination et de volonté, il se concentra sur leurs mains jointes.

Il l'emporterait.

Il sentit le moment où il commença à prendre le dessus. Il sentit les doigts de Fergus glisser légèrement. Il vit le doute envahir son regard. Dans un ultime effort, il abattit le bras et remporta la victoire.

L'assemblée hurla de joie et l'on se mit à congratuler les combattants avec force claques dans le dos.

Calum se leva. Alors que, quelques instants plus tôt, son bras lui semblait invincible, il était à présent sans force. Il le secoua, remua les doigts, serra le poing. Finalement, il tendit la main à Fergus en signe de respect.

Ce dernier le dévisagea longuement. Tout le monde se taisait. Calum espérait que son frère de lait ne lui en voudrait pas de cette défaite. Pour remplir leur mission, qui était de libérer Uilliam, les deux hommes devaient rester unis.

Fergus en avait lui aussi conscience, car il finit par prendre la main tendue.

La foule applaudit.

— C'était une belle partie, déclara Fergus tandis que Calum et lui se dirigeaient vers le centre de la salle.

— Oui. Mais, à présent, j'ai le bras aussi flasque qu'une algue.

— La prochaine fois, tu me laisseras gagner, hein ? Je ne voudrais pas que les gars croient pouvoir me bousculer.

Calum rit et hocha la tête. Il était content d'en avoir terminé.

Les hommes aussi, semblait-il. Ils s'apprêtaient à arroser ça avec de la bière et du vin, quand…

— Attendez ! tonna MacCuick. Et la récompense du chef ?

— Oui, renchérit Hamish. La sirène doit te donner un baiser.

La sirène.

— Ce n'est pas une…

Calum se retourna, s'attendant presque qu'elle ait profité du tumulte pour disparaître.

Mais non.

Elle se tenait près de l'âtre, seule, les joues colorées par la chaleur du feu, et plus ravissante que jamais.

C'était pour elle qu'il s'était battu… et qu'il avait gagné.

Tous les regards rivés sur elle, elle vint à sa rencontre.

— Vous êtes le vainqueur, dit-elle doucement.

— Il semble que oui.

Calum hésitait. C'était la présence de cette pierre autour de son cou qui le mettait mal à l'aise, décida-t-il. Il en avait rêvé toute sa vie, il avait rêvé de la tenir dans sa paume, mais il n'aurait jamais cru l'avoir un jour à portée de main sans pouvoir la toucher.

Et surtout pas entre les seins d'une mystérieuse fille qui prétendait être une sirène.

— Vous n'étiez pas obligée de faire ça, dit-il, lui offrant ainsi la possibilité de changer d'avis.

Hamish et deux autres qui étaient dans le voisinage l'entendirent, et retinrent leur souffle, attendant la suite.

Elle parcourut du regard la mer de visages qui les entouraient, puis, tournant vers Calum ses yeux d'un bleu étincelant, elle arqua un sourcil.

— Peut-être êtes-vous intimidé à l'idée d'embrasser une sirène, monsieur Mackay ?

Calum entendit quelqu'un rire. MacCuick, probablement.

Ce rire et le hoquet de surprise qu'elle eut, quand il l'attira à lui et couvrit sa bouche de la sienne, furent les derniers bruits qu'il perçut.

Intimidé, avait-elle dit.

Tout le reste – la salle, les dizaines d'hommes qui les encerclaient – cessa alors d'exister.

Son intention était d'en finir au plus vite, un baiser rapide, histoire de lui montrer comme il était intimidé.

Mais une fois qu'il l'eut plaquée contre lui, qu'il eut senti la chaleur de son corps pressé contre le sien, le battement précipité de sa gorge sous ses doigts, il n'eut plus du tout envie d'aller vite.

Le baiser se prolongea, devint brûlant.

Calum aurait parié que c'était son premier baiser. Quand il l'avait prise contre lui, sa bouche était fermée et son corps tendu comme un arc sur le point de se briser. Bien décidé à venir à bout de cette raideur, il lui caressa la gorge, le menton, puis enfouit les doigts dans l'écheveau soyeux de ses cheveux. Au bout d'un moment, elle se détendit un tout petit peu, et il approfondit son baiser, la goûtant, la taquinant…

… l'instruisant.

C'était une élève douée. Elle se laissa aller contre lui, en même temps qu'elle lui abandonnait sa bouche. Leurs langues se trouvèrent, se caressèrent, il lui mordilla la lèvre inférieure, incapable de s'écarter d'elle.

Il savait que ce baiser éveillerait son désir. Il y avait longtemps qu'il n'avait pas embrassé une femme, et jamais sans doute il n'en avait embrassé une qui fût aussi fascinante. Mais ce qu'il ignorait, c'est que ce baiser s'infiltrerait tel du miel dans chacun de ses membres et se saisirait de ce qu'il avait en lui de plus protégé.

Son cœur.

Et soudain, Calum comprit ce que les poètes entendaient par « flèche de Cupidon ».

Il le comprit, car à cet instant, il fut atteint par une telle flèche.

Il leva la tête et la contempla. Son sang rugissait dans ses oreilles, son souffle était haché, tandis qu'il la regardait ouvrir lentement les yeux. La bouche encore humide de leur baiser, elle battit des paupières. Il la désirait. Oh, comme il la désirait ! Il la voulait presque autant qu'il voulait cette pierre suspendue à son cou gracieux. Il voulait enfouir les mains dans sa chevelure si douce et l'embrasser encore, et encore, et il l'aurait probablement fait s'ils ne s'étaient trouvés dans cette pièce pleine d'Écossais aux regards concupiscents.

Aussi la lâcha-t-il à regret.

L'assemblée poussa une acclamation retentissante.

On apporta une chope à la fille et une à Calum. Mungo s'apprêta à jouer du violon.

Jusqu'à ce que Hamish poussât un cri en montrant Isabella du doigt.

— Regardez ! Regardez la pierre ! Elle s'embrase !

En effet. Elle était d'un rouge vif plus éclatant que le feu.

— Oh, mais c'est vraiment une sirène, murmura quelqu'un.

— Oui, comme celle qui est venue à Mackay dans la légende…

Calum pivota.

— Non, ce n'est pas une… commença-t-il.

Mais c'était inutile. La nouvelle se répandit dans la salle comme une traînée de poudre, plongeant les hommes dans une sorte de crainte émerveillée. Mungo leva son archet et commença d'improviser un air, tout en chantant de sa chaude voix de conteur : *La fille qui est venue du fond de la mer*. La bière coulait à flots. La fête commençait.

— Chef ?

— Oui ? fit Calum.

Hamish se tenait devant lui, les yeux brillants et les joues aussi rouges que la pierre.

— Je me demandais... Serait-ce... Pourrais-je... bégaya-t-il en fixant ses pieds nus.

Calum se doutait qu'il avait dû rassembler tout son courage pour venir le trouver.

— Tu n'as pas besoin de ma permission, mon garçon, dit-il en tournant les yeux vers la fille qui regardait Mungo jouer du violon.

— Mais si. C'est votre sirène, chef. Elle a votre pierre magique et vous venez de l'embrasser. Ce serait comme faire la cour à la femme d'un autre, ce serait...

Calum s'apprêtait à expliquer au garçon que ces histoires de mythes et de sirènes étaient absurdes, puis il se ravisa. Le bras de fer qui venait d'avoir lieu lui avait confirmé que la présence de cette fille au milieu de tous ces hommes pouvait être dangereuse. Si Fergus était séduit par elle, d'autres devaient l'être aussi. Mais, comme l'avait dit Hamish, en l'embrassant le premier, Calum avait acquis des droits sur elle. C'était la coutume écossaise. Et s'il voulait la protéger, il fallait que les autres croient qu'elle-même – et la pierre qu'elle portait – lui appartenaient vraiment.

Calum connaissait ses hommes. Aucun ne lui ferait de mal ; tous la protégeraient comme ils le protégeraient lui.

— Alors c'est à elle de décider, répondit-il simplement.

— Merci, chef.

Il se détourna, mais la voix de Hamish l'arrêta :

— Hé, chef ?

— Oui, mon garçon ?

— Je ne connais pas son nom. Comment est-ce que je dois l'appeler ?

— Elle dit s'appeler Maris.

— Maris. C'est un joli nom.

Calum regarda Hamish carrer les épaules avant de se diriger vers la fille qui bavardait avec MacCuick près du feu.

Il inclina la tête et, surmontant sa timidité, fit sa demande. Calum retint son souffle, espérant qu'elle ne refuserait pas. C'était manifestement la première fois qu'il invitait une jeune fille à danser, et Calum fut soulagé de voir un grand sourire s'épanouir sur le visage du garçon.

Ce dernier se tourna vers son chef, et lui fit un signe pour signifier qu'elle avait accepté.

Le couple se dirigea vers le centre de la salle. Les autres s'écartèrent pour leur faire de la place. Hamish fit un signe et la musique cessa.

Il prit la main de la jeune fille et lui expliqua les pas d'une danse folklorique écossaise qu'il avait sans doute apprise sur la terre battue de la ferme familiale. Elle l'observa avec attention, puis fit un essai timide. Quand elle fut prête, elle hocha la tête.

Mungo pinça une corde et se lança dans un air entraînant.

La Danse de la sirène.

Elle apprenait vite, car à la voir Calum n'aurait jamais deviné qu'elle venait tout juste d'être initiée aux pas de cette danse. Le couple sautillait au milieu de la salle, accompagné par la musique, les battements de mains et le martèlement des pieds des autres. L'humeur était de plus en plus joyeuse, à mesure que coulait la bière. Au bout d'un moment, Hamish fut remplacé par MacCuick qui, malgré sa corpulence, se révéla très agile. Ce qui était heureux, car s'il lui avait marché sur le pied, il l'aurait probablement écrasé.

Les danseurs tournoyaient et caracolaient au son d'un violon déchaîné. Les partenaires se succédaient, tandis que Calum regardait et s'interrogeait.

Qui diable était cette fille ?

Elle prétendait être une sirène, mais parlait la langue de ces maudits Anglais. Elle s'habillait et se comportait avec noblesse, pourtant, elle acceptait de passer la nuit à danser avec une bande d'Écossais avinés. Elle avait en outre la pierre de ses ancêtres autour du cou, mais refusait de révéler d'où elle la tenait.

C'est alors qu'il se rappela ce qu'elle avait dit en entrant dans la salle, quand il l'avait complimentée sur sa robe.

C'est tout ce que j'ai. Vos hommes ont pris mes malles quand ils ont mis le bateau à sac…

Ses malles.

Les malles qui l'attendaient dans son bureau. Peut-être y découvrirait-il si elle était apparentée à lord Belcourt, si elle était une sirène comme elle l'assurait, ou quelqu'un d'autre.

Posant sa chope de bière, Calum jeta un dernier regard à la fille, avant de s'éclipser.

Peu après, alors qu'un énième cavalier s'avançait pour danser, Isabella leva les mains en signe de capitulation. Elle avait un point de côté, et ses cheveux défaits n'étaient plus qu'un fouillis de boucles brunes répandues dans son dos. Mais elle n'en avait cure. Durant cette nuit vouée à l'aventure, elle s'était follement amusée.

— Mademoiselle Maris, je crois qu'un petit verre vous ferait du bien..

— Oh, oui, merci… Hamish… c'est bien ça ?

Qu'elle se souvienne de son nom fit naître un sourire radieux sur le visage du garçon.

— Oui, c'est ça, répondit-il en lui tendant ce qui ressemblait à une chope de bière.

Isabella n'en avait jamais bu de sa vie. Ce n'était pas le genre de boisson que l'on servait à une fille de duc. Mais elle était si assoiffée qu'elle vida la chope d'une traite.

Que dirait sa mère si elle la voyait ? se demanda-t-elle en posant le récipient sur la table.

Danser avec de frustes Écossais… avaler de la bière sans reprendre son souffle… échanger son premier baiser avec un pirate notoire ? Et quel baiser…

C'était le genre de baiser dont elle avait toujours rêvé. Inoubliable, à couper le souffle. Sa vie durant elle s'en souviendrait, ainsi que de l'état extatique dans lequel il l'avait plongée. Tous les baisers étaient-ils semblables ? Ou bien était-ce simplement l'atmosphère d'aventure, le fait que celui qui le lui avait donné était un beau pirate ?

Quand elle serait plus vieille, elle le décrirait à ses filles et aux filles de ses filles. Elles soupireraient et glousseraient autour d'une tasse de thé en se demandant si elles aussi recevraient un jour un pareil baiser.

Comment avait-elle pu accepter de l'embrasser de la sorte ? La Bella qu'elle avait toujours été n'aurait jamais osé. Mais il y avait quelque chose chez cet homme qui la rendait différente. Elle ne se reconnaissait pas. Elle n'était pas l'ennuyeuse Bella Drayton. Elle était une autre. Elle était Maris, une prétendue sirène, et pour la première fois de sa vie, elle était insouciante.

Elizabeth serait fière d'elle.

Château de Dunakin, île de Skye

Lady Elizabeth MacKinnon n'était pas connue pour sa patience. Elle était même plutôt réputée pour son impatience.

— Sacré nom d'un chien… marmonna-t-elle en contemplant à travers les vitres mouillées de pluie le détroit d'Akin.

Où pouvait bien être Bella ?

Si son mari s'était trouvé là, il lui aurait adressé un regard réprobateur. Douglas n'aimait pas qu'elle jure. Et à dire vrai, elle aurait préféré ce regard à une journée de plus sans nouvelles de lui.

Il lui avait promis d'écrire dès qu'il aurait retrouvé Bella.

Ce qui signifiait seulement que ce n'était pas le cas.

Sacrebleu !

Tandis qu'elle attendait là, impuissante, les pires horreurs pouvaient arriver à sa sœur.

Jamais Elizabeth n'avait éprouvé une pareille frustration.

Elle ferma les yeux, appuya la tête contre la vitre froide et essaya de se représenter sa sœur bien-aimée.

Douce et innocente Bella qui, plus que ses autres sœurs, avait été protégée par leur éducation. Pendant qu'Elizabeth montait les étalons de son père dans les collines du Northumberland, Bella restait à la maison, rédigeant son journal. Quand Kattie et Mattie jouaient une pièce pour la duchesse dans le jardin et que Caroline, furieuse d'être reléguée à des rôles secondaires, grimpait dans les précieux arbres fruitiers du duc, Bella s'asseyait à l'écart et les dessinait dans son carnet de croquis. Bella était douce. Elle était timide. Et voilà qu'elle se retrouvait au milieu de mille dangers, seule et vraisemblablement terrorisée, sans que personne ait la moindre idée de l'endroit où elle était retenue.

Bella, nous te retrouverons. Quand bien même il nous faudrait fouiller chaque colline et chaque vallon d'Écosse, je te promets que nous te trouverons.

Jamais Elizabeth n'avait éprouvé une peur aussi intense qu'à Leith, lorsqu'elle avait découvert qu'Isabella n'était pas sur le *Hester Mary*. Tante Idonia était descendue du bateau comme une folle, et en voyant Elizabeth, Douglas et le reste de la famille, elle avait éclaté en sanglots.

Elle avait eu le plus grand mal à raconter ce qui s'était passé, des événements incroyables, mais confirmés par le capitaine, l'équipage et les autres passagers.

Des pirates avaient enlevé sa sœur.

Des pirates *écossais*.

Ils n'avaient aucune idée de qui étaient ces hommes ni des raisons pour lesquelles ils avaient enlevé Isabella, jusqu'à ce que Douglas demande à lord Belcourt de lui répéter leurs propos, et de décrire le pavillon qui flottait au mât de leur bateau-fantôme.

Bratach Bhan Clann Aoidh.

C'était le cri de guerre du clan Mackay, et leur pavillon.

Une fois ce point éclairci, Douglas avait su où commencer les recherches.

— Dans le Sutherland, avait-il expliqué pour rassurer le duc qui était sur le point de faire appel à l'armée du roi.

Le Sutherland, à l'extrême nord de l'Écosse, à quelque deux cents kilomètres de l'île de Skye où se trouvait Elizabeth.

Sans perdre de temps, Douglas avait affrété un sloop. Lorsque Elizabeth avait annoncé son intention de se joindre à eux, elle s'était heurtée à l'inflexibilité de son mari.

— Non.

— Mais, Douglas, c'est ma sœur !

— C'est la mienne aussi.

— Mais c'était la mienne bien avant que ce ne soit la tienne !

— Elizabeth, j'aime Isabella comme si c'était ma propre sœur. Ce qui signifie que je la chercherai avec autant de zèle que tu le ferais – et, ajouterais-je, avec beaucoup plus d'efficacité. Je connais le pays. Étant écossais, j'aurai plus de facilité à m'entretenir avec eux que toi.

— Mais il faut que tu la trouves ! s'était-elle exclamée, à bout d'arguments.

— Je la trouverai. Quant à toi, tu accompagneras mon frère à Skye où tu te préoccuperas uniquement de la sécurité et du bien-être de notre enfant à naître. La place d'une femme enceinte n'est pas à bord d'un bateau qui peut très bien croiser un vaisseau ennemi en haute mer.

Il avait raison, et Elizabeth le savait. Il ne restait que deux mois avant la naissance.

— Sacré nom d'un chien, répéta-t-elle, contrariée malgré tout.

— Est-ce une façon de parler pour une future mère ?

Elle pivota, s'attendant à voir Douglas, de retour avec Isabella.

Mais ce n'était pas Douglas.

Ian MacKinnon entra dans la pièce et la rejoignit à la fenêtre.

— Ne vous inquiétez pas, Bess. Douglas la trouvera. J'ai connu plusieurs Mackay dans l'armée du prince. C'étaient tous des hommes honorables et respectables qui n'auraient même pas songé à toucher un seul cheveu d'une femme.

— Alors pourquoi ces hommes honorables et respectables l'ont-ils enlevée ?

— J'aimerais bien le savoir. Tout ce que je peux dire, c'est que celui qui l'a enlevée doit être un scélérat, banni du clan, qui regrettera son méfait. Douglas y veillera.

Dans le cas contraire, se jura Elizabeth, ce serait *elle* qui y veillerait.

11

Calum ferma la porte de son bureau, s'isolant de la musique et de la liesse qui provenaient de la grande salle.

Il n'avait aucune envie de quitter la fête, mais il le devait. Il le devait, parce qu'il avait peur, vraiment peur, s'il restait, de l'embrasser de nouveau.

Et s'il l'embrassait de nouveau, rien au monde, au ciel ou en enfer, ne l'arrêterait.

Aussi, par prudence, ferma-t-il la porte à clé.

Au milieu de la pièce, une demi-douzaine de malles de diverses tailles l'attendaient.

Dans l'une d'elles se trouvait révélé le lieu de l'emprisonnement d'Uilliam.

Les autres lui apprendraient l'identité de cette fille.

La question était de savoir quelle réponse il souhaitait obtenir en premier.

Après ce baiser qui l'avait bouleversé, il était dubitatif. L'énigme de la mystérieuse lady Maris était totale. Il voulait, non, il avait *besoin* de savoir qui elle était, d'où elle venait.

Il avait aussi besoin de trouver Uilliam.

S'en remettant au hasard, il se dirigea vers la malle la plus proche, approcha une chaise et s'appliqua à l'ouvrir.

C'était la sienne.

Il en eut la certitude dès qu'il eut fait sauter la serrure avec la pointe de son poignard. Lorsqu'il souleva le couvercle, son odeur, mélange subtil d'herbes et d'épices, le submergea, comme si elle se tenait derrière lui dans la pièce.

Le sort avait décidé à sa place.

Écartant les couches de papier qui recouvrait le contenu de la malle, Calum découvrit des flots de soie, de satin et de dentelle. Prenant une bougie, il la posa sur la malle voisine et commença à fourrager dans celle de la belle inconnue, retirant corsages, fichus et rubans brodés de fils d'argent. Ce n'étaient pas là les effets d'une fille ordinaire. C'étaient des tissus coûteux et des fanfreluches raffinées. Sous les vêtements, il trouva une petite boîte contenant ses bijoux. Des pierres précieuses et des perles qui ne firent que confirmer ses soupçons : elle devait être apparentée à lord Belcourt. Si ce n'était pas sa fille, ce devait être une nièce ou une cousine. C'était en tout cas une demoiselle distinguée – pas une mystérieuse sirène.

Calum trouva une paire de bas de soie blanche. Il en déroula un. Il avait la forme de sa jambe et le mollet était brodé de feuilles de lierre. Il l'imagina en épousant le galbe, attaché au genou par une jarretière de soie. De soie rouge. Il respira profondément, lentement, laissant le tissu soyeux couler entre ses doigts, imaginant la jeune femme avec pour tout vêtement ces bas et entre les seins la pierre des Mackay.

Rien d'autre.

À cette pensée tout son corps se raidit.

Elle serait ravissante, il le savait, sa peau pâle illuminée par le feu, ses seins pleins et généreux. Il imaginait sa taille fine, ses hanches aux courbes douces. Il l'imaginait debout devant lui, un sourire enjôleur aux lèvres, lui glissant la main sous la nuque et l'attirant à elle. Il se voyait la prenant dans ses bras et l'allongeant sur le tapis devant la cheminée.

Il l'embrasserait depuis les tempes jusqu'aux orteils, goûterait sa peau parfumée et laisserait ses mains caresser le satin de ses cuisses.

Il enfouirait le visage dans ses cheveux, dans son cou, et lui ferait l'amour toute la nuit.

Il l'imaginait le regardant avec ces grands yeux bleus et murmurant son nom…

Calum.

Il l'imaginait ôtant cette chaîne et lui offrant la pierre qui lui donnerait enfin la réponse qu'il attendait depuis toujours.

Il imaginait, parce qu'il savait… que c'était un rêve.

Rien qu'un rêve.

Calum posa le bas et continua ses recherches.

Ce fut dans la seconde malle, plus petite, qu'il trouva quelque chose d'infiniment plus intriguant.

Un journal.

Son journal.

S'adossant à son siège, il lut la première page, écrite d'une écriture élégante :

Aujourd'hui, j'ai appris que Bess attendait un enfant. Si je suis heureuse pour elle et ravie à la perspective d'être tante, je dois avouer que je suis un peu jalouse. Toute sa vie, Bess s'est juré de ne pas céder aux pièges de l'amour et du mariage, c'est pourtant là qu'elle a trouvé le bonheur. Et voilà qu'elle va être mère, tandis que moi qui ai toujours rêvé d'amour, de mariage et d'enfants, je reste vide et seule. Je suis bien malheureuse. Et je suis malheureuse de me sentir malheureuse. Suis-je une sœur dénaturée ? J'aime Bess de tout mon cœur, et je me réjouis de son nouveau bonheur, et cependant, je ne peux m'empêcher d'éprouver un sentiment d'injustice…

Pendant plus d'une heure, Calum lut. Ses pensées. Ses sentiments. Ses rêves les plus secrets. Et s'il ne découvrit pas qui elle était vraiment, il comprit de quoi elle était faite.

Elle était vulnérable.

Elle était romantique.

Elle était intelligente.

Elle n'était pas sûre d'elle.

Elle aimait l'art et la poésie, et elle était profondément attachée à sa famille qui comptait au moins quatre sœurs, un père et une mère, et deux autres personnages portant les noms d'Agamemnon et d'Homère, probablement des animaux de compagnie.

Elle rêvait d'une autre vie. Elle rêvait d'amour, de passion et d'aventure, mais quand elle devait jouer un rôle, elle restait en coulisse, laissant ses sœurs briller à sa place, surtout la dénommée Bess. Elle était la deuxième fille et avait le sentiment que ses parents avaient été déçus qu'elle ne fût pas un garçon. Aussi se tenait-elle en retrait, se gardant de leur causer du souci. Elle vivait à travers les pages de son journal, tout en observant le monde autour d'elle.

Pour faire plaisir à ses parents, elle était prête à sacrifier son bonheur en acceptant d'épouser un homme qu'elle ne connaissait même pas.

Aujourd'hui, j'ai reçu une lettre, lut-il vers la fin du cahier. *Elle vient de mes parents. Je dois y apprendre le nom de mon futur mari. Je ne l'ai pas ouverte, et je ne le ferai pas tant que je n'aurai pas la certitude qu'il n'y a plus aucun espoir d'en rencontrer un autre.*

C'était une rêveuse.

Alors qu'il tournait la page, quelque chose s'échappa et tomba sur le sol. Cela ressemblait à une lettre pliée, encore scellée. Il la ramassa et la retourna. Était-ce la lettre à laquelle elle faisait allusion ? Celle qui contenait le nom de son futur mari ?

Elle était simplement adressée à « Bella ».

Bella. Belle.

C'était donc son nom. Qui lui convenait parfaitement – beaucoup mieux que Maris.

Calum posa le journal et étudia la lettre, la tournant et la retournant entre ses doigts. Sur le sceau de cire rouge figuraient des armoiries. En regardant de plus près, il reconnut une couronne de duc et poussa un soupir de soulagement.

Elle n'était pas la fille de lord Belcourt.

Ce qui ne l'avançait guère.

Il ne devrait pas ouvrir la lettre, il le savait. Cela ne l'empêcha pas de chauffer la lame de son poignard à la flamme de la bougie, avant de la glisser sous le sceau pour le détacher sans le briser.

Il lui fallait absolument découvrir son identité. Si son père était duc – un duc anglais –, ils auraient de très gros ennuis. Calum devait savoir ce qui l'attendait.

Mais pour être tout à fait honnête, il voulait surtout connaître le nom de celui à qui elle était promise.

La chaleur de la lame décolla proprement le sceau du parchemin.

Calum déplia lentement la lettre.

Bella chérie,

Pendant ton absence, ton père et moi avons passé en revue un grand nombre de partis possibles pour toi. Cela semblait si facile quand ton père menaçait Elizabeth d'un mariage arrangé, mais en vérité, c'est la décision la plus difficile à laquelle des parents puissent être confrontés. Cela a été affreusement pénible pour ton père. Personne n'était assez bien pour sa Bella. Cependant, alors que nous allions nous avouer vaincus, le candidat parfait est apparu par hasard à notre porte. Il venait, en fait, te rendre visite. Sachant combien, petite fille, tu l'aimais, je suis sûre que tu seras heureuse d'apprendre que nous avons arrangé un mariage avec Kentigern Saint-Clive. Son père, le comte, a accepté sans hésiter, surtout après que ton père a offert en dot les terres jouxtant sa propriété. Reste à obtenir ton consentement, ma Bella. Bien que nous ne voyions aucune raison pour que tu refuses ce mariage, nous avons subordonné cette union à ton consentement. Tu pourras nous donner ta réponse à ton arrivée à Édimbourg, quoique je soupçonne déjà ce qu'elle sera. Ma chérie, nous t'attendrons tous à Leith.

C'était simplement signé *ta mère aimante*, ce qui ne lui donnait aucune indication sur l'identité de la famille.

Calum relit le nom. Kentigern Saint-Clive. Un nom typique d'aristocrate anglais.

Un nom parfait pour une fille de duc.

Il replia la lettre, chauffa la lame de façon à ramollir la cire et remit le sceau en place.

Une fois l'opération terminée, la lettre semblait intacte, mais Calum était très mécontent de lui-même, de son indiscrétion et de ce qu'il avait lu. Il n'aurait jamais dû violer ainsi son intimité. En lisant son journal, il s'était glissé dans ses pensées les plus secrètes. Et pour aggraver son cas, il avait lu quelque chose qu'elle-même ignorait.

Fort honteux, il remit la lettre dans le journal, referma ce dernier et le rangea dans la malle.

Il n'en lirait pas davantage.

Et il essaierait d'oublier ce qu'il venait de lire.

Tout en sachant parfaitement que ce serait impossible.

De même qu'il serait impossible de l'oublier, elle, lorsqu'elle partirait.

Il était presque minuit quand Isabella quitta la grande salle. La plupart des hommes dormaient, leur chope de bière contre la poitrine. D'autres s'étaient retirés dans un coin pour jouer aux cartes ou aux dés.

Après la dernière gigue, elle s'était assise avec MacCuick pour évoquer les différentes façons d'accommoder un rôti, jusqu'à ce qu'il ferme les paupières, vaincu. N'ayant pas le cœur de le réveiller, même pour l'envoyer au lit, elle l'avait laissé, ronflant doucement, la tête posée sur ses robustes avant-bras, et s'était éclipsée.

Une fois dans sa chambre, Isabella avait sorti son papier à dessin et ses craies de son sac de voyage et s'était installée dans le siège près de la cheminée. Quelqu'un, elle ignorait qui, avait allumé un feu, et il flambait paresseusement, jetant des ombres ambre et or sur sa feuille. Encore tout excitée, elle n'était pas prête à dormir.

Quelle aventure ! En l'espace d'une soirée, deux hommes s'étaient battus pour obtenir ses faveurs, elle avait été embrassée pour la première fois et avait dansé avec un nombre impressionnant de cavaliers. Et elle s'était follement amusée.

Mais il n'y avait pas que la soirée. Tout avait commencé avec l'*Aventurier* émergeant du brouillard. Alors qu'elle aurait dû craindre pour sa vie, elle s'était sentie enfin vivre. C'était un sentiment enivrant, et elle comprenait soudain pourquoi sa sœur n'avait jamais craint le scandale.

Elizabeth devait connaître ce sentiment. C'était comme si le monde était soudain éclaboussé de couleurs éclatantes. Il y avait la peur, bien sûr, mais cela ne faisait qu'accroître l'excitation. Les odeurs, le goût des choses étaient différents. Chaque sens était, semblait-il, aiguisé. Ayant connu cet état magique, Elizabeth avait fait des choses de plus en plus choquantes, dans l'espoir de retrouver ce frisson, ce grisant sentiment d'invincibilité.

Vingt ans plus tard, Isabella faisait la même découverte. Et était tout aussi réticente à s'en tenir là.

Absorbée par ses pensées, elle avait laissé ses doigts courir sur sa feuille ; s'arrêtant soudain, elle reconnut Calum Mackay. Bien qu'à l'état d'ébauche, on discernait très bien ses yeux, son regard, la bouche qui avait recouvert la sienne. Jamais encore un homme ne l'avait regardée de cette façon, embrassée, désirée. Lorsqu'il l'avait prise dans ses bras, le cœur d'Isabelle avait bondi dans sa poitrine, et elle s'était armée de courage pour affronter cette expérience qui, espérait-elle, ne serait pas trop effrayante.

Mais le seul moment d'effroi, elle l'avait ressenti à l'instant où il s'était écarté d'elle. Elle serait bien restée toute la nuit à l'embrasser.

Trop occupée à danser, elle n'avait pas vu Calum quitter la salle. Lorsqu'elle s'était aperçue de son absence, elle n'avait pu s'empêcher d'éprouver une certaine déception. Pourquoi était-il parti ? N'avait-il pas ressenti la même chose qu'elle quand ils avaient échangé ce baiser ?

Aussitôt, elle se tança de seulement penser une chose pareille. Calum Mackay avait sûrement embrassé de nombreuses filles avant elle, et probablement de la même façon. Quelle naïveté d'imaginer que ce baiser lui avait fait autant d'effet qu'à elle !

À la lumière vacillante du feu, Isabella acheva son dessin, ajoutant la barbe, rectifiant l'arête du nez, affinant le portrait jusqu'à ce qu'il fût aussi ressemblant que possible. Puis elle repassa les contours à l'encre. Ainsi, lorsqu'elle raconterait à ses petites-filles cette fameuse nuit, et ce baiser, elle pourrait leur montrer l'homme qui le lui avait donné.

Ce baiser ne signifiait peut-être rien pour Calum Mackay. Mais Calum Mackay signifiait beaucoup pour Isabella.

Parce qu'il lui avait montré ce que vivre voulait dire.

Et rien que pour cela, Isabella ne l'oublierait jamais.

12

Le lendemain matin, Calum trouva Bella dans la grande salle. Assise sur la banquette de la fenêtre, une tasse de thé en équilibre sur les genoux, elle contemplait la mer qui étincelait sous les premiers rayons du soleil.

Elle était l'image de la beauté. Ses cheveux étaient rassemblés en un chignon lâche et quelques boucles lui encadraient le visage. Le soleil la nimbait d'une douce lumière dorée. Pourtant, malgré l'éclat du jour, elle était sombre. La position de ses épaules et les ombres dans son regard étaient révélatrices. Ainsi distraite et repliée sur elle-même, elle ressemblait à une princesse emprisonnée dans une tour, attendant qu'un chevalier errant vienne l'arracher à son geôlier.

À *lui*.

Calum s'appuya contre le chambranle et croisa les bras.

— Il fait trop beau pour rester enfermée seule ici, lança-t-il. Pourquoi n'allez-vous pas faire un tour dehors ? Des journées comme celle-ci sont rares, et MacCuick m'a certifié que le temps se maintiendrait jusqu'à ce soir. Et il ne se trompe jamais.

— Mais je croyais que je ne devais pas quitter le château, s'étonna-t-elle en se tournant vers lui.

Sa voix était douce et craintive, comme il sied à une jeune et malheureuse princesse captive.

— Je suis peut-être un pirate, mais je ne suis pas à ce point sans cœur. Nous sommes entourés d'une vingtaine de kilomètres de landes désertes. Le premier village se trouve à quelque vingt kilomètres d'ici, et encore faut-il connaître le chemin. Même si vous vouliez vous enfuir, vous n'iriez pas bien loin. Il y a les loups, les marécages et les moustiques. Vous êtes libre de vous promener à votre guise, termina-t-il, mais prenez un manteau. Le soleil est traître et le vent mordant. Et ne perdez pas le château de vue. On s'égare facilement dans ces landes.

À cette perspective, son visage s'éclaira. Elle alla même jusqu'à sourire.

— Merci, monsieur Mackay.

— Calum. Je m'appelle Calum.

— Calum, répéta-t-elle.

Il aimait la façon dont elle prononçait son nom. Trop d'ailleurs.

Il pivota vivement, s'apprêtant à partir.

— Je ferais peut-être mieux de rester ici, fit-elle en soupirant, se parlant à elle-même davantage qu'à lui. Je ne saurais où aller, ni que faire. Je ne suis pas très audacieuse.

« Contrairement à Bess », songea Calum, se rappelant sa lecture de la veille.

Il se retourna. Elle avouait dans son journal ne pas être « audacieuse ». En revanche, elle demeurait bouche bée devant les mésaventures de sa sœur, l'admirait et l'enviait, mais pas une fois elle n'avait tenté de briser la coquille qu'elle s'était imposée.

Peut-être n'en avait-elle jamais eu l'occasion.

— Voulez-vous… commença-t-il, hésitant. Voulez-vous que je vous fasse visiter le château et ses environs, afin de vous familiariser avec les lieux ?

Elle le considéra un instant, aussi hésitante que lui, et il crut qu'elle allait refuser.

— J'aimerais beaucoup, dit-elle finalement. Merci.

Elle se leva et arrangea les plis de sa jupe sur les paniers de sa robe. Quelle absurdité que ces paniers ! se dit-il. Censés donner de l'élégance et de la grâce, ils étaient surtout d'une totale incommodité, ne serait-ce que pour passer à travers une porte étroite. Avec un tel attirail, une femme était juste bonne à jouer de l'épinette ou à broder. Mais certainement pas à se promener dans les Highlands.

Et ses chaussures ! De véritables instruments de torture. Pas étonnant que la plupart des jeunes filles marchent à petits pas. Elles devaient craindre de basculer en avant et de se retrouver avec les paniers autour du cou.

— Peut-être devriez-vous envisager de porter une tenue plus simple, suggéra-t-il. Avez-vous un vêtement un peu moins… euh… important ?

Elle rit gaiement et leva la main, comme pour se couvrir la bouche.

C'est alors qu'il remarqua ses doigts. Ils étaient presque noirs.

Que diable avait-elle bien pu faire ? Ramper dans l'âtre ?

— Je n'ai guère de choix, dit-elle.

— Vous avez vos malles. Je les ai fait porter dans votre chambre ce matin.

— Vraiment ?

Son visage s'illumina, et toute la pièce parut s'éclairer.

— Oui. Et je suis désolé qu'on vous ait pris vos affaires. C'était une grave erreur.

— Merci, Calum.

Elle traversa la pièce, se posta devant lui et déposa un rapide baiser sur sa joue.

— Merci beaucoup.

Avait-elle conscience d'avoir embrassé l'homme qui avait fait confisquer ses malles ?

Et avait-elle conscience, en faisant cela, d'avoir réchauffé la pièce de plusieurs degrés ?

— Vous attendez ici pendant que je vais me changer ? s'enquit-elle.

Il acquiesça, et elle disparut, le laissant éberlué.

Après son départ, il alla à la fenêtre. MacCuick avait raison. La journée était superbe, trop belle pour rester enfermé entre ces murs à compulser des registres. Il commencerait ses recherches ce soir. De toute façon, ils ne pouvaient pas partir tout de suite. L'*Aventurier* avait besoin d'être remis en état avant de reprendre la mer. La coque devait être carénée, les voiles réparées, les ponts nettoyés et les cales séchées. Il avait bien le temps de se plonger dans les « bibles » de lord Belcourt. Calum songea à ce qu'il avait encore à faire, mais rien ne semblait aussi important que de se promener avec elle.

Par habitude, il scruta l'horizon en quête d'un navire inconnu. Il s'attendait toujours plus ou moins à voir débarquer la marine hanovrienne pour les arrêter, son équipage et lui. C'était une éventualité qu'on ne pouvait écarter. Si ce jour venait, Calum avait décidé depuis longtemps de ne pas prendre la fuite, dût-il faire face à cinq cents hommes. Il les attendrait, défendrait cette place forte et mourrait – mais il mourrait en Écossais. Pas question d'être prisonnier de l'usurpateur ou exilé sur une terre étrangère.

Il remarqua soudain, sur le rebord de la fenêtre, une feuille de parchemin à l'envers et un fin bâton ressemblant à du bois d'allumage dont l'extrémité avait dû être noircie à la bougie qui brûlait encore à côté. Calum prit le parchemin et le retourna. Un paysage y était peint, le même que celui qu'il venait de contempler – les ruines du château, la falaise et, au-delà, la mer.

C'était une œuvre accomplie, exécutée avec talent. Il effleura du doigt le bord du dessin, maculant un coin de la feuille. En effaçant la tache de suie du pouce, il se rappela les doigts de Bella.

C'était donc une artiste.

Il n'en était pas surpris.

Elle revint peu de temps après, vêtue d'une robe sans cerceaux dont le corsage ajusté était d'un gris très doux. La simplicité de la toilette mettait en valeur sa silhouette, et sa couleur faisait ressortir le bleu de ses yeux et le brun de ses cheveux. Alors que la plupart des filles aimaient les tons vifs, elle préférait visiblement les couleurs de la nature, celles de la mer…

… des *sirènes*.

À cette pensée, Calum secoua la tête.

— Cela conviendra ? demanda-t-elle.

— Oui. Très bien.

À la vérité, même en haillons elle serait toujours aussi jolie.

Ils firent un détour par la cuisine pour prévenir MacCuick qu'ils sortaient. Calum ignora le regard interrogateur du cuisinier tandis qu'il demandait un panier avec du pain, du fromage et des fruits. Ne sachant combien de temps durerait leur promenade, mieux valait prendre ses précautions. D'autant qu'il n'était pas pressé de rentrer.

Ils commencèrent par la cour. Calum lui expliqua à quoi correspondait chaque ruine, essayant de lui dépeindre avec des mots la forteresse au temps de sa gloire. Elle écoutait avec intérêt, posait des questions intelligentes.

Ayant lu son journal, ce qu'il regrettait sincèrement, il savait ce qui l'intéressait et pouvait faire appel à son amour du beau et à son sens artistique.

Ils parvinrent aux écuries où Hamish était occupé à nourrir les chevaux et à nettoyer les stalles. À la vue de la jeune fille, il s'illumina.

— Bonjour, mademoiselle Maris, la salua-t-il en ôtant son chapeau de paille.

— Comment ça va, Hamish ?

— Oh, très bien. Comment peut-on aller mal par une journée comme celle-ci ? Vous allez faire un tour à cheval avec le chef ? ajouta-t-il.

— À cheval ? répéta-t-elle, horrifiée. Non, je ne monte pas à cheval.

— Bien sûr, dit Hamish en se frappant le front. J'aurais dû m'en douter. Une sirène ne sait pas se tenir sur un cheval.

Calum lança un coup d'œil à Bella.

— Oui, dit-elle avec un sourire. Vous avez raison.

Coquine.

— Il serait peut-être temps que vous appreniez, déclara Calum.

— Oh, non. Vraiment, je…

— Hamish, va chercher le Trakehner.

— Et un poney pour Mlle Maris ?

— Non, simplement l'étalon. Pour cette fois, elle montera avec moi.

Lorsque Hamish amena l'animal à la robe d'un noir luisant, Isabelle ouvrit des yeux comme des soucoupes.

— Vous voulez… que je grimpe là-dessus ?

— N'ayez crainte. Il est bien élevé.

— Mais il est tellement… grand.

Pendant que Hamish le sellait, Calum la fit approcher du cheval.

— Il faut simplement que vous fassiez connaissance, expliqua-t-il en lui prenant la main.

Leurs regards se croisèrent, et se retinrent un instant avant qu'il ne pose les doigts de la jeune fille sur le front du cheval.

— Caressez-le un peu, et il fera tout ce que vous lui demandez.

Comme nous tous…

Calum la contempla tandis qu'elle passait une main timide sur la joue du cheval. L'étalon baissa la tête et la poussa des naseaux pour l'inciter à continuer, manquant de la faire tomber en arrière.

Elle rit. Au bout de quelques minutes, elle était tout à fait rassurée, et le grattait derrière les oreilles.

— Maintenant nous pouvons y aller.

Calum sauta en selle.

— Mais je ne sais même pas comment monter sur… commença-t-elle.

Serrant les genoux, Calum la souleva d'un seul bras et l'installa devant lui en amazone.

— Oh ! s'exclama-t-elle en le regardant. Bonté divine !

Leurs visages étaient si proches qu'il avait senti son souffle sur un cou.

Comme le cheval dansait sous eux, elle agrippa la manche de Calum. Elle avait blêmi et semblait affolée.

Elle avait vraiment peur.

Une fille de duc savait tout de même monter à cheval, non ?

— Du calme. Je ne vais pas vous laisser tomber. Tenez-vous à mon bras, nous commencerons par aller au pas, d'accord ?

Elle aurait manifestement préféré être n'importe où plutôt que sur ce cheval. Toutefois, après une ou deux secondes d'hésitation, elle hocha la tête.

Calum s'éloigna donc, les rênes serrées. Il devinait la tension des muscles de l'animal, et le savait impatient de galoper sur la lande. Pour apaiser cette tension, Calum s'élançait souvent au grand galop le long de la plage, avec le vent qui lui fouettait le visage et lui piquait les yeux.

Mais pas aujourd'hui.

Ils franchirent la cour au pas pour que la jeune fille s'habitue. Au bout d'un moment, Calum la sentit se détendre, et elle se laissa aller contre lui.

L'odeur de ses cheveux, le doux balancement de son corps contre le sien étaient une sensation enivrante, qui lui rappela le baiser de la veille, et la façon dont il avait réagi à ce baiser. Avec l'avidité d'un homme affamé.

Il était fou de rechercher sa compagnie. Elle était la fille d'un duc. Et elle était déjà promise à un autre, un homme pour qui, à en croire la lettre de sa mère, elle avait toujours éprouvé de tendres sentiments. Si elle avait lu cette lettre, su qu'elle était promise à l'estimé Kentigern Saint-Clive, aurait-elle accepté de se promener avec lui ?

Il devait l'oublier, continuer à vaquer à ses occupations comme si elle n'était pas là. Mais il était en même temps incapable de lui résister. Peut-être parce qu'elle finirait par partir. Qu'elle le quitterait pour épouser son Kentigern Saint-Clive. Alors pourquoi ne pas profiter du temps qu'ils avaient à être ensemble ?

Ils descendirent la colline au pas, traversèrent la lande au trot et prirent au petit galop le chemin bordant la mer. Et elle riait, d'un rire de gorge qui le réchauffait, malgré l'air frais.

Ses cheveux lui caressaient la joue, son corps s'ajustait au sien si bien qu'il avait l'impression de ne faire plus qu'un avec elle tandis qu'ils suivaient le rythme du cheval. Petit à petit, elle baissa sa garde, oublia le personnage de sirène qu'elle avait endossé, et Calum vit s'épanouir la Bella qui s'était livrée dans son journal.

Elle l'interrogea sur son enfance, et il lui parla de son père tombé au champ de bataille, du père de Fergus qui l'avait élevé. Les heures s'égrenaient sans qu'il s'en rendît compte. Il perdit toute notion du temps. Du lieu. Et il ne s'étonna pas de se retrouver dans la petite baie où il venait, enfant.

L'enfant qui attendait sa sirène.

Il tira sur les rênes, sauta à terre, puis la saisit par la taille pour l'aider à descendre.

Elle se laissa glisser contre lui, et il demeura un moment immobile, les mains autour de sa taille, à la boire des yeux.

Le vent même semblait comme en attente.

— Calum… dit-elle, nerveuse, comme si elle savait qu'il voulait l'embrasser.

Mais il ne céda pas à la tentation.

— Venez, dit-il en lui prenant la main. Je veux vous montrer quelque chose.

Il laissa l'étalon brouter tandis qu'il entraînait Bella vers le rocher où il s'asseyait autrefois pour surveiller la baie.

— C'est beau, souffla-t-elle.

Elle ferma les yeux, offrant son visage au soleil. Avec ses cheveux bruns chahutés par le vent, elle ressemblait à la sirène de ses rêves.

Il voulait le lui dire. Il voulait lui dire qu'il venait là, petit garçon, pour scruter les flots dans l'espoir qu'elle apparaisse, elle, sa sirène. Il voulait lui dire qu'il connaissait la vérité à son sujet, qu'elle n'avait pas besoin de lui mentir, qu'il ne lui ferait jamais le moindre mal. Au lieu de quoi, il resta planté là, sa main dans la sienne, à fixer la mer.

Il lui montra les îles de Lewis et de Harris enveloppées de brume, lui fit écouter le cri du courlis, cueillit un brin de genêt et le lui glissa derrière l'oreille.

— Cette haute colonne rocheuse, là-bas, dit-elle soudain en désignant la baie. Elle est si étroite. On la dirait prête à basculer sous la poussée des vagues.

— Oh, je doute que ça arrive un jour ! Ce rocher se dresse là depuis au moins cinq cents ans. On l'appelle *Am Buachaille*.

— Aum Bo'ach-elly'a, répéta-t-elle lentement. Qu'est-ce que cela signifie ?

— Le berger.

— Il a l'air bien… solitaire.

Calum sourit. Si elle savait combien il l'avait été.

— Venez, dit-il. Approchons-nous de l'eau.

Il ne fallut pas insister beaucoup pour qu'elle retire ses chaussures et ses bas, et plonge les pieds dans les vagues. Le froid lui arracha un hoquet de surprise, et elle recula pour ne pas mouiller l'ourlet de ses jupes qu'elle avait relevées. Elle n'avait pas conscience d'exposer ses chevilles et ses mollets, rappelant à Calum le bas qu'il avait sorti de sa malle, la nuit précédente. Après avoir remis en place les rubans et les fanfreluches, il n'avait pu se résoudre à le ranger. Elle en avait beaucoup d'autres, et celui-ci ne lui manquerait certainement pas. Il l'avait donc caché dans le tiroir de son bureau. Pitoyable, sans doute, mais après son départ, il lui resterait au moins ce morceau de soie en souvenir d'elle.

— Calum !

Alerté par son cri, il courut la rejoindre. Penchée en avant, elle avait les deux mains plongées dans les flots. Ce qu'elle avait découvert lui avait visiblement fait oublier ses jupes, dont l'ourlet traînait dans l'eau.

— Regardez ! s'écria-t-elle, tout excitée.

Sortant la main de l'eau, elle brandit une pièce d'or.

Calum la prit et l'examina.

— Espagnole, déclara-t-il.

— Une pièce espagnole ? Ici ?

— Oui. Elle provient d'un naufrage. Il y en a eu beaucoup dans cette baie. La navigation y est hasardeuse, surtout pour ceux qui ne connaissent pas ces eaux. De nombreux vaisseaux ont ainsi disparues . Avec le temps, ils dérivent par ici et s'enfouissent au fond de la mer. Si vous regardez bien, vous verrez des mâts affleurer à la surface.

Elle se protégea les yeux du soleil et scruta l'étendue marine.

— Oh, oui ! s'exclama-t-elle. J'en vois. Merci de m'avoir amenée ici, Calum, ajouta-t-elle en se tournant vers lui, le visage animé, et plus jolie que jamais. C'est un endroit extraordinaire.

— En effet, acquiesça-t-il d'une voix rauque.

C'était elle qui était une fille extraordinaire, les cheveux au vent et les joues rosies par le grand air. Était-ce le lieu, ou la jeune fille, ou les deux réunis, il n'aurait pu le dire, toujours est-il qu'il ne put résister. Il l'attira à lui et captura ses lèvres.

Elle ne le repoussa pas. Elle laissa échapper un petit soupir et se pressa contre lui.

Il n'avait nul besoin d'autres encouragements.

Il l'embrassa avec passion, comme si cela devait être la dernière fois.

Parce qu'il savait que cela pouvait l'être.

Mêlant sa langue à la sienne, il se perdit dans ce baiser. *Dieu, c'était incroyable* ! Elle donnait autant qu'elle prenait. Comme elle appuyait les mains sur son torse, il se demanda si elle sentait combien son cœur battait vite.

Lâchant un instant sa bouche, il déposa une pluie de baisers sur son menton et sa gorge, lui arrachant de doux gémissements. Il cherchait sa chaleur, voulait lui voler son souffle, la prendre pour la faire sienne, et elle se serait laissé faire, il le savait, lorsque soudain…

Calum fut poussé violemment. Ils furent aussitôt séparés, il trébucha et tomba la tête la première dans les vagues.

Il s'étala dans une gerbe d'éclaboussures.

Lorsqu'il se releva, furieux, et qu'il eut rejeté ses cheveux trempés en arrière, il vit que Bella le regardait, les yeux rieurs et un sourire aux lèvres. Ces lèvres qu'il embrassait un instant plus tôt.

Cet idiot de lévrier de Fergus se tenait à côté d'elle, la langue pendante.

Il s'appelait Fingal, comme le célèbre géant écossais, et ce nom lui allait parfaitement, car lorsqu'il se dressait sur ses pattes arrière, il était plus grand que MacCuick.

Tournant la tête, Calum aperçut Fergus debout sur l'escarpement qui dominait la baie, l'air mécontent de ce qu'il venait de voir.

— Sale cabot… marmonna Calum à l'adresse du chien, en sortant tout dégoulinant de l'eau, sa chemise trempée lui collant à la peau.

Ce bain forcé avait en tout cas eu pour effet de refroidir ses ardeurs.

Et Calum aurait parié que c'était précisément le but de Fergus.

13

Un vent léger faisait soupirer les épaisses touffes de graminées. Le soleil était voilé par de lourds nuages et la mer semblait immobile ; pas la moindre ride n'en plissait la surface. L'air était humide, l'heure matinale, et il régnait un silence tel que même les oiseaux se taisaient.

Journée idéale pour rendre visite aux morts.

En se promenant, la veille, avec Calum, Isabella avait remarqué le minuscule cimetière. *Balnakeil*, l'avait-il appelé, ce qui signifiait la baie de l'Église. Les pierres tombales et leur pittoresque sanctuaire étaient dispersés dans une petite baie, au-dessus d'une large étendue de sable d'un blanc étincelant. Une église, fondée par saint Maelrubha, y avait été construite quelque dix siècles auparavant, en l'an 722 exactement. L'édifice lui-même était en ruine. Le toit s'était en partie effondré, et les murs qui s'écroulaient par endroits ne semblaient tenir debout que grâce au lierre qui les recouvrait tel un linceul vert.

Isabella avait toujours été fascinée par les cimetières. Certains les trouvaient tristes et déprimants, mais elle les visitait comme des musées, admirant les pierres telles des œuvres d'art. Elle pouvait y passer des heures à essayer d'interpréter le sens des symboles et des phrases qui y étaient gravés. Elle imaginait la vie de ceux qui y étaient enterrés, arrachait les mauvaises herbes qui menaçaient de les soustraire à la vue, comme pour montrer aux morts qu'ils n'étaient pas oubliés.

La veille, elle avait pris des repères, et elle s'était réveillée avec l'idée d'y retourner. Calum était parti à l'aube, lui avait appris Hamish, qui ignorait où il était allé et quand il reviendrait. Elle avait donc rassemblé son matériel de dessin et s'était mise en route tandis que le soleil montait sur la lande.

La promenade lui donnait aussi l'occasion de mettre en pratique ses talents de cavalière. Ce qui était courageux de sa part. Calum ne saurait jamais ce qu'il avait fait en l'installant sur le dos de cet étalon sans tenir compte de ses protestations. À huit ou neuf ans, Isabella montait volontiers à cheval, presque tous les jours en fait, et elle aimait ces cavalcades qui lui permettaient d'apprécier les senteurs et les bruits propres à chaque saison.

Mais elle n'était pas une cavalière confirmée, contrairement à l'intrépide Elizabeth.

Alors qu'Isabella montait pour réfléchir et se promener dans la campagne, Elizabeth dévalait au grand galop les collines entourant Drayton Hall. Un jour, elle n'avait pu s'empêcher de défier sa jeune sœur à la course. Et pour une fois, Isabella avait relevé le défi

Elles avaient traversé le premier champ à la même hauteur, leurs rires emportés par le vent et leurs petits chapeaux flottant derrière elles. Elles s'apprêtaient à traverser le deuxième champ, lorsque Elizabeth avait dirigé son cheval, un jeune étalon fougueux, vers un mur de pierre sèche qu'elle avait franchi sans difficulté.

Isabella avait hésité, cependant, elle ne voulait pas s'avouer vaincue sans avoir au moins essayé – après tout elle était une Drayton et avait sa fierté. Elle avait éperonné Clover, mais la jument n'avait ni la force ni l'expérience de l'autre cheval. Ses sabots arrière avaient accroché le mur, et la monture et sa cavalière avaient roulé dans le fossé, de l'autre côté.

Isabella avait été désarçonnée, mais Clover s'étaient brisé une jambe.

Le duc n'avait eu d'autre choix que de l'abattre. Jamais Isabella n'oublierait le regard affolé de la pauvre bête ni l'écho du coup de feu qui avait mis un terme à sa vie. Ce fut la dernière fois qu'elle monta à cheval.

Jusqu'à la veille.

La puissance de l'étalon était terrifiante, mais avec Calum tenant les rênes, elle avait vite oublié ses peurs, et s'était rappelé combien elle aimait sentir le vent sur son visage et entendre le fracas des sabots s'accorder aux battements de son cœur. C'était presque comme voler, et elle y avait pris un immense plaisir. Aussi, en se réveillant le lendemain matin, elle avait rassemblé son courage et demandé à Hamish de lui seller un cheval docile.

Comme si elle sentait la nervosité d'Isabella, la gentille petite jument que Hamish lui avait choisie cheminait d'un pas égal à travers la lande. C'était une jument louvette au corps ramassé et au pied sûr. Elle avait un nom gaélique qui sonnait en anglais comme une insulte, aussi Bella l'appelait-elle simplement « fillette ».

Il lui avait d'abord paru bizarre de monter à califourchon, les selles d'amazone n'étant pas courantes dans les Highlands. Mais elle s'était débrouillée pour coincer ses jupes entre ses jambes, comme le faisait Elizabeth (à l'insu de leurs parents, bien entendu).

En plus de son attirail de dessin, Isabella avait emporté un panier préparé par MacCuick. Ce dernier lui avait demandé de lui rapporter du pourpier afin de relever le rôti de bœuf qu'il comptait servir au dîner. Elle ne manquerait pas d'en cueillir, mais plus tard. Pour l'heure, elle était beaucoup plus intéressée par l'étude des pierres tombales qui l'entouraient.

Il y avait de hautes croix celtiques en pierre, effritées par l'air marin, et de grandes dalles de granit avec des inscriptions en latin. Sur certaines étaient sculptés des anges, sur d'autres des squelettes tenant un sablier. Sur la plupart étaient gravés des symboles figurant le métier du défunt – forgeron, fermier, marin.

Ses crayons et ses craies éparpillés sur un linge à côté d'elle, le buste penché en avant, elle copiait consciencieusement les motifs les plus intéressants.

Elle était tellement absorbée par sa tâche qu'elle ne remarqua même pas qu'elle n'était plus seule dans le cimetière.

Comme elle levait la tête à la recherche d'un autre motif, elle le vit.

C'était Calum.

Il se faufilait entre les tombes dans une direction précise. Il était passé tout près d'elle sans la remarquer – il faut dire qu'elle était accroupie derrière l'une des plus hautes croix –, et avait continué son chemin.

Il s'arrêta devant une pierre tombale, à l'extrémité du cimetière, du côté de la mer. Il se signa, inclina la tête et ferma les yeux. Le temps parut soudain s'immobiliser. Isabella osait à peine respirer. Puis une bourrasque lui ébouriffa les cheveux, et il posa la main sur la pierre usée. L'émotion contenue dans ce simple geste fit venir les larmes aux yeux de la jeune fille.

Il pivota, lui offrant son profil. Il avait l'air profondément triste.

Isabella se sentait de trop, mais partir ne ferait que signaler sa présence. Visiblement, il souhaitait être seul. Sinon pourquoi n'aurait-il pas dit à Hamish où il allait ? Mieux valait simplement attendre son départ. Elle décida donc de rester, mais détourna la tête, comme pour ne pas violer son intimité.

Elle patienta un moment. Quand elle risqua de nouveau un regard, elle vit qu'il tenait une fleur à la main, une délicate rose sauvage blanche. Il s'accroupit et la déposa sur la pierre. Il demeura ainsi quelques instants puis se redressa.

Isabella resta cachée parmi les pierres jusqu'à ce qu'il eût disparu.

Depuis qu'ils étaient revenus de leur promenade, elle ne l'avait pas beaucoup vu. Durant tout le trajet, il était resté silencieux, lointain. Isabella sentait confusément que sa baignade forcée n'était pas la seule raison de ce soudain changement d'humeur.

Elle l'avait interrogé, mais il s'était contenté de secouer la tête et lui avait dit qu'il était temps de rentrer. Par la suite, MacCuick lui avait appris que Calum et Fergus avaient échangé des mots derrière la porte close de son bureau. Était-ce parce que Fergus les avait surpris ensemble ? Cela ne faisait que confirmer son sentiment que Fergus regrettait de l'avoir amenée au château de Wrath.

Traversant le cimetière, Isabella se dirigea vers la tombe devant laquelle Calum avait prié. La fleur qu'il avait laissée avait été chassée par le vent et gisait dans l'herbe. Isabella se pencha pour la ramasser. La pierre tombale était toute simple, grise et polie. Un double cœur et une fleur qui ressemblait beaucoup à la rose sauvage apportée par Calum y étaient gravés.

Tout en remettant la fleur en place, elle lut l'inscription en latin :

Ici repose la dépouille mortelle de Moïra,
épouse de feu Artair Ros Mackay de Wrath,
Le grand jacobite tombé à Sheriffmuir.
Elle l'a rejoint dans le sommeil éternel
le 2 juin 1716.

L'inscription continuait, cachée par la végétation. Isabella s'agenouilla, écarta les hautes herbes et lut :

Épouse fidèle,
Et mère, l'espace d'un instant,
Emportée ce jour.

Un frisson qui était sans rapport avec la fraîcheur de l'air la parcourut.

C'était la tombe de la mère de Calum. Et elle était morte en le mettant au monde.

Figée devant ce monument à la mémoire d'une vie cruellement courte, Isabella songea qu'elle avait beaucoup de chance. Elle avait des parents aimants, qui l'avaient élevée dans un environnement gai et protégé. La guerre, la rébellion, le deuil, rien de tout cela ne l'avait vraiment touchée. Elle en avait entendu parler, certes, mais cela n'avait jamais menacé le cercle de ses proches.

Sa famille.

Alors que Calum en était privé depuis sa naissance. Il n'avait jamais senti la main d'une mère sur son front, n'avait jamais eu de père à qui demander conseil. Il avait été doublement orphelin, et s'était retrouvé seul au monde. Pas étonnant qu'il se fût rebellé.

Pourtant, le malheur ne l'avait pas complètement assombri. Il venait toujours déposer une fleur sur la tombe de sa mère et prier pour le repos de son âme.

Isabella passa le quart d'heure suivant à arracher les mauvaises herbes et à nettoyer la pierre. Pourquoi ? Elle n'aurait su le dire ; elle ne connaissait pas cette femme, mais ce monument la touchait. Elle essaya de se représenter Moïra Mackay, sa physionomie, sa vie. Elle se demandait si c'était d'elle que Calum avait hérité ses cheveux noirs et son regard chaleureux. Elle se demandait ce qu'elle avait éprouvé en portant l'enfant de son défunt mari, avant d'être enlevée à cet enfant en le mettant au monde.

Calum lui avait dit avoir été confié au père de Fergus peu après sa naissance. Avait-il été aimé ? Et même dans ce cas, n'avait-il pas toujours eu l'impression de ne pas être à sa place ?

Isabella, qui avait toujours su qu'elle appartenait à Drayton Hall, comprenait pourtant ce qu'il pouvait ressentir.

Quand elle en eut fini avec les mauvaises herbes, elle se leva et s'essuya les doigts sur le linge dont elle se servait quand elle dessinait. Elle contempla la mer. Le soleil essayait de percer à travers les nuages, et un unique rayon tomba sur la petite baie et son église telle la main d'un ange. C'était un lieu béni, et Isabella ne comprenait pas qu'on ait pu le laisser ainsi à l'abandon.

Après un dernier regard à la tombe, elle rassembla ses crayons et ses craies, et les enveloppa dans le linge. Puis elle les fourra dans son panier et se dirigea vers l'endroit où elle avait attaché sa monture.

Elle était tellement perdue dans ses pensées qu'elle ne s'aperçut pas qu'on l'observait. Dès qu'elle fut partie, le guetteur entra dans le cimetière et s'arrêta devant la même tombe. Une autre main déposa une seconde rose sauvage à côté de la première.

Une autre prière pour le repos de l'âme de la défunte fut prononcée.

Perchée sur un rocher, Isabella griffonnait à toute allure, pour fixer sur le papier l'étrange oiseau qui picorait les galets au bord du ruisseau.

C'était un grand oiseau noir aux ailes brunâtres dont le tour de l'œil était d'un rouge brillant. Les plumes de sa queue, lisses et luisantes, étaient déployées en éventail comme celles d'un paon, tandis qu'il se pavanait en émettant un étrange petit *clic-cloc*.

Isabella n'avait jamais vu un tel oiseau, aussi se dépêchait-elle de le dessiner pour permettre à MacCuick de l'identifier. Mais quand il poussa un gloussement et s'envola, elle ne put retenir une exclamation de dépit.

Tandis qu'elle essayait de finir le croquis pendant que l'image de l'oiseau était encore fraîche dans son esprit, un mouvement attira son attention. Elle tourna la tête à l'instant où un jeune garçon s'emparait de son panier de pique-nique.

Leurs regards se croisèrent.

Et le gamin s'enfuit.

— Attends !

Isabella courait vite. Elle avait toujours battu ses sœurs à la course à pied sur l'ancien terrain de boules de Drayton Hall. Empoignant ses jupes, elle s'élança à la suite de l'enfant en lui criant de s'arrêter, qu'elle ne lui ferait pas de mal, qu'elle voulait simplement lui parler.

Mais il détala de plus belle.

Il tomba la tête la première dans la bruyère, et le contenu du panier s'éparpilla sur le sol. Tout en la surveillant du coin de l'œil, son visage sale exprimant la plus grande terreur, il se releva et ramassa ce qu'il pouvait – les pommes, les galettes d'avoine et une tranche de fromage –, puis il reprit ses jambes à son coup.

Malgré son point de côté, Isabella fonça à ses trousses.

Il se dirigeait vers un affleurement rocheux surplombant le ruisseau, et dut ralentir en abordant une zone rocailleuse couverte de broussailles.

— Arrête-toi ! criait Isabella. Je ne te ferai pas de mal ! Je veux seulement te parler !

Mais il n'écoutait pas. Elle l'entendit bredouiller des mots en gaélique, et réalisa qu'il ne la comprenait pas.

Il devait être terrorisé.

Quand il se glissa dans l'étroite ouverture d'une grotte, Isabella crut le rattraper. Il cria quelque chose en gaélique, et elle baissa la tête pour le suivre. Mais il faisait nuit noire à l'intérieur, et elle s'immobilisa non loin de l'entrée. Elle l'entendit s'enfoncer dans les ténèbres, puis plus rien.

Elle avait perdu sa trace.

Isabella regagna le château en fin d'après-midi, son panier plein de pourpier, mais aussi de romarin, de bruyère, de genêt et d'ajoncs, pour parfumer et égayer le château. Après avoir poursuivi le gamin, elle avait attendu un moment devant la grotte pour voir s'il sortirait. Elle voulait essayer de communiquer avec lui, pour savoir où et comment il vivait. Il avait visiblement faim, et à la façon dont ses haillons pendaient sur son corps frêle, il était évident qu'il ne mangeait pas tous les jours. Et s'il était seul, cherchant sa nourriture dans la nature ? Où se réfugierait-il à l'approche de l'hiver, et comment se protégerait-il du froid ?

Mais il n'était pas ressorti, et comme le soleil commençait à décliner dans le ciel, Isabella avait dû se résigner à rentrer.

Calum l'attendait à l'écurie, les bras croisés et l'air furieux.

— Où diable étiez-vous ? lâcha-t-il en guise de salut.

Elle tendit les rênes à Hamish.

— Bonjour, Calum, fit-elle d'un ton léger. Elle a été charmante, ajouta-t-elle à l'adresse du garçon en caressant l'encolure de la jument. Une monture parfaite. Merci de me l'avoir choisie. Je vais demander une pomme à MacCuick pour son dessert.

— C'est une brave fille, mademoiselle Maris, dit Hamish en tirant sur ses cheveux, faute de chapeau à soulever. Mademoiselle Maris, ajouta-t-il en hâte alors qu'elle tournait les talons, vous voulez que je porte votre panier ?

— Je m'en charge, gronda Calum. Toi, occupe-toi du cheval.

Hamish acquiesça et s'éloigna à contrecœur.

— Il ne fallait pas être si dur avec lui, dit Isabella quand il eut disparu. Il voulait seulement se montrer serviable.

— Je vous le demande pour la deuxième fois : où étiez-vous ?

— Pardonnez-moi, monsieur Mackay, mais je crois me rappeler vous avoir entendu me dire que j'étais libre d'aller où je voulais.

— Certes. Mais vous êtes partie toute la journée. Vous étiez introuvable. Vous avez pris une monture et je savais que vous ... que vous êtes montée avec moi, seulement hier...

— Vous étiez inquiet.

— J'ai seulement pensé... Je veux dire, vous avez la pierre et...

— Vous étiez inquiet, répéta-t-elle.

Désireux de ne pas trahir ses sentiments, il se contenta de la regarder sans répondre.

Isabella décida de ne pas lui révéler le vol du gamin. Il pourrait lui interdire de sortir à nouveau, ou envoyer le chien de Fergus à ses trousses, et elle voulait retourner à la grotte pour y apporter de la nourriture.

— Merci, reprit-elle. Je suis désolée de vous avoir causé de l'inquiétude. J'ai passé un moment si agréable que je ne me suis pas rendu compte qu'il était si tard. En fait, j'ai même oublié de manger. Je suis morte de faim, et je suis sûre que Malcolm attend son pourpier avec impatience. Vous voulez prendre un thé avec moi ?

Sans attendre sa réponse, elle lui fourra son panier dans les bras, puis se dirigea vers la cuisine.

Calum n'eut d'autre choix que de lui emboîter le pas.

Ce soir-là, le dîner fut servi tard, et les gosiers protestaient presque autant que les estomacs. Lorsque MacCuick apporta son rôti de bœuf, les hommes étaient au bord de l'émeute.

La bonne chère apaisa leur faim, et ils étaient tellement occupés à enfourner pommes de terre au romarin et rôti qu'ils ne remarquèrent même pas que la place en bout de table, réservée à leur prisonnière, était restée vide.

Mais Calum, lui, le remarqua.

Ignorant son assiette, il regardait la chaise, le sourcil froncé, en se demandant si Isabella avait été blessée par la dureté de ses paroles. Son intention n'était pas de jouer les tyrans, mais il l'avait attendue des heures durant, et en la voyant pénétrer dans la cour, le visage rosi par le vent et les cheveux flottant sur les épaules, il avait laissé éclater sa colère.

Elle avait raison. Il s'était inquiété. Et c'était un sentiment totalement nouveau pour lui.

Il avait été idiot de lui dire qu'elle pouvait se promener à sa guise. C'était à tort qu'il considérait cette partie des Highlands comme son domaine privé. Et si elle avait été attaquée par un soldat renégat ? Ou par un loup ? Ou, pis, emmenée par un détachement de soldats hanovriens venus la délivrer ?

Et si elle n'était pas revenue ?

À l'avenir, mieux valait qu'elle fût accompagnée. Par Hamish peut-être. Oui, elle aimait bien Hamish, et s'il mettait le garçon à sa disposition pour, prétendrait-il, lui rendre des services, porter des choses ou lui montrer le pays, elle n'aurait pas l'impression d'être surveillée.

— Hé, Calum !

La voix de Mungo l'arracha à ses pensées.

— Tu as trouvé quelque chose dans les livres de Belcourt ?

— Non, pas encore. Ça va prendre un certain temps, j'en ai peur.

Mungo hocha la tête et avala une lampée de bière.

— Demande plutôt à Calum s'il a seulement ouvert les livres, Mungo.

La remarque venait de Fergus. Calum tourna la tête dans sa direction. Il ne prononça pas un mot, mais son expression était menaçante.

Fergus n'en fut pas démonté pour autant et poursuivit :

— Et pendant que tu y es, Mungo, tu devrais demander à Calum pourquoi il folâtre avec sa petite sirène pendant que mon père pourrit dans une prison anglaise.

Un pesant silence s'abattit sur la salle. La tension était palpable. Calum prit une profonde respiration, puis expira lentement. Il posa ses couverts et s'apprêtait à répondre quand la porte s'ouvrit, et l'objet de leur conversation s'encadra dans l'embrasure.

Elle pénétra dans la salle, portant ce qui ressemblait à un plat couvert. Elle avait troqué sa tenue de promenade pour une robe en soie lie-de-vin profondément décolletée. Elle était particulièrement jolie à lueur des bougies, et tandis qu'elle se dirigeait vers Calum, ses jupes frôlaient les chaises des hommes. Hormis le bruissement de ses jupons, le silence était total.

Elle posa le plat devant lui.

— Qu'est-ce que c'est ?

— Ôtez le couvercle et vous verrez, répondit-elle en inclinant la tête de côté.

Calum embrassa la table du regard et vit tous les yeux fixés sur lui. Personne ne semblait savoir de quoi il s'agissait. Personne sauf MacCuick, qui souriait comme s'il sortait de chez Jenny Sinclair à Durness.

Calum souleva le couvercle, révélant un gâteau garni de baies sauvages – mûres, fraises des bois, framboises – et surmonté de crème. Au centre du gâteau se dressait une unique bougie.

Il la regarda, incrédule.

— Bon anniversaire, Calum.

— Pardon ?

— C'est votre anniversaire, n'est-ce pas ?

Il était stupéfait. Comment le savait-elle ? Personne, pas même Fergus, ne savait ce que ce jour signifiait pour lui.

S'il n'avait pas lu son journal, il aurait été tout prêt à croire son histoire de sirène.

— Merci, réussit-il seulement à articuler en fixant le gâteau comme s'il s'agissait d'un mirage.

— Saviez-vous,commença-t-elle, brisant le silence gêné qui régnait dans la salle, que dans les temps anciens on avait peur que les mauvais esprits ne cherchent à s'emparer des gens le jour de leur anniversaire ? Pour les protéger, les amis et la famille se réunissaient autour d'eux en leur apportant leurs meilleurs vœux. Et les cadeaux étaient plus efficaces encore pour éloigner les mauvais esprits.

Calum leva les yeux vers elle.

— Je regrette de n'avoir d'autre cadeau à vous offrir que ceci, ajouta-t-elle en saisissant la rose qu'elle avait piquée dans ses cheveux pour la lui tendre. La rose est la fleur porte-bonheur de juin, mois de votre naissance.

Calum prit la rose. Il ne savait qu'en faire, et se sentait stupide à rester là à la regarder, aussi la posa-t-il sur la table à côté de son verre de bordeaux.

— C'est vous qui avez fait ce gâteau ? demanda-t-il, histoire de dire quelque chose.

— J'aimerais que ce soit moi, mais c'est l'œuvre de Malcolm.

Le grand Écossais trônait à l'autre bout de la table, souriant d'une oreille à l'autre.

— Pourquoi y a-t-il une bougie ? s'étonna Calum.

— Vous n'avez jamais eu de gâteau d'anniversaire ?

Comprenant à son silence qu'il n'en avait jamais eu, elle expliqua :

— À l'intérieur du gâteau se trouvent trois petits morceaux de papier pliés. Sur chacun est écrit un vœu. L'un pour la richesse, un autre pour la santé, et le troisième pour un désir. Nous devrons allumer la bougie, et la fumée fera monter votre vœu au ciel. Le premier que vous trouverez sera exaucé. En tout cas, c'est ce qu'assure la tradition.

S'emparant d'une des bougies de la table, elle s'en servit pour allumer celle du gâteau. Lorsque la flamme dansa devant lui, elle reprit :

— À présent, vous devez souffler la bougie.

— Ce n'est pas un peu... ridicule ? fit Calum. Je suis un adulte de trente et un ans.

— Trente-deux, corrigea-t-elle. Vos amis sont rassemblés autour de vous. Pourquoi un pirate ne pourrait-il pas fêter son anniversaire ?

Tous l'encouragèrent.

— Allez, Calum ! Fais ton vœu !

— Dépêche-toi, on voudrait bien y goûter à ce gâteau...

Calum finit par céder sous la pression et, sans cérémonie, souffla la flamme. Un tonnerre d'applaudissements s'ensuivit.

— Coupe le gâteau, cria une voix qu'il reconnut comme appartenant à MacCuick. Qu'on sache quel est ton vœu !

D'autres encouragements suivirent, et Calum dut se résoudre à prendre son couteau et à découper le gâteau. Il découvrit ce qui ressemblait à un morceau de papier plié. Il regarda la jeune fille.

— Ouvrez-le et lisez, dit-elle.

Calum prit le papier.

Il le lut.

Puis, sans un mot, il le replia.

— Qu'est-ce que ça dit ? demanda Hamish, captivé. Quel est votre vœu, chef ?

— Oh, il ne doit pas le dire ! intervint Bella. Sinon son vœu ne se réalisera pas.

— Et ce serait dommage, fit Calum avec un demi-sourire en fourrant le papier dans sa poche.

Repoussant ensuite sa chaise, il se leva.

— Vous partez ? s'enquit-elle.

— Oui, il le faut. J'ai du travail qui m'attend dans mon bureau. Mais restez, et mangez le gâteau avec les autres. Et merci, ajouta-t-il dans un murmure.

Il se retourna avant d'avoir le temps de lire la déception sur son visage, mais il ne voulait pas laisser voir combien son geste l'avait touché.

Plus tard, après que le dîner eut été englouti et que la plupart des hommes se furent retirés, Isabella s'attarda dans la salle avec MacCuick.

Elle avait apporté ses croquis, dont celui de l'étrange oiseau. Le feu brûlait dans la cheminée, projetant des ombres démesurées sur les murs. La pendule marquait plus de minuit, et à l'autre bout de la table, Fergus, Mungo et Hugh buvaient un dernier whisky avant d'aller se coucher.

— C'est un grand tétra, déclara MacCuick. Un oiseau très rare. Ils ont été tellement chassés qu'ils ont presque disparu des Highlands.

Comme les autres s'apprêtaient à sortir de la salle, il les interpella :

— Hé ! Fergus, Mungo… regardez ce qu'elle a dessiné. Elle est douée, hein ?

Fergus jeta un vague regard tout en se dirigeant vers la porte.

— Ouais, en effet, admit-il.

— Elle a aussi dessiné certains d'entre nous, poursuivit MacCuick en sortant les autres dessins. Regardez, c'est Calum, Hamish, et même moi !

Le portrait de MacCuick à sa marmite devant l'âtre fut posé sur la table à côté des autres.

Fergus s'arrêta, prit le dessin, puis lança un rapide coup d'œil aux autres. En le reposant, il regarda Isabella sans un mot. Hugh examinait les croquis qu'elle avait dessinés à Paris.

— Tu vas pas te coucher, MacCuick ? demanda Mungo.

— Si. Dès que la petite et moi aurons fini notre thé. Ne vous inquiétez pas, quand vous vous lèverez, votre déjeuner sera prêt.

Isabella suivit les hommes du regard tandis qu'ils quittaient la pièce en marmonnant des souhaits de bonne nuit. Elle fut parcourue d'un frisson et se demanda quelle en était la cause, du feu mourant ou du regard glacial de Fergus.

— C'est magnifique de pouvoir dessiner comme vous le faites. Où que vous alliez, quoi que vous fassiez, vous aurez toujours vos dessins pour vous rappeler les choses, l'ancien temps…

Les souvenirs.

Devant le regard voilé de MacCuick, Isabella se douta qu'il pensait à sa famille.

Et elle eut une idée.

Elle prit une feuille vierge et une craie.

— Malcolm, parlez-moi de Mary, dit-elle.

Il la fixa, stupéfait qu'elle eût deviné ses pensées.

— Vous voulez dire que vous allez essayer de la dessiner ? Mais vous ne l'avez jamais vue !

— En effet, mais vous allez me la décrire. Avec vos mots. Commencez par le jour de votre mariage.

MacCuick cligna des yeux, et son expression changea soudain. Bien que son regard ne quittât pas Isabella, il était ailleurs, dans une petite église de village, attendant nerveusement sa promise.

— Elle avait des cheveux blonds comme je n'en avais encore jamais vu…

Pendant plus d'une heure, MacCuick parla à Isabella de sa Mary, racontant comment il l'avait rencontrée au marché d'Inverness. Elle avait un ruban bleu dans les cheveux et, au premier regard, il était tombé follement amoureux d'elle. Il dépeignit leur mariage, leur modeste maison. Il se rappelait avoir dansé le premier mai, sous les étoiles, avoir pleuré comme un gosse quand elle lui avait annoncé qu'elle attendait leur premier enfant.

Il raconta comment elle le chassait de sa cuisine quand il essayait de voler un pain. Il raconta tout, la naissance de leurs enfants, leurs disputes pour des bêtises, puis leurs réconciliations. Il décrivit les taches de rousseur qu'elle avait sur le nez, et sa fossette quand elle souriait. Isabella posait des questions, demandait des précisions, et Malcolm répondait. Tandis qu'il parlait, elle dessinait.

Quand il eut fini, il prit soudain conscience qu'Isabella le regardait, le menton sur la main.

— Vous ne dessinez plus ?

— J'ai fini il y a déjà un petit moment.

— Je n'avais même pas remarqué.

Isabella écarta le dessin et le retourna pour qu'il ne puisse pas le voir.

— Vous voulez que je vous le montre ?

Il prit une profonde inspiration et hocha la tête.

Elle lui tendit la feuille.

Son expression passa de l'inquiétude à l'émerveillement.

— C'est elle… C'est ma Mary !

— Je n'étais pas certaine pour le nez, c'est pourquoi je l'ai esquissé à la craie. Je peux l'effacer et le refaire avant de le dessiner à l'encre.

— Non, non. Il est parfait comme ça. Vous l'avez représentée telle qu'elle était. Vous avez aussi fait le portrait des enfants, Tomas et Meggie. Vous avez même représenté les nattes de Meggie, renifla-t-il. Comment faites-vous ? Comment faites-vous pour qu'ils aient l'air si réels ?

— Je vous ai simplement écouté, Malcolm. J'ai simplement écouté votre cœur.

— C'est un merveilleux cadeau, murmura-t-il, les yeux brillants de larmes. Merveilleux.

Posant le dessin, il attira la jeune femme à lui et l'étreignit avec force.

— Merci ! C'est le cadeau le plus précieux que j'aie jamais reçu !

14

Il était tard, plus de deux heures du matin. La flamme de la bougie vacillait, prête à s'éteindre, mais Calum était toujours plongé dans les « bibles » de lord Belcourt.

Et ce, depuis qu'il avait quitté la grande salle.

Les cheveux en bataille à force d'y passer nerveusement la main, les yeux brûlants de fatigue, il peinait à déchiffrer les noms qui dansaient sur la page.

MacLean.

MacLachlan.

Clanranald.

Cameron.

Ses compatriotes. Ses frères.

Étrangers sur une terre lointaine.

Ils étaient si nombreux à avoir été envoyés dans les colonies. L'unique consolation de Calum était de reconnaître parmi tous ces noms ceux qu'il avait libérés.

Pas tous.

Pas le plus grand nombre.

Mais un certain nombre.

Et en sauver ne serait-ce qu'un seul était déjà une victoire.

Mungo, MacCuick, Hugh, Fergus… Ils étaient inscrits avec tous les autres dans le grand livre comme n'importe quelle marchandise.

Pendu.

Décapité.

Déporté.

Chaque nom suivi de la mention : *Selon le bon plaisir de Sa Majesté*.

Dans chacun des quatre livres, des centaines de noms étaient griffonnés. Pas seulement des hommes, mais aussi des femmes et même des enfants, catalogués comme rebelles pour avoir ne serait-ce que porté la cocarde blanche. Lisant et relisant ces mots – *Selon le bon plaisir de Sa Majesté* –, Calum ne cessait de se dire que « Sa Majesté », l'usurpateur George, devait être fort heureuse.

Mais restait un nom à trouver, celui que Calum cherchait.

Uilliam Bain.

Il n'abandonnerait pas tant qu'il ne l'aurait pas découvert.

— Vous avez l'air épuisé.

Il ouvrit brusquement les yeux, oubliant sa fatigue. Il était si concentré sur sa tâche qu'il ne l'avait pas entendue entrer.

Il était trois heures du matin passées. L'aube ne tarderait pas à poindre.

Rêvait-il ?

— J'ai vu de la lumière sous la porte, reprit-elle. Je ne voulais pas vous déranger, mais j'ai pensé que vous aimeriez avoir une tasse de thé, et peut-être aussi un morceau de votre gâteau d'anniversaire. J'ai eu toutes les peines du monde à vous en garder un.

Tout en parlant, elle était sortie de l'ombre, pieds nus, portant un plateau avec une petite théière, deux tasses et une tranche de gâteau sur une assiette.

Vêtue d'une simple chemise de nuit sur laquelle elle avait drapé un tartan, les cheveux flottant sur ses épaules, elle ressemblait à un ange.

— Merci, dit-il, comme elle posait le plateau sur son bureau et versait le thé.

Il s'en voulait d'être sorti de la table juste après qu'elle lui eut souhaité un bon anniversaire. Il prit la tasse qu'elle lui offrait, puis lui saisit la main.

— Merci pour le gâteau.

— Ce n'était rien. Tout le monde devrait faire un vœu, le jour de son anniversaire, répondit-elle avant de s'écarter.

Calum ferma les yeux pour savourer ce thé si bienvenu.

— C'est bon, murmura-t-il.

Rouvrant les yeux, il vit qu'elle s'était assise dans un siège devant son bureau, les genoux remontés, les orteils émergeant du bas de sa chemise de nuit. Elle tenait à deux mains la tasse de thé fumant dans laquelle elle trempait les lèvres avec précaution.

— Pourquoi êtes-vous debout à cette heure ? demanda-t-il.

— Je n'arrivais pas à dormir. Cela ne vous ennuie pas si je reste un peu ? Je ne vous dérangerai pas. C'est seulement que… il fait un peu froid dans ma chambre.

— Froid ? Pourquoi ne l'avez-vous pas dit plus tôt ? J'aurais envoyé Hamish garnir la…

— Pas froid dans ce sens, Calum. Je me sens seule, c'est tout.

Il la contempla un instant.

— Vous pouvez rester tant que vous voudrez, mais je crains de ne pas être d'une compagnie très agréable. Je suis à moitié endormi et je dois finir d'examiner ces livres.

Il reporta son attention sur la page ouverte devant lui et parcourut la colonne suivante. Il avait beau essayer de se concentrer, la présence de la jeune fille à quelques pas de lui l'en empêchait.

— Regardez donc sur les étagères si vous dénichez quelque chose à lire, suggéra-t-il. Cela vous aidera peut-être à trouver le sommeil.

Elle posa sa tasse sur le bureau et se leva. Pendant quelques minutes, on n'entendit plus que le tic-tac de la pendule et le bruissement des livres qu'elle tirait de la bibliothèque.

Calum tourna une page du registre.

— Je peux vous aider ? s'enquit-elle.

Tournant la tête, il s'aperçut qu'elle était penchée sur son épaule.

Ils étaient si proches que leurs visages se touchaient presque. Il sentait son souffle sur son visage, était enveloppé par son parfum. Il ferma les yeux et...

— Non, fit-il, plus pour lui-même que pour elle. Merci, mais c'est à moi de le faire.

— Qu'est-ce que c'est ? On dirait un livre de comptes.

Il la dévisagea, les yeux plissés, mais ne répondit pas tout de suite.

— Calum, je ne demande qu'à vous aider.

Comme il continuait à rester muet, elle fronça les sourcils.

— Pourquoi ne voulez-vous pas me faire confiance ? insista-t-elle.

— Pourquoi *devrais-je* vous faire confiance ? Vous êtes arrivée ici, connaissant mon nom, poursuivit-il en tentant d'ignorer son expression blessée, connaissant même ma date de naissance. Vous voulez que je vous dise tout, alors que vous ne voulez même pas me révéler votre identité.

— Je vous l'ai déjà dit. Je m'appelle…

— Je ne suis pas crédule comme Hamish, la coupa-t-il. Je sais très bien que vous n'êtes pas une sirène.

Elle le regarda sans mot dire. Les secondes parurent s'étirer à l'infini, puis elle murmura :

— Je m'appelle… Isabella. *Lady* Isabella Drayton.

— Donc, vous êtes anglaise.

— Et cela fait de moi une ennemie ?

— Les ennemis sont partout, riposta-t-il. Drayton, je connais ce nom. Votre père est duc.

Il le savait uniquement parce qu'il avait vu les armoiries sur le sceau de sa lettre.

— Oui, il est duc, reconnut Isabella en se redressant. Duc anglais. Ma sœur, cependant, est mariée à un Écossais. Douglas Dubh MacKinnon of Dunakin on Skye.

Calum ne put cacher sa surprise. C'était la fameuse « Bess » dont elle parlait dans son journal ?

— Votre sœur est cette lady MacKinnon qui a aidé le prince à fuir ?

Ce fut au tour d'Isabella d'être surprise.

— Comment le savez-vous ? s'exclama-t-elle.

— Tout le monde le sait. C'est une légende qui court les Highlands. On raconte que lady MacKinnon occupait un général hanovrien et son capitaine dans son salon, pendant que son mari faisait disparaître le prince sous leur nez.

— Vous voyez donc que tout n'est pas blanc ou noir.

Elle faisait allusion aux deux cocardes de la rébellion. Blanche pour les jacobites, noire pour les hanovriens.

— Votre sœur a risqué sa vie pour aider le prince, observa Calum.

— Quel autre choix avait-elle ? Elle savait que s'il était capturé, il serait tué. Elle ferait n'importe quoi pour protéger sa famille.

— Sa famille ?

— Oui, fit Isabella en s'asseyant sur le bord du bureau. Bien qu'officiellement mon père descende de Sinclair Drayton de Parbroath, en fait, son arrière-arrière-grand-père était le seul fils survivant d'Henri VIII.

— C'était un bâtard ?

— L'un des enfants illégitimes les moins connus du roi. À vingt et un ans, on lui donna un duché. La société est, semble-t-il, plus indulgente pour les bâtards des souverains. Ainsi, mon père descend des Tudors par la main gauche, et nous sommes apparentés aux Stuarts qui descendent aussi des Tudors par la sœur de Henri, Margaret.

— Comme les hanovriens.

— C'est vrai.

Calum réfléchit à la situation. La famille de lady Isabella Drayton était donc dans une position unique, car elle pouvait faire acte d'allégeance aussi bien à un parti qu'à l'autre.

— Si l'union de Henri et de sa maîtresse avait été légitimée, votre père pourrait être roi, et vous seriez princesse royale.

— Oui, sans doute.

Princesse royale. Calum s'attarda un moment sur cette idée. Elle lui avait dit plus, beaucoup plus, que ce à quoi il aurait pu s'attendre. Elle voulait vraiment qu'il lui fît confiance. Qu'était-elle encore disposée à lui révéler ?

Il se leva et lui fit face. Ils étaient si proches qu'il sentait les genoux d'Isabella lui effleurer les cuisses sous le tartan. Il souleva la pierre qui reposait entre ses seins, à demi cachée dans les plis de sa chemise de nuit.

Elle déglutit nerveusement, mais ne broncha pas.

— Qui vous a donné cette pierre ? murmura-t-il en plongeant son regard dans le sien.

Elle ne répondit pas. Elle ne voulait pas le lui dire. Peut-être le lui avait-on interdit, pourtant, elle cherchait à gagner sa confiance.

— C'est un certain comte de Saint-Germain, avoua-t-elle finalement.

— Je n'en ai jamais entendu parler.

— Moi non plus. Après mon séjour à Paris, avant de regagner l'Angleterre, je me suis arrêtée à Versailles pour porter au roi l'hommage de mon père.

— Vous avez rencontré Louis ?

— Oui, répondit-elle comme si elle lui disait avoir rencontré une fleuriste au coin de la rue. Mon père m'avait chargée de remettre un cadeau au roi. Après lui avoir été présentée, Mme de Pompadour m'a invitée à souper. C'est là que j'ai rencontré le comte de Saint-Germain. Il semble faire partie des intimes du roi.

Un homme, proche du roi de France, avait eu en sa possession la pierre de ses ancêtres, la pierre que portait son père en mourant au combat. Le mystère s'épaississait.

— À quoi ressemblait ce comte ?

— Il était très étrange. On prétend qu'il ne vieillit pas, qu'il a vécu pendant des siècles, et qu'il concocte des potions qui conservent la jeunesse, qu'il peut même fabriquer des pierres précieuses à partir de simples cailloux. C'est lui qui m'a donné la pierre. Il m'a dit qu'il fallait la remettre au légitime MacAoidh, qu'elle avait été enlevée au clan. Il m'a chargée de la rapporter. Voilà comment j'ai su qui vous étiez.

— Mais pourquoi vous a-t-il choisie, vous, pour cette tâche ?

— Il prétend que c'est la pierre qui m'a choisie.

— Alors pourquoi ne me la donnez-vous pas ? Je suis un Mackay, et la pierre vous a conduite à moi, dit-il en se penchant vers elle, sans lâcher la pierre.

Leurs visages étaient si proches que leurs respirations se mêlaient. Calum se demandait s'il n'allait pas écraser sa bouche sur la sienne et l'embrasser jusqu'à lui faire perdre le souffle. Jusqu'à ce qu'elle vacille contre lui.

Jusqu'à ce qu'elle lui donne la pierre.

Mais il n'en fit rien.

— Je ne peux pas vous remettre la pierre, Calum. Le comte m'a affirmé que je saurais quand le moment sera venu. Il a dit que je devrais choisir entre les deux, que cela m'apparaîtrait avec clarté à ce moment-là, mais que jusque-là, je devais garder la pierre sur moi. Sinon...

— Sinon quoi ?

— Sinon il se passerait des choses terribles.

— Et vous l'avez cru ?

Il voyait bien qu'elle l'avait cru, mais il n'en posa pas moins la question.

— Au début, j'admets avoir cru à une ruse. Mais tant de choses se sont passées comme l'avait prédit le comte. Vous. La disparition de la pierre. Le fait qu'elle brille quand je la touche. La seule chose qui demeure mystérieuse, c'est cette histoire de choix. « Entre les deux », a-t-il dit. Je ne comprends pas à quoi cela fait référence. Et vous ? demanda-t-elle en le regardant dans les yeux.

Calum était tenté de lui dire, de tout lui dire. Elle s'était montrée si honnête avec lui et, en définitive, ce qu'il lui révélerait n'aurait peut-être pas d'importance. Peut-être que la pierre lui reviendrait de toute façon. Pourtant, il n'en fit rien.

Il mentit.

— Non, je ne vois pas non plus.

Le visage qui leur apparut, après qu'ils eurent frappé à la porte, n'avait rien d'avenant.

Il était vieux et ridé.

— Qui êtes-vous ? marmonna l'homme en fusillant du regard les intrus qui se tenaient devant lui.

Il portait des vêtements de serviteur : une simple chemise et une culotte avec des bas défraîchis sur des chaussures fatiguées. Ses cheveux, ou ce qu'il en restait, étaient blancs et se dressaient sur sa tête tels les poils d'une brosse. Il ne paraissait pas le moins du monde impressionné.

— MacKinnon of Dunakin, répondit Douglas, nullement ému par la grossièreté du personnage, encore que surpris.

Dans les Highlands, l'hospitalité était une question d'honneur, une affaire de fierté et de tradition. Et cet accueil était tout à fait incongru.

— Nous voulons voir le chef Mackay.

L'homme ne bougea pas, ne cilla même pas.

— Le Mackay ne reçoit pas.

Au moment où Douglas ouvrait la bouche pour répondre, il fut écarté par cet imbécile de Kentigern Saint-Clive, qui lâcha à la figure de la sentinelle :

— Écoutez, le vieux. Ma fiancée a été enlevée, et il se trouve que votre *Mackay* (il prononça le nom avec l'accent écossais) sait où elle est. Je demande à le voir. Et tout de suite.

L'homme jeta un bref regard à Saint-Clive, puis se tourna vers Douglas, l'air amusé.

— Qui est ce petit morveux ? demanda-t-il.

— Morveux ?! s'exclama Saint-Clive. Savez-vous qui est mon père, espèce d'Écossais de... ?

Douglas le tira par le bras avant qu'il ne finisse avec une épée en travers de son beau gilet de brocart.

— Silence, *amadan*.

Saint-Clive vira au cramoisi. Il ne savait pas ce que cela signifiait, mais il se doutait que ce n'était guère flatteur.

— Pour qui vous...

Pivotant, Douglas le saisit par la dentelle de sa cravate et attira son visage à quelques centimètres du sien.

— J'ai dit silence. Que vous le vouliez ou non, vous êtes en Écosse, espèce de *gheeho* ignare. Le nom et le titre de votre père n'impressionnent personne ici.

Douglas s'était exprimé dans un murmure, mais cela fit l'effet d'un cri de guerre. Saint-Clive lui décocha un regard mauvais, mais eut la sagesse de se taire.

— Douglas.

Levant les yeux, MacKinnon croisa le regard interrogateur de son beau-père.

— Je m'en occupe, Votre Grâce, dit-il.

Drayton acquiesça de la tête.

Douglas lâcha Saint-Clive et se tourna de nouveau vers la porte. La sentinelle le regardait à présent avec respect.

— Garde, ce que dit l'*amadan* est vrai, fit Douglas, s'exprimant en gaélique. Une jeune fille a été enlevée, et nous avons tout lieu de croire que le chef Mackay peut nous aider à la retrouver. Cette jeune fille est la sœur de ma femme, lady MacKinnon. Je me fais beaucoup de souci pour elle.

— La lady MacKinnon du prince ?

Et à cet instant, Douglas sut qu'ils étaient acceptés, car si la maison de Drayton était connue pour ses sympathies hanovriennes, le courage et la ruse tenaient une grande place dans le cœur de tous les Écossais, qu'ils soient jacobites ou non.

— Oui, c'est bien elle. Maintenant je vous donne ma parole que nous voulons simplement parler au chef Mackay, pour voir s'il peut nous aider à trouver les coupables.

L'homme réfléchit un moment, puis dit :

— Attendez ici.

À peine eut-il disparu que Saint-Clive fit de nouveau entendre sa voix.

— C'était parfaitement inutile, MacKinnon. Vous auriez pu…

— Taisez-vous.

Douglas décida que si Isabella envisageait d'épouser ce *dowf*, il enlèverait lui-même sa belle-sœur… et l'enfermerait dans une tour. Une très haute tour. Sur une île déserte…

Douglas n'avait jamais vu sa femme aussi scandalisée que lorsque ses parents avaient annoncé à toute la famille, réunie à Édimbourg pour accueillir Isabella, qu'ils lui avaient choisi Saint-Clive pour mari.

De fureur, Elizabeth avait presque lancé sa chaussure à travers le salon.

— Vous n'allez pas la marier à cet imbécile ! N'importe qui, même Homère, le cochon de Caroline, ferait un meilleur mari !

Elle avait hurlé son indignation à ses parents, sans se soucier une seconde de la présence dans la pièce de l'objet de sa répugnance. En effet, Saint-Clive avait voyagé dans la voiture des Drayton, afin de faire officiellement sa demande à Isabella.

À leur décharge, le duc et la duchesse ignoraient ce qui s'était passé, plusieurs années auparavant. Douglas lui-même ne connaissait pas les faits précisément ; il savait simplement qu'Isabella avait eu le cœur brisé en découvrant Saint-Clive batifolant dans les champs avec une certaine Maggie la Déflorée.

Le duc et la duchesse se rappelaient seulement qu'Isabella avait éprouvé un tendre sentiment pour le futur comte, et pensaient, en toute bonne foi, qu'elle serait transportée de joie en apprenant qu'ils avaient arrangé un mariage entre elle et le jeune homme. Aussi furent-ils tout étonnés d'entendre Elizabeth révéler, sans omettre le moindre détail (jusqu'à la culotte tachée par l'herbe dans laquelle il s'était vautré), ce qui s'était passé, ce jour lointain.

Le duc et la duchesse se trouvaient devant un dilemme.

Ils avaient engagé des pourparlers de mariage avec Saint-Clive et son père, le comte de Chilton. Devant leur réprobation face à son attitude passée, Saint-Clive avait tenté de mettre l'incident sur le compte de la jeunesse.

Mais il y avait une porte de sortie.

Le mariage, avaient stipulé le duc et la duchesse, ne pourrait se faire qu'avec l'accord d'Isabella. Si elle refusait la demande de Saint-Clive – ce qu'elle ne manquerait pas de faire, sinon Elizabeth la tuerait avant qu'elle n'épouse ce mufle –, le contrat serait nul et non avenu.

Saint-Clive, cependant, n'était pas si sûr du refus d'Isabella.

Il croyait pouvoir obtenir son consentement. Pour cela, il devait lui parler. Et c'est dans ce but qu'il avait insisté pour accompagner Douglas et le duc. Saint-Clive n'était pas sincère, Douglas le savait. Ce n'était pas Isabella, ou son cœur, qu'il cherchait à conquérir. La dot qui lui avait été promise consistait en quelques milliers d'hectares s'étendant entre les domaines des Chilton et celui des Drayton. C'était une bonne terre arable qui lui procurerait de confortables revenus. Peu lui importerait qu'Isabella ait été enlevée par le diable en personne. Tout ce que voulait Saint-Clive, c'était la terre, et pour l'obtenir, il était prêt, Douglas en était convaincu, à supplier, à implorer et même à menacer Isabella.

Mais Douglas était bien décidé à ne pas lui en laisser l'occasion.

Il avait promis à Elizabeth qu'une fois Isabella retrouvée, il la ramènerait directement à Dunakin et l'empêcherait de prendre une décision avant d'avoir parlé à son aînée.

— Vous pouvez me suivre.

La sentinelle était revenue. Douglas lui emboîta le pas, suivi du duc. Saint-Clive fermait la marche.

Ils furent conduits à l'arrière de la maison, dans une pièce qui devait servir de bureau. Les murs étaient lambrissés de chêne et, malgré la douceur du temps, un feu brûlait dans l'âtre. En face de la porte, les fenêtres étaient ouvertes sur un jardin ensoleillé. Un homme était assis dans un fauteuil, les pieds posés sur un tabouret, une couverture de laine drapée sur les jambes.

— Le chef va vous recevoir, dit la sentinelle avant de disparaître.

Douglas s'approcha du fauteuil.

— Venez, venez, fit l'homme en agitant une main noueuse. Venez par ici que je vous voie.

Le chef Mackay paraissait largement plus que ses soixante-dix ans. Ses cheveux blancs et clairsemés encadraient un visage parcheminé. Ses yeux étaient rouges et chassieux, et sa respiration laborieuse.

Il n'en avait apparemment plus pour longtemps.

— Monsieur ?

— Vous êtes MacKinnon, me dit-on ?

— Oui, monsieur.

— C'est votre femme qui a berné Campbell de Mamore et Fergusson ? Ce doit être une rusée.

— Ça, vous pouvez le dire, approuva Douglas avec un sourire attendri. Son père, le duc de Sudeleigh, est ici avec moi.

Le duc s'avança, laissant Saint-Clive fulminer en arrière-plan.

— Monsieur Mackay, j'ai grand plaisir à faire votre connaissance, déclara le duc.

— Votre Grâce. Votre réputation de neutralité est parvenue jusqu'à moi. Ce doit être une position difficile à maintenir de nos jours.

— Oui, en effet.

Le chef hocha la tête lentement.

— Parlez-moi donc de cette jeune fille, celle qui a été enlevée… c'est votre fille ?

Douglas s'écarta pour laisser les deux hommes s'entretenir.

— C'est ma deuxième fille, Elizabeth, lady MacKinnon étant l'aînée. Isabella traversait la Manche, après un séjour en France, quand son bateau a été attaqué par des pirates.

— Des pirates ?

Le chef fut soudain pris d'une quinte de toux si violente que Douglas craignit qu'il rendît l'âme. S'approchant du buffet, il lui prépara un verre d'eau.

— Merci, MacKinnon, dit le chef après en avoir bu une gorgée.

Sa toux se calma et il se renversa à nouveau dans son siège.

— Vous avez des raisons de croire que l'un de ces pirates est un Mackay ? reprit-il. Mon clan est réputé pour de multiples choses, Votre Grâce, mais la piraterie n'en fait pas partie.

— Si je peux me permettre, intervint Douglas. D'après les témoins, ces pirates arboraient le *Bratach Bhan*.

— La bannière Mackay ? s'étonna le chef.

— Oui, et ils auraient utilisé le cri de guerre du clan.

— Les Mackay ont beaucoup d'ennemis, MacKinnon, surtout vu le rôle que nous avons joué dans la dernière rébellion. Comment être sûr qu'il ne s'agissait pas d'un clan rival tentant de se faire passer pour nous ?

— C'est une éventualité.

— Mais la présence de la bannière Mackay me trouble. Elle a disparu après la mort de mon frère, Artair Ros Mackay, à Sheriffmuir. Et elle n'est réapparue qu'une seule fois. À Culloden.

— Savez-vous qui la portait durant la bataille ?

— Oui. Mais ce ne peut être lui. Il est mort. Il a été tué au combat.

— C'est vrai, mon oncle. Mais son corps n'a jamais été retrouvé.

Tous les regards convergèrent vers la porte sur le seuil de laquelle se tenait un inconnu. La trentaine, grand, les cheveux bruns, il pénétra dans la pièce et s'agenouilla à côté du chef, en signe de respect.

— Messieurs, permettez-moi de vous présenter Alec Mackay, mon neveu.

Le nouveau venu salua les étrangers.

— Seriez-vous en train de suggérer que vous savez qui a enlevé ma fille ? s'enquit le duc, une fois les présentations faites.

— J'ai mon idée, Votre Grâce, avoua Alec.

— Qui ?

C'était Douglas qui avait posé la question, mais elle était sur toutes les lèvres.

— Je pense que c'est mon frère, Calum Mackay de Wrath.

Le chef se remit à tousser, plus violemment encore que la première fois. Alec lui tapota le dos pour essayer de lui dégager les bronches.

Le vieillard leva la main, puis s'adossa à son siège.

— Il est vivant ? Calum est vivant ?

— Oui, mon oncle.

— De... depuis quand le sais-tu ?

— Depuis quelques mois. Je lui ai promis, ajouta-t-il en regardant son oncle, de ne le dire à personne. Il avait besoin qu'on le croie mort.

— Mais où vit-il ?

— Au château de Wrath.

— Wrath ? Comment peut-il vivre là-bas ? C'est une ruine... Il n'y a pas de nourriture, pas de bétail.

— C'est un sale pirate ! Il vit de ses butins !

Douglas lança à Saint-Clive un regard à foudroyer un taureau furieux.

— Qui a parlé ? demanda le chef, intrigué par cette nouvelle voix derrière lui. Y a-t-il quelqu'un d'autre dans cette pièce ?

— Kentigern Saint-Clive, se présenta ce dernier en s'avançant pour serrer la main du vieillard. Mon père est le comte de Chilton.

— Jamais entendu parler, fit le chef en secouant la tête.

Douglas retint un sourire.

— Eh bien, d'après ce que je viens d'entendre, il semblerait que ce soit votre neveu qui ait enlevé ma future femme contre son gré, déclara Saint-Clive.

— Cela, je l'ignorais, intervint Alec. Elle n'avait pas du tout l'air malheureuse.

Tous se tournèrent vers lui.

— Vous l'avez vue ? s'étonna Douglas. Vous avez vu Isabella ?

— Brune, jolie, aimant s'asseoir dans les cimetières pour dessiner des pierres.

— Seigneur, c'est ma Bella ! s'exclama le duc en s'avançant. Où l'avez-vous vue ?

— Dans le cimetière, entre ma maison et le château de Wrath.

— Il l'a enfermée dans une église ?

— Non. Elle était parfaitement libre. Elle disposait même d'un poney.

— Un poney ? répéta le duc. Ce n'était pas Bella. C'est impossible. Elle est terrifiée par les chevaux.

— Je vous demande pardon, Votre Grâce, mais elle n'en a plus peur.

— Ce ne peut être qu'elle, assura Douglas. Peut-être avait-elle pris un poney pour échapper à votre frère ? ajouta-t-il à l'adresse d'Alec.

— C'est possible, mais en partant, elle a repris la direction du château de Wrath. Et elle ne paraissait pas pressée. Elle avait tout de quelqu'un qui profite d'une belle journée d'été.

— C'est absurde ! intervint Saint-Clive. Peut-être l'a-t-il brutalisée. Peut-être est-elle trop choquée pour songer à s'enfuir.

— Si je puis me permettre, messieurs…

Tous regardèrent le chef.

— Le seul moyen de connaître les réponses à vos questions, c'est de vous rendre au château de Wrath. Mais laissez-moi vous prévenir : vous avez intérêt à bien vous préparer. À mettre au point une bonne stratégie. Calum Mackay est rusé et tenace. Si besoin est, il se battra jusqu'à son dernier souffle.

— Ça me convient tout à fait, déclara Saint-Clive en faisant craquer les articulations de ses doigts.

— Pensez à Bella, Saint-Clive, l'avertit Douglas. Nous ne voulons pas la mettre en danger. Nous ignorons ce que fera cet homme si nous venons lui déclarer la guerre. Rappelez-vous, il avait un équipage sur son bateau. Et pour ce que nous en savons, il dispose sûrement d'une petite armée.

— Alors qu'allons-nous faire ? rétorqua Saint-Clive, moqueur. Attendre tranquillement que lui et ses hommes en aient terminé avec elle ?

Alec fit un pas vers lui.

— Mon frère est beaucoup de choses, dit-il d'un ton menaçant, mais il n'abuse pas des femmes. C'est un Mackay, donc un homme d'honneur.

— Pardonnez-moi si je ne suis pas d'accord, riposta Saint-Clive, railleur. C'est de ma femme que nous parlons.

— De votre femme *éventuelle*, rectifia Douglas. Elle n'a pas encore accepté de vous épouser.

« Et elle n'acceptera pas », ajouta-t-il en son for intérieur.

— Vous connaissez bien ce château ? demanda Douglas en se tournant vers Alec.

— Oui. J'y ai joué, enfant. Ce devait être l'héritage de notre père.

— Pensez-vous pouvoir nous aider à y pénétrer ?

Alec réfléchit un instant, puis hocha la tête.

— J'ai une idée. Venez, messieurs. Laissons mon oncle se reposer, pendant que nous discutons dans le jardin.

15

— C'est là.

Isabella montra du doigt l'entrée presque invisible de la grotte où le gamin avait disparu, la veille.

— Vous êtes sûre, mademoiselle Maris ? demanda Hamish.

Ils étaient venus à cheval, leurs paniers pleins de pains et de fromages, de lait, de fruits et d'eau. S'ils ne trouvaient pas le garçon, avait décidé Isabella, ils laisseraient les paniers devant la grotte. Il aurait au moins de quoi manger.

— Oui, c'est bien là. Vous voyez, pour la retrouver, j'ai attaché ce ruban.

Effectivement, un bout de soie rouge flottait, accroché à la touffe d'ajoncs qui poussaient à côté de l'ouverture.

Après avoir mis pied à terre, ils grimpèrent le sentier menant à la grotte. Arrivés à l'entrée, Hamish alluma la lanterne qu'ils avaient apportée.

— Restez ici, mademoiselle Maris. Je vais d'abord jeter un coup d'œil. On ne sait pas ce qu'il peut y avoir là-dedans.

Isabella acquiesça, comprenant qu'il avait besoin de jouer le rôle de mâle protecteur. Dès l'instant où elle avait décidé de parler à Hamish du garçon, de la grotte et de son intention d'y retourner, elle avait su qu'elle devrait le traiter en égal, en chevalier servant. Tandis qu'il disparaissait à l'intérieur, elle se retourna pour scruter la lande, au cas où le garçon serait sorti.

Elle entendit les pas de Hamish s'éloigner, ses appels en gaélique, renvoyés par les parois rocheuses, de plus en plus faibles à mesure qu'il s'enfonçait dans la roche. Aucune réponse ne lui parvint. Jusqu'à…

Gabh uam !

Isabella pivota et tendit l'oreille.

Elle entendit deux voix s'interpellant en gaélique.

Le cœur battant, elle attendit.

Peu après, elle aperçut la lumière vacillante de la lanterne. Puis Hamish apparut, tenant le gamin par l'épaule.

— Hamish, vous l'avez trouvé !

— Oui, mademoiselle, mais il n'a qu'une idée, c'est se sauver. Il croit que vous voulez l'envoyer en prison pour avoir volé votre panier.

— Non, non, fit-elle en secouant la tête pour le rassurer. Nous voulons seulement t'aider.

Le garçon, qui paraissait avoir sept ou huit ans, la fixait, intimidé.

— Dites-le-lui, Hamish.

Hamish s'exécuta, et le garçon lui lança un regard soupçonneux.

— Comment s'appelle-t-il ?

— Druhan, mademoiselle.

— Demandez-lui où il habite.

La réponse ne tarda pas.

— Dans la grotte, mademoiselle.

— Il habite dans la grotte ? Cette grotte ? Seul ?

— Non. Avec sa mère.

— Sa mère ?

— Oui. Son père a été tué en se battant au côté des rebelles. Les Anglais ont brûlé leur maison et tous leurs biens. Depuis, ils dorment où ils peuvent. Ils habitent dans cette grotte depuis une quinzaine de jours.

— Mais si sa mère est avec lui… où est-elle ?

Hamish s'adressa au garçon, qui fondit en larmes en répondant.

— Elle est dans la grotte. Elle est malade. Il a volé la nourriture pour l'aider à guérir.

— Oh, Hamish, nous devons la sortir de là. Il fait froid et humide là-dedans. Si elle est malade, elle y mourra. Dites à ce petit que nous voulons les amener au château pour soigner sa mère. Dites-lui de ne pas avoir peur.

— Mais… mademoiselle Maris, le chef, il a une règle. Pas de femmes ni d'enfants au château de Wrath.

— C'est absurde. Aidan est à peine plus âgé que ce garçon, et Calum ne l'a pas renvoyé. En outre, si nous n'aidons pas cette femme, elle va mourir. Jamais Calum ne rejetterait quelqu'un dans une situation aussi désespérée. J'en suis certaine. À présent, donnez-moi la lanterne et demandez au garçon de m'emmener auprès de sa mère. Puis retournez au plus vite au château, et rapportez une litière que nous attacherons à l'un des poneys pour la transporter. Ne dites rien à personne. Il est beaucoup plus difficile de renvoyer quelqu'un qu'on a devant soi. À notre retour, je parlerai à Calum. S'il est furieux, je lui dirai que je vous ai forcé à m'aider.

Hamish s'adressa au garçon, qui hocha la tête en regardant Isabella d'un air incertain. Le jeune garçon d'écurie retourna ensuite vers les poneys.

— Et, Hamish, apportez des couvertures. Et du thé. Et un peu de *uisge-beatha*. Cela la réchauffera. Dépêchez-vous !

Tandis que Hamish regagnait le château à bride abattue, Isabella et le garçon entrèrent dans la grotte, se guidant grâce à la faible lueur de la lanterne. L'enfant ne disait rien, il se contentait de jeter des regards à Isabella, comme pour s'assurer qu'elle ne lui voulait vraiment pas de mal. Elle lui sourit, lui caressa les cheveux, et il parut se rassurer.

Elle ne parvenait pas à croire que le garçon et sa mère soient restés deux semaines dans cette grotte. Les parois en étaient humides et couvertes de mousse. L'atmosphère malsaine lui arracha un frisson. Pas étonnant que cette femme fût tombée malade.

Ils suivirent un passage étroit et sinueux qui aboutissait à une vaste caverne. L'air était glacé, et l'unique éclairage provenait d'une fissure dans le plafond, à travers laquelle filtrait un peu de lumière du jour, ainsi que la pluie, à en croire la flaque d'eau qui s'était formée juste en dessous. Des brassées de bruyère et d'autres branchages avaient été entassées pour former deux paillasses. L'une était vide. Sur l'autre, allongée sous une fine couverture, reposait la mère de Druhan.

Elle ne devait guère être plus âgée qu'Isabella, mais paraissait beaucoup plus. Elle avait les yeux enfoncés dans les orbites, le visage émacié, et la peau transparente. Ses cheveux qui avaient probablement été d'un joli blond étaient à présent ternes et fins. À l'approche d'Isabella, elle ouvrit les paupières, et parut affolée en découvrant que ce n'était pas son fils.

— *Leig leam… leig leam…* haletait-elle.

Elle essaya de se lever, comme pour fuir, mais Isabella la retint en murmurant :

— Non… *shh.*

La femme sentit qu'Isabella ne lui voulait pas de mal et se rallongea en grimaçant de douleur.

Elle était en effet très malade, souffrant sans doute de sous-alimentation plus que d'autre chose. Elle devait donner le peu de nourriture qu'ils trouvaient à son fils, trop jeune pour comprendre qu'elle se privait pour lui. Elle ne portait qu'une chemise en loques, et Isabella la soupçonna d'avoir sacrifié ses habits pour couvrir son enfant. Sa paillasse empestait l'urine, car elle était sans doute trop faible pour se soulager normalement.

Isabella sortit de son panier une outre d'eau et la porta aux lèvres craquelées de la femme. Celle-ci but en fermant les yeux, absorbée par l'effort que nécessitait cette simple tâche. Isabella lui essuya le menton avec son mouchoir, puis sourit en prenant ses mains dans les siennes pour les réchauffer.

La femme répondit par un pauvre sourire et referma les yeux, épuisée.

Isabella décida de ne rien lui donner à manger avant d'être au château où MacCuick lui préparerait une boisson reconstituante. Si elle n'avait rien avalé depuis un certain temps, son estomac n'accepterait pas d'aliment solide. Et l'effort de vomir ne ferait que la fatiguer davantage. Aussi continua-t-elle à lui donner à boire de l'eau en attendant le retour de Hamish.

Il ne la fit pas attendre longtemps.

Il arriva avec la litière, les provisions demandées, et une surprise.

MacCuick avait probablement trouvé Hamish en train de préparer du thé et l'avait interrogé jusqu'à ce qu'il lui ait tout avoué.

Isabella les rejoignit tous les deux devant la grotte.

— Mademoiselle… commença MacCuick.

— Si vous avez l'intention de me dire que Calum ne sera pas content, Malcolm, je ne veux pas le savoir.

— Non, mademoiselle. Ce n'est pas ce que j'allais dire. J'allais vous dire que si remontrances il y a, je les prendrai sur moi.

— Oh, fit Isabella avec un sourire. Vous n'avez pas à vous inquiéter ! Quand Calum verra dans quel état ils sont tous les deux, je ne crois pas que la question se posera.

Elle les conduisit à l'intérieur de la grotte et attendit pendant que Hamish expliquait à la femme qui ils étaient et pourquoi ils étaient là. Elle s'appelait Kettie Munro. Partie de Tain, elle avait erré six mois sur la lande avant d'échouer dans cette grotte.

Hamish et Isabella rassemblèrent le peu qui valait la peine d'être gardé, tandis que MacCuick portait Kettie jusqu'à la litière.

Ils mirent un certain temps pour regagner le château. Bien qu'elle ne se plaignît pas, chaque bosse, chaque ornière étaient une épreuve pour la malade. C'était une femme courageuse. Et Isabella ne tarderait pas à apprendre jusqu'où allait ce courage.

La première chose que fit Isabella en arrivant au château fut de lui dénicher des vêtements propres. MacCuick prépara une chambre pour les nouveaux arrivants à côté de la cuisine, où ils profiteraient de la chaleur de l'âtre, et où lui-même pourrait plus facilement s'occuper d'eux. Deux petits lits furent dressés avec des matelas de bruyère et des draps propres. Pendant que MacCuick préparait l'une de ses boissons curatives, Isabella aida Kettie à prendre un bain.

D'abord gênée, la jeune Écossaise commença par refuser de se laisser déshabiller, mais Isabella fit de son mieux pour préserver sa pudeur, la rassurant avec les quelques mots de gaélique que Hamish lui avait appris. Elle l'aida à retirer sa chemise souillée, et dut refouler ses larmes en découvrant ses nombreuses plaies, ses côtes saillantes, ses seins plats...

Et pis encore... Elle en fut tellement bouleversée qu'elle dut quitter la pièce pour se réfugier dans la cuisine.

— Elle attend un enfant.

MacCuick leva la tête de la casserole de lait et de whisky qu'il remuait sur le feu.

— Non... fit-il en secouant la tête. C'est pas possible.

Avant d'ajouter :

— Vous êtes sûre ?

— Cela ne fait guère de doute. Et si son mari a été tué à Culloden, comme ils nous l'ont dit, ce ne peut pas être son enfant. La seule explication, c'est qu'elle...

Elle n'osait prononcer le mot.

— Qu'elle a été violée ?

— Sinon, comment pourrait-elle être enceinte ? Cela a dû se passer quand les soldats ont mis sa maison à sac. Je sais bien que ces choses sont courantes dans les Highlands. Je préfère ne pas imaginer les horreurs qu'elle a vécues. Oh, Malcolm, croyez-vous que Druhan était présent ? Croyez-vous qu'il a vu ce qui est arrivé à sa mère ?

Elle avait la voix brisée par l'émotion, et les larmes roulaient le long de ses joues. S'écartant du feu, MacCuick lui entoura les épaules en un geste de réconfort.

— Il est inutile de regarder en arrière, dit-il. Nous n'y pouvons plus rien. Ce que nous pouvons faire en revanche, c'est nous occuper d'elle et de son bébé le mieux possible.

Il avait raison. Isabella hocha lentement la tête.

Elle retourna auprès de Kettie, et lui lava les cheveux et le corps avec un savon au thym et à la pédiculaire que MacCuick lui avait donné. Il était censé tuer les parasites et hâter la guérison des escarres causées par des jours d'immobilité sur cette mauvaise paillasse. MacCuick en gardait une provision pour les prisonniers arrachés aux bateaux anglais après des mois d'emprisonnement dans des conditions inhumaines.

L'opération terminée, Kettie avait retrouvé des couleurs, et ses cheveux brillaient à nouveau. Elle pressa faiblement la main d'Isabella et murmura un « *buidheachas* » qu'Isabella comprit sans avoir besoin de traduction.

Druhan se montra moins enthousiaste. À l'annonce d'un bain, il secoua furieusement la tête, et quand Isabella essaya de l'approcher, il se cacha sous l'immense table de la cuisine et refusa catégoriquement d'obéir. MacCuick dut se résoudre à le tirer par les chevilles et à le plonger la tête la première dans la bassine.

Le hurlement qui s'ensuivit retentit dans tout le château. De terreur, le chien de Fergus se rua vers la porte.

Après avoir sorti Kettie du bain, Isabella lui enfila l'une de ses chemises, l'installa devant le feu et lui démêla les cheveux, pendant que la jeune femme buvait à petites gorgées la boisson reconstituante de MacCuick.

C'est ainsi que Calum les découvrit en entrant dans la cuisine, quelques instants plus tard, alerté par le cri de Druhan. Il s'immobilisa dans l'embrasure de la porte. Sans prononcer un mot. C'était inutile.

Son expression était assez éloquente.

— Calum.

Isabella vint à sa rencontre.

— Avant que vous ne disiez quoi que ce soit, je voudrais préciser que si vous avez des reproches à faire à quelqu'un, c'est à moi, et à moi seule qu'il vous faut les adresser. C'est moi qui ai insisté pour les ramener ici.

— Il n'est pas question de reproches, mais de gratitude. Hamish m'a tout raconté. Je préfère ne pas penser à ce qui leur serait arrivé si vous n'aviez pas agi comme vous l'avez fait.

— Merci, murmura Isabella.

Elle versa une tasse de thé à Calum et lui raconta tout, sans omettre ses soupçons sur l'origine de l'enfant à naître. Quand elle eut fini, il demeura un long moment silencieux et pensif. Puis il s'approcha de Kettie, lui prit la main et, se penchant vers elle, lui parla à voix basse en gaélique.

— Vous aviez raison pour l'enfant, dit-il à Isabella, après qu'ils eurent couché Kettie et Druhan.

L'estomac encore trop douloureux, la jeune femme n'avait accepté que quelques cuillerées de bouillie. Druhan, quant à lui, ne s'était pas fait prier, et en avait même redemandé après avoir nettoyé son assiette de rognons, avalé trois petits pains et deux portions de pudding au citron. C'était, lui avait-on expliqué, sa récompense pour avoir accepté si « généreusement » son bain.

Il était tard. Assis dans le bureau de Calum, ils étaient plongés dans les registres des prisonniers. Calum avait décidé de révéler à Isabella qu'il cherchait où se trouvait Uilliam afin de le libérer avant qu'il ne soit envoyé par-delà les mers. Fergus le jugerait certainement fou de lui faire confiance, mais après ce qu'elle avait fait pour Kettie et son fils, il avait la certitude de pouvoir tout lui confier.

Y compris ce qu'elle avait le droit de savoir, mais qu'il s'était jusque-là gardé de lui avouer.

L'existence de son frère.

— Que va faire Kettie ? demanda Isabella, tandis que Calum cherchait comment aborder le sujet.

Bien que décidé à lui dire la vérité concernant Alec, il hésitait, car il craignait qu'une fois au courant elle ne parte. Elle devrait en effet se rendre auprès d'Alec pour savoir s'il était le légitime détenteur de la pierre. Et peut-être ne reviendrait-elle jamais.

Aussi attendait-il, s'autorisant une ultime nuit avec elle.

— Que peut-elle faire d'autre que de mettre cet enfant au monde ? Et si c'est un fils, elle lui donnera le nom de son mari et expliquera à Druhan que c'est le dernier cadeau de son père. Elle lui apprendra le gaélique et fera de lui un vrai Écossais. C'est la seule chose qu'elle puisse faire pour montrer au salaud d'Anglais qui l'a violée, ainsi qu'au reste du monde que leur brutalité ne l'a pas vaincue.

— Vous haïssez à ce point les Anglais, murmura Isabella.

Ce n'était pas une question, plutôt une constatation.

— Ils ont tué mon père. Ils ont emprisonné mon père nourricier. Ils ont ravagé mon pays de toutes les manières possibles. Ils ont massacré nos enfants et violé leurs mères. Ils ont volé la couronne de mes ancêtres. Ils ne trouveront pas le repos, je le crains, avant qu'ils n'aient chassé, tué ou asservi jusqu'au dernier Écossais.

— Je suis anglaise, Calum.

— Oui ?

— Cela signifie-t-il que vous me haïssez aussi ?

Calum la regarda, simplement, et il sentit

quelque chose se contracter en lui, au plus profond. Et il lui offrit la seule réponse possible. Il lui dit la vérité.

— Jamais je ne pourrais vous haïr.

Parce que, en vérité, il était amoureux d'elle, et l'était un peu plus chaque jour. Depuis qu'elle était arrivée, elle l'avait subjugué, comme elle avait subjugué tous ses hommes. L'altruisme dont elle avait fait preuve en risquant sa colère pour ramener la veuve du rebelle et son fils au château n'était qu'une des nombreuses raisons qui expliquait cet amour.

Il l'aimait pour la facilité avec laquelle elle s'était adaptée à la simplicité de leur vie, pour la façon dont elle se comportait avec ses hommes, les traitant avec respect, forçant par son seul sourire les barrières entre Anglais et Écossais.

Il lui plaisait qu'elle crût à la légende des Mackay, qu'elle la défendît et refusât d'y renoncer même devant lui, qu'elle ne se fût pas moquée de ce qui ne pouvait que paraître ridicule aux yeux des autres.

Il l'aimait pour la façon dont ses cheveux bouclaient gracieusement derrière ses oreilles lorsqu'elle les y ramenait quand elle lisait.

Il l'aimait pour la manière dont ses yeux brillaient quand elle riait.

Il l'aimait.

C'était la première fois que Calum aimait une femme. Et c'est la raison pour laquelle il tourna la tête et lui effleura les lèvres.

Il voulait seulement lui donner un baiser rapide, pour la remercier de sa compassion. Mais il l'attira dans ses bras et sentit la chaleur de son corps qui réclamait le sien.

Elle avait revêtu pour la nuit une délicate chemise de batiste que ne recouvrait qu'un châle de laine. Les yeux rivés sur elle, il écarta lentement les plis du tartan.

Elle ne bougea pas, se contenta de le regarder de ses grands yeux bleus étonnés. Il voyait sa poitrine se soulever et s'abaisser sous la pierre qui étincelait contre l'étoffe.

Il lui prit la main, la conduisit près du foyer et la fit asseoir à côté de lui devant la lumière dansante des flammes. Elle était nerveuse, il le voyait, et un peu effrayée peut-être, pourtant, elle lui caressa la joue pour l'inciter à l'embrasser encore.

Elle lui offrit sa bouche et s'étendit sur le tapis, l'entraînant avec elle. Allongé au-dessus d'elle, il lui prit le visage entre ses mains et la contempla à la lueur du feu.

Elle était chaque jour plus belle. En serait-il de même dans dix ans ? Dans vingt ans ? Il aurait donné n'importe quoi pour le savoir.

Il lui embrassa le nez, le front, le menton, puis ses lèvres descendirent le long de sa gorge, de son cou. Doucement, il dénoua les liens de sa chemise de nuit, en écarta les pans avec précaution.

Sous lui, Isabella ferma les yeux et essaya de calmer les battements frénétiques de son cœur. Elle sentait qu'il buvait des yeux ses seins, et elle s'efforça de lutter contre la gêne qu'elle ressentait à se trouver pour la première fois à demie nue devant un homme. Elle se mordit la lèvre et pria pour qu'il la touche, pour qu'il caresse cette chair qui aspirait à recevoir sa chaleur.

Il répondit à son attente et, retenant son souffle, Isabella cambra les reins dans un mouvement d'offrande.

Jamais elle n'avait éprouvé supplice plus délicieux que lorsqu'il lui caressa du pouce les pointes de ses seins. Jusqu'à ce qu'il incline la tête et les prenne dans sa bouche.

Elle haleta, se cambra à nouveau et laboura le tapis de ses ongles.

— Calum…

Il la taquinait de la langue, des dents, des lèvres, et le plaisir qui la submergeait était si violent qu'elle craignait de ne pouvoir en supporter davantage.

Mais désirait-elle qu'il arrête ?

Quand il écarta enfin la tête, mettant fin à ses tendres tourments, elle empoigna sa chemise et l'en débarrassa. Il était agenouillé devant elle, sa peau embrasée par la lumière du feu, et Isabella le dévorait des yeux, son torse musclé, la puissance de ses bras nerveux, son ventre plat. Elle laissa courir sa main sur sa peau, s'imprégnant de sa chaleur. Jamais elle n'avait vu un homme si beau, si parfaitement bâti, si totalement viril.

Elle s'agenouilla à son tour et le contempla sans prononcer une parole. Mais elle n'avait pas besoin de parler pour exprimer la profondeur de son amour.

Calum lui prit le menton, l'embrassa délicatement, avant de l'attirer contre lui jusqu'à ce que ses seins se pressent contre son torse nu, et que les battements de leurs cœurs s'accordent.

Elle sentit sa main effleurer son dos, glisser sous ses fesses et la plaquer étroitement contre lui. Elle sentit sa dureté, et, tandis qu'il continuait à l'embrasser, une étrange chaleur naquit au creux de son ventre, se diffusa dans tous ses membres.

Insinuant la main sous sa chemise de nuit, il remonta le long de sa cuisse et caressa avec une infinie douceur sa peau de satin. Isabella enfonça les doigts dans son bras musclé et rejeta la tête en arrière en laissant échapper un faible gémissement de plaisir.

Gémissement qui se changea en halètement quand elle sentit ses doigts écarter les replis qui protégeaient son jardin secret pour s'introduire au cœur moite et brûlant de son intimité. Elle se renversa en arrière et il dut la retenir pour l'empêcher de tomber. Il l'explorait, la caressait, tandis que, le visage enfoui au creux de son cou, s'imprégnant de son odeur, elle lui labourait les épaules de ses ongles. Elle se cramponnait à lui telle une noyée craignant de sombrer dans les flots turbulents du désir. Lorsque ses doigts entrèrent plus profondément en elle, sa chair se contracta. Il la caressait avec une habileté torturante, la comblait au-delà des mots, l'emmenant de plus en plus loin dans les territoires inconnus du plaisir. Et soudain, inattendu, ce fut le choc de l'extase. Étouffant un cri, elle se laissa emporter par une marée de sensations inimaginables qui l'ébranlèrent corps et âme.

Des vagues de pur plaisir la traversaient. Elle voulait qu'il cesse. Elle voulait qu'il continue. Elle se convulsait contre lui, et à l'instant où elle allait le supplier d'arrêter, il s'immobilisa.

Elle n'avait même pas remarqué, tandis que la vague de la passion refluait lentement, la ramenant sur terre, que Calum l'avait allongée sur le tapis. Il avait repris sa bouche et l'embrassait de nouveau avec ardeur.

— Calum, souffla-t-elle, comme il levait la tête pour la contempler.

— Oui, fit-il en lui baisant le front.

— Je n'aurais jamais cru… je n'aurais jamais imaginé…

— Je sais, dit-il en souriant.

— Mais vous n'avez pas…

— Chut...

Appuyé sur les coudes, au-dessus d'elle, il encadra son visage de ses mains, lissant les minuscules mèches qui bouclaient autour de l'oreille.

— Mon plus vif désir est de vous faire l'amour ici, tout de suite, Isabella. Je crois n'avoir jamais rien désiré avec autant de violence. Mais je ne peux pas.

Elle tressaillit.

— Pourquoi ?

— Parce que, dit-il, le regard intense, il n'y a point d'honneur à prendre ce qui est promis à un autre.

Ce fut comme si elle avait reçu un seau d'eau glacée.

— Que voulez-vous dire, Calum ?

— Vous êtes promise à un autre, Isabella.

— Comment le savez-vous ? demanda-t-elle, la gorge serrée.

Il ferma longuement les yeux, et quand il la regarda de nouveau, la tendresse avait disparu de son visage. Il semblait à présent sombre et sur la défensive.

— À ma grande honte, je dois avouer que j'ai ouvert votre journal.

Il avait lu son journal.

Isabella se raidit et sentit les larmes lui brûler les paupières, mais elle les refoula aussitôt, et prit une profonde inspiration.

— Comment ? Pourquoi ?

— L'autre nuit, après avoir gagné votre baiser, je me suis éclipsé...

— Je me demandais où vous étiez allé.

— Je suis venu dans ce bureau. Je comptais me plonger dans les registres de lord Belcourt, puis j'ai aperçu vos malles.

— Mes malles.

Il acquiesça.

— Bien que mon indiscrétion soit inexcusable, je cherchais simplement à découvrir votre véritable identité. Je me demandais si vous n'étiez pas la fille de lord Belcourt. Aussi, quand je suis tombé sur votre journal, j'ai décidé de le lire. Pour voir si la réponse à ma question s'y trouvait.

Isabella ferma les yeux, incapable de croiser son regard, incapable de supporter l'idée que ses pensées secrètes, ses rêves les plus intimes avaient été mis à nu à son insu.

— Je ne peux pas vous dire combien je suis désolé.

Elle déglutit, essayant désespérément de ne pas pleurer. Elle le regarda et vit combien cela l'avait bouleversé. Elle comprenait ses raisons, et elle essaya de s'en pénétrer pour dissiper sa gêne.

Puis elle se rappela ce qu'il lui avait dit, pourquoi il ne l'avait pas prise, ne l'avait pas faite sienne. Pourquoi il ne lui avait pas fait l'amour.

Vous êtes promise à un autre, Isabella.

— Vous… hésita-t-elle, redoutant de poser la question et plus encore d'entendre la réponse. Vous avez lu la lettre ? La lettre de mes parents ? Celle que j'avais glissée dans le journal ?

Il posa sur elle un regard vide, puis acquiesça.

— Alors vous savez? Vous savez qui je dois épouser?

— Oui.

— Qui ? murmura-t-elle sans le quitter des yeux.

— Il s'appelle Saint-Clive.

— Kentigern Saint-Clive ?

Elle avait sûrement mal compris.

Mais il hocha affirmativement la tête.

— Ce n'est pas possible. Vous devez vous tromper.

Mais comment aurait-il pu se tromper de nom ?

Calum se redressa et s'assit à côté d'elle sur le tapis.

— Non, c'est bien lui. C'est à lui que vos parents souhaitent vous marier. J'en suis certain.

Isabella fixa longuement le plafond, silencieuse, immobile, essayant d'assimiler la nouvelle. Puis elle se leva soudain et se rua hors de la pièce, sans se soucier de sa chemise de nuit ouverte.

Elle gravit l'escalier quatre à quatre, traversa sa chambre et s'approcha du lit près duquel la bougie qu'elle avait laissée allumée brûlait toujours. Elle s'empara de son journal et l'ouvrit à la page où la lettre se trouvait encore. Les mains tremblantes, elle en brisa le sceau, la déplia et en lut le contenu.

Arrivée à la dernière ligne, elle s'assit au bord du lit, les yeux rivés sur le mur de pierre devant elle.

Calum avait raison.

Ce n'est qu'après l'avoir lue une deuxième fois qu'elle comprit pourquoi il ne lui avait pas fait l'amour jusqu'au bout. *Sachant combien, petite fille, tu l'aimais, je suis sûre que tu seras heureuse d'apprendre que nous avons arrangé un mariage avec Kentigern Saint-Clive.*

Calum devait croire qu'elle souhaitait épouser Kentigern.

Seigneur, comme il se trompait !

La lettre à la main, Isabella sortit en trombe de la chambre, dévala l'escalier et entra, hors d'haleine, dans le bureau.

— Calum, cela n'a aucune importance. Jamais je ne…

Mais la pièce était vide.

16

Plus tard, ce matin-là, Calum était dans l'écurie, brossant Trakehner, après l'avoir fait longuement galoper sur la lande.

Il leva la tête à l'approche de Fergus.

— J'ai à te parler, déclara Fergus d'emblée.

— Je sais déjà ce que tu veux me dire.

Calum se tourna pour accrocher la selle.

— Et je peux t'assurer que ce n'est pas ce que tu penses, ajouta-t-il.

— Vraiment ? Je t'ai vu. Avec elle. La nuit dernière. Dans ton bureau.

Calum fit volte-face.

— Tu m'épies, à présent, Fergus ?

Il ferma les yeux, respira à fond, s'efforçant de se maîtriser. Fergus était son frère, et il ne voulait pas prononcer des paroles qu'il regretterait ensuite.

— Je l'aime, Fergus.

— Tu l'aimes ? Mais tu ne sais même pas qui elle est !

— Je sais tout ce que j'ai besoin de savoir. Elle est bonne. Elle est intelligente. Elle est…

— Anglaise.

— Oui. Et alors ?

— L'homme qui couche avec ses ennemies est un insensé, Calum Mackay.

— C'est vraiment ça qui te dérange, Fergus ? Qu'elle soit anglaise ? Ou est-ce parce qu'elle m'a choisi plutôt que toi, cette première nuit ?

— C'est ça que... ?

Fergus secoua la tête, essayant visiblement de contrôler ses émotions.

— Ce que je pense, Calum, c'est que c'est peut-être une espionne.

— Une espionne ? Où es-tu allé chercher ça ? Tu n'aurais pas un peu abusé de *uisge-beatha* ?

Sur ce, Calum tourna les talons et se dirigea vers la cour. L'entretien était clos.

— Écoute-moi !

Fergus le rattrapa et lui saisit le bras.

— Elle fait des dessins, Calum... de gens. De nous. Elle t'a dessiné, toi, MacCuick, et d'autres. Elle a dessiné le château et ses environs.

— Oui, et alors ? C'est une artiste. Rien de plus normal.

— C'est ça, une artiste qui n'aura plus qu'à porter ces dessins au gouvernement, et nous finirons tous au bout d'une corde.

— Jamais Isabella ne ferait une chose pareille.

— Isabella ? C'est donc son nom ? Du moins, le nom qu'elle t'a dit ?

— Oui. Et elle m'a dit autre chose aussi. Tu n'as pas à t'inquiéter. Je sais à qui va sa loyauté, et je lui fais confiance, Fergus.

— Et sur quoi t'appuies-tu ? Tu la connais depuis à peine quinze jours. Pour ta sauvegarde et celle de tous ceux qui nous ont rejoints, j'espère que tu as raison.

Il se retourna avec un geste dégoûté.

— Attends.

Fergus s'arrêta.

Calum s'approcha de lui.

— As-tu réfléchi à ce que tu feras une fois que tout cela sera terminé ? demanda-t-il d'une voix égale. Une fois que nous aurons fini d'écumer les mers ?

— J'y ai réfléchi, en effet. Je partirai pour l'Amérique.

— L'Amérique ?

C'était la première fois que Calum entendait Fergus en faire mention.

— Oui. Il n'y a plus d'Écosse, Calum. L'Écosse pour laquelle nous nous sommes battus n'existe plus. Nous avons été vaincus sur cette maudite lande et la situation est irrémédiable.

— Nous avons perdu une bataille, Fergus. Pas la guerre.

— Regarde autour de toi, Calum Mackay ! Il n'y a plus de rébellion. En plus d'un an, le prince n'a même pas tenté de revenir. Il nous a laissés à la merci du gouvernement, et il y aurait des pourparlers de paix entre les Français et les hanovriens. Les domaines de nos frères ont été donnés à des nobles anglais. Ils ne tarderont pas à venir nous chasser, nous aussi.

— Et tu leur faciliteras la tâche en abandonnant ton pays et en allant justement là où nous avons tout fait pour empêcher que soient envoyés ton père et les autres ? Heureusement que Wallace et Bruce n'ont pas capitulé aussi facilement que toi, Fergus Bain, sinon nous serions tous à porter des pantalons et à manger des harengs fumés pour le petit-déjeuner.

— Oui, mais j'irai de mon plein gré, Calum. Pas en prisonnier, pas en domestique, mais en homme libre.

— Jamais je ne tournerai le dos à ce qui m'a été légué.

— Et que crois-tu faire en couchant avec l'Anglaise ?

— J'ai l'intention de l'épouser.

— L'épouser ?

Fergus prit une profonde inspiration, expira lentement, puis scruta Calum. Finalement, il secoua la tête.

— Réponds-moi, Calum. Tu veux l'épouser parce que tu l'aimes vraiment ? Ou tu veux l'épouser parce que tu veux cette fichue pierre ?

Calum n'eut pas l'occasion de répondre.

Isabella l'appelait. Elle criait son nom à tue-tête.

Les deux hommes se précipitèrent dans le château.

Ils la trouvèrent assise au bureau, les livres de Belcourt étalés devant elle. Quand elle leva la tête, son visage était radieux.

— Je l'ai trouvé ! annonça-t-elle.

— Qui ?

— J'ai trouvé votre père, Fergus. Ici. Il était dans le troisième livre. Presque à la dernière page. « Uilliam Bain du régiment Mackay dans le Sutherland. » On dit qu'il a été pris à Culloden et laissé dans une infirmerie le temps que ses blessures guérissent. Voilà pourquoi, Calum, vous ne l'avez pas trouvé, dans la liste de ceux qui ont été faits prisonniers sur le champ de bataille. Il a été jugé coupable de rébellion et il est détenu à bord du HMS *Signal* jusqu'à ce qu'on l'envoie dans les colonies américaines.

— Est-ce que la date de son départ est précisée ? s'enquit Calum.

— Je regarde… Non. Mais le bateau mouille au large de Carlisle. Il fera ensuite escale à Belfast et à Londonderry, ce qui signifie qu'il traversera la mer d'Irlande.

— Ce n'est qu'à quelques jours de mer d'ici, déclara Calum à l'adresse de Fergus. En longeant les Hébrides, nous pourrons l'intercepter.

— Et s'il est déjà en route vers l'Amérique ?

— Je ne le crois pas, répondit Isabella. D'après la note, le bateau parti avant celui-ci est resté amarré quatre mois en attendant les autorisations de transport. L'inscription de votre père date d'il y a deux mois. Et sans ce registre, lord Belcourt et le Conseil privé devront reconstituer la plupart des documents. Même s'il est en route pour l'Amérique, son port de destination est Boston dans le Massachusetts. Vous pourriez certainement l'y retrouver.

— Espérons qu'il n'est pas si loin, dit Calum.

Il regarda Fergus, leur différend oublié, et ajouta :

— Nous avons un bateau à préparer.

Son frère de lait acquiesça.

— Fais appeler Mungo, Hugh, Lachlann, nos meilleurs gars. Nous allons commencer à équiper le bateau sur-le-champ. Si nous nous dépêchons, nous serons prêts dans trois jours.

Fergus tourna les talons pour exécuter les ordres du capitaine, s'arrêta à la porte et se retourna.

— Mademoiselle ?

Isabella leva la tête.

— Je voulais…

Il hésita, jeta un coup d'œil à Calum, puis déclara simplement :

— Merci. Merci de l'avoir trouvé.

— Je suis heureuse d'avoir pu me rendre utile, Fergus.

L'instant d'après il avait disparu.

Isabella et Calum étaient de nouveau seuls.

— Calum, pour hier soir… commença-t-elle.

Il leva la main pour la faire taire.

— Venez ici.

Isabella contourna le bureau. Il lui prit la main, entremêla ses doigts aux siens et la regarda au fond des yeux. Elle sentit son cœur s'emballer.

— Quand vous avez quitté le bureau tout à l'heure, je ne savais que faire. Je ne savais que penser.

— Mais je…

— Chut, fit-il en posant deux doigts sur ses lèvres. Il fallait que je mette de l'ordre dans mes idées. J'ai donc sellé mon cheval et j'ai galopé, galopé, comme si j'avais le diable aux trousses. J'ai chevauché jusqu'à ce que les choses soient claires dans ma tête, et quand je me suis enfin arrêté, j'étais parvenu à la baie où vous avez trouvé la pièce. Je me suis assis sur ce rocher face à la mer, et je vous ai revue, dansant au bord de l'eau avec le soleil jouant dans vos cheveux. Vous étiez en quelque sorte ma sirène.

Calum sortit quelque chose de son manteau et le lui tendit. C'était un petit morceau de papier. Isabella reconnut celui qu'elle avait glissé dans son gâteau d'anniversaire.

Elle le saisit et lut ce qui y était inscrit.

— Votre vœu, murmura-t-elle. Le désir de votre cœur…

— Saviez-vous que lorsque j'étais enfant, j'allais dans cette baie et restais des heures assis sur ce rocher, à scruter la mer dans l'espoir que ma sirène apparaisse ? J'étais persuadé qu'en le désirant très fort, elle viendrait à moi. Je le désirais donc très fort… et j'attendais. Je n'attends plus, Isabella, ajouta-t-il en plongeant son regard au fond du sien. Parce que mon vœu s'est réalisé. Vous êtes ici.

Isabella sentit les larmes lui monter aux yeux et elle se mordit la lèvre.

— Je sais par la lettre de votre mère, enchaîna-t-il en portant à ses lèvres la main qu'il tenait toujours, que votre vie est ailleurs. Je sais que vous avez des sentiments pour cet homme, ce Saint-Clive.

— Mais c'est...

De nouveau, il la fit taire en posant l'index sur sa bouche.

— Je sais aussi, poursuivit-il, que si je ne vous pose pas la question qui me taraude, je passerai le restant de mes jours à me demander si, par hasard, vous m'auriez répondu oui. Je vous demande donc maintenant...

Il posa un genou à terre.

— Je vous demande si vous resterez. Pas seulement ici, dans ce château. Mais également ici.

Il ouvrit la main d'Isabella et la posa à plat sur sa poitrine.

— Dans mon cœur, termina-t-il.

À présent, les larmes coulaient librement sur les joues d'Isabella.

Elle connaissait déjà la réponse, leva son autre main et lui caressa la joue.

— Je resterai, murmura-t-elle.

Ce furent les deux seuls mots qu'elle réussit à prononcer.

Calum s'en contenta.

Se redressant, il prit son visage entre ses mains et l'embrassa jusqu'à ce que ses larmes se tarissent.

Il l'attira alors dans ses bras et l'étreignit longuement.

— Nous avons à parler, ma mie, lui chuchota-t-il au creux de l'oreille. Il y a des choses que je dois vous dire.

Elle hocha la tête contre son torse.

— Mais pas tout de suite. Plus tard. Nous aurons la nuit pour nous. Viendrez-vous me retrouver, ce soir ?

— Oui, souffla-t-elle.

Elle savait alors qu'il la ferait sienne.

Jamais le temps n'avait passé plus lentement. Toutes les heures, Isabella regardait l'horloge, le ciel, attendant la nuit avec impatience. Le matin, elle emmena Druhan chercher des bigorneaux, aida MacCuick à faire du pain, raccourcit deux de ses robes pour Kettie. Elle fit ensuite une sieste, griffonna quelques lignes dans son journal. Mais les minutes n'en finissaient pas de s'étirer. Pour l'heure, avec MacCuick et Kettie, elle foulait les couvertures dans une grande bassine.

Jamais elle ne s'était autant amusée.

Ses jupes relevées au-dessus des genoux, jambes et pieds nus, elle ressemblait à Caroline pêchant des grenouilles dans la mare aux nénuphars.

MacCuick avait rempli la bassine d'une eau chaude et savonneuse, et Isabella piétinait les couvertures pour en extraire la saleté. Le bas de ses jupes était trempé et ses cheveux lui collaient à la nuque. Tandis qu'elle s'activait, Kettie chantait en gaélique. Isabella ne comprenait pas les paroles, mais la cadence de la chanson s'accordait parfaitement au rythme de ses mouvements.

La transformation de Kettie en vingt-quatre heures tenait du miracle. Sa pâleur avait disparu. Ses joues étaient légèrement rosées par la courte promenade qu'elle avait faite avec MacCuick sur la falaise. Trop faible pour rester longtemps debout, elle avait toutefois refusé de se coucher et insisté pour demeurer avec eux dans la cuisine.

Kettie n'était pas la seule à être transformée.

Depuis son arrivée au château, MacCuick veillait sur elle jalousement. Jamais il n'avait paru aussi heureux. Depuis qu'Isabella lui avait offert le dessin des siens, il avait, semblait-il, accepté d'avoir survécu au terrible drame qui avait frappé sa famille. À vrai dire, il n'avait aucune raison de se sentir coupable d'avoir été épargné. Mais ce dessin l'avait en quelque sorte rendu libre d'avancer dans la vie, d'envisager l'avenir, et même, espérait Isabella, d'aimer de nouveau.

Aimer.

Aussitôt, elle pensa à Calum. Debout dans cette bassine, Isabella se demanda ce qui horrifierait le plus sa mère. Que sa fille fasse la lessive ou qu'elle soit tombée amoureuse d'un pirate. Noble, certes, mais pirate tout de même.

Son père serait frappé d'apoplexie. Une deuxième fille perdue pour un bel Écossais.

Elizabeth applaudirait.

S'apercevant soudain que Kettie avait cessé de chanter et regardait en direction de la porte, Isabella l'imita, et son cœur bondit.

— Calum ?

Il était si différent qu'elle l'avait à peine reconnu. Il avait rasé sa barbe et rejeté ses cheveux en arrière, ce qui lui dégageait le visage. L'effet était saisissant ; c'était un autre homme, encore plus beau qu'auparavant.

Isabella sortit de la bassine et se dirigea vers lui. Elle s'arrêta devant lui, lui passa les bras autour du cou et planta sur ses lèvres un baiser si enthousiaste qu'ils vacillèrent, mais furent heureusement retenus par le mur.

Ce ne fut que lorsqu'elle s'écarta qu'elle remarqua qu'il la dévisageait de façon étrange.

Comme s'il ne savait pas qui elle était.

— Calum ?

— Écoutez, je…

Il fut interrompu par le bruit d'un pistolet qu'on arme.

Bella fit volte-face.

— Calum !

Mais comment pouvait-il se tenir là…

… alors qu'il était en même temps devant elle ?

Elle recula lentement tandis que son regard allait de l'un à l'autre – l'un, le Calum qu'elle connaissait, l'autre, une reproduction presque parfaite.

— Je… je ne comprends pas.

Puis la lumière se fit soudain.

— Vous êtes jumeaux.

— Oui, ma mie, répondit Calum en entrant dans la pièce.

Il portait sa chemise ample et son tartan avec l'épée et les pistolets croisés sur la poitrine. Il avait les cheveux vaguement attachés, le visage sale. Il remit la sécurité de son pistolet, le jeta sur la table, tira une chaise et s'assit.

Son frère l'imita.

— Prenez une chaise, Isabella. Je vais tout vous expliquer.

Assise entre eux deux, au bout de la table, elle ne cessait de les dévisager tour à tour. Leurs différences étaient aussi surprenantes que leurs similitudes. Ils avaient le même nez, le même menton, les mêmes sourcils épais. Mais alors que les cheveux de Calum lui tombaient en désordre sur le front, ceux de son frère étaient disciplinés et tirés en arrière. Et leurs yeux. Ceux de Calum étaient légèrement plus verts, et il avait la peau plus sombre, hâlée par le soleil.

Isabella n'attendit pas ses explications.

— Comment vous appelez-vous ? demanda-t-elle au frère de Calum.

— Alec. Alec Mackay. Mais… cette pierre… c'est…?

Isabella couvrit la pierre, qui se mit aussitôt à rougeoyer, comme lorsqu'elle avait rencontré Calum la première fois. Elle se rappela alors les paroles de Saint-Germain.

Il y a deux fils du Feu, à la fois semblables et pourtant très différents. Il vous revient de choisir entre les deux.

— Fils du Feu, murmura-t-elle. Vous saviez ? ajouta-t-elle en se tournant vers Calum.

Elle n'attendit pas sa réponse.

— Vous saviez que vous étiez deux, pourtant, vous n'avez rien dit. Pourquoi ?

Calum se contenta de la regarder.

Isabella plissa les yeux. Était-ce pour cela qu'il l'avait retenue ici, embrassée, étreinte ? Était-ce uniquement pour la pierre ?

— Calum !

La voix de Fergus leur parvint, pressante.

Calum se rua dans l'escalier, Isabella, Alec et les autres sur les talons.

Une nouvelle surprise attendait Isabella dans le hall.

— Douglas ! dit-elle en découvrant son beau-frère, le pistolet de Fergus pointé sur lui. P… père ? ajouta-t-elle presque aussitôt.

— Isabella ! s'écria le duc.

Comme il se précipitait vers sa fille, Fergus braqua son arme sur lui.

— Ne bougez pas, l'Anglais !

Le duc se figea.

— C'est ma fille, rappela-t-il.

Furieuse, Isabella repoussa l'arme de Fergus.

— Comment osez-vous menacer ainsi mon père ! Père, s'exclama-t-elle en se jetant dans ses bras, que faites-vous ici ? Où sont mère et les filles ? Comment m'avez-vous retrouvée ?

— C'est l'œuvre de Douglas.

Il la détailla de la tête aux pieds, lui toucha les cheveux, ébouriffés par sa précédente occupation.

— Tu n'es pas blessée ? Ils ne t'ont pas... ?

— Non, père, j'ai été bien traitée.

— Ça reste à voir.

Isabella se retourna au moment où Kentigern Saint-Clive entrait en scène.

— Si on a touché ne serait-ce qu'à un cheveu de votre tête, Isabella, je ferai arrêter ce bandit et il sera pendu haut et court.

— Ah, vraiment ? ricana Fergus. Et avec quelle armée, l'Anglais ?

— L'armée du roi George, highlander. Au cas où vous ne seriez pas au courant, le roi et son fils, le duc de Cumberland, savent parfaitement s'y prendre avec des rebelles de votre espèce.

À la mention du « Boucher », une douzaine de pistolets furent armés.

— Modérez votre langage, Saint-Clive, lui conseilla le duc.

— Allons donc ! Je suis pair du royaume. S'ils osent me tuer...

Un coup partit et la balle vint se ficher dans la terre, à une dizaine de centimètres du bout de sa chaussure à boucle d'argent.

Kentigern sautilla en arrière en poussant un cri.

— Qu'est-ce que c'est que cette femmelette ? fit MacCuick.

— *Femmelette ?* répéta Kentigern en se redressant. Savez-vous à qui vous vous adressez ? Je suis Kentigern Saint-Clive, futur comte de Chilton.

— Connais pas, répliqua MacCuick en haussant les épaules.

Isabella vit Douglas réprimer un sourire.

— Espèce de sale...

D'un geste vif, Calum sortit son poignard et le pressa contre la pomme d'Adam de Kentigern.

— Vous voulez achever votre phrase, l'Anglais ?

Il y avait dans le regard de Calum une lueur si inquiétante qu'Isabella fit un pas en avant.

— Calum, je vous en prie…

— Calum ? fit Kentigern en lui décochant un regard étonné. Vous parlez bien familièrement à cet homme qui vous a enlevée et enfermée dans ce…

Il se tut, car Calum avait remonté de deux centimètres le plat de sa lame, et la pressait contre la gorge laiteuse de Saint-Clive.

— Si vous ne voulez pas que je vous fasse avaler votre langue, je vous conseille d'écouter Sa Grâce. D'accord, l'Anglais ?

Kentigern se contenta de fixer Calum, tétanisé.

— Bien, reprit ce dernier. Je propose que nous poursuivions cette conversation dans la grande salle. Votre Grâce, fit-il à l'adresse du père d'Isabella, puis-je vous demander de veiller à ce que cet individu mette une sourdine à ses insultes ?

Le duc hocha la tête.

— Venez avec moi, Saint-Clive, dit-il. Et essayez, si vous le pouvez, de vous taire.

17

Un silence pesant s'abattit sur la grande salle du château de Wrath.

D'un côté de la longue table, Alec Mackay, le duc, Douglas et, tout au bout, un Saint-Clive bouillonnant de fureur. De l'autre côté, Calum, Fergus, Mungo et MacCuick.

Hugh et Lachlann montaient la garde à la porte.

Hamish avait apporté les bouteilles de bordeaux et de cognac que Calum lui avait réclamées.

Le reste de la petite armée de Calum s'était alignée le long des murs.

Isabella prit place sur la seule chaise restée vide, au haut bout de la table. Calum était à sa droite, Alec à sa gauche.

Personne ne savait par où commencer.

— Père, dit Isabella, incapable de supporter ce silence plus longtemps, comment va tante Idonia ?

— Oh, elle va très bien, je crois ! Elle est à Drayton Hall avec ta mère et tes sœurs, attendant ton retour.

— Votre Grâce, intervint Calum, je tiens à vous présenter mes excuses pour l'inquiétude qu'a dû vous causer, à vous et à votre famille, la disparition de votre fille. Bien que je ne sois pas responsable de ce qui s'est passé sur le *Hester Mary*, mes hommes le sont.

Le duc fronça les sourcils, comme lorsque Elizabeth avait fait quelque chose de particulièrement incongru.

— J'aimerais tout de même savoir, monsieur Mackay, pourquoi ma fille a été enlevée.

— Je peux vous répondre, père. C'est à cause de cela.

Isabella désigna la pierre.

— Ce n'est qu'un colifichet que tu as dû acheter à Paris.

— Je ne l'ai pas achetée, père. Cette pierre m'a été donnée lors de mon séjour à Versailles. Elle appartient au clan Mackay.

— Et quand mes hommes ont vu votre fille portant cette pierre sur le *Hester Mary*, ils l'ont tout de suite reconnue, ajouta Calum.

Il raconta en quelques mots la légende qui s'y rattachait, et expliqua que, depuis la mort de son père, trente ans plus tôt, elle avait disparu.

— Tout cela est bien beau, Mackay, mais cela ne nous dit pas pourquoi vos hommes ont attaqué le *Hester Mary*, remarqua Douglas.

— MacKinnon, vous étiez à Culloden ? s'enquit Calum.

— Non, je n'y étais pas.

— Mais votre femme…

— J'étais à Londres, Mackay, essayant de récupérer le titre et les terres qui avaient été confisqués à mon père durant la première rébellion. Mon frère, Ian, a combattu avec le prince, ainsi qu'un certain nombre de mes parents.

— Ils sont tous rentrés chez eux ?

— Bien sûr que non. Certains ont été tués. D'autres ont été…

— Envoyés aux colonies ?

— En effet.

— Comme moi, dit Fergus.

— Et moi, ajouta Mungo.

— Et moi, répéta MacCuick.

L'écho parcourut la salle tel un vent d'orage, chacun des membres de l'équipage de Calum y allant de son « Et moi ».

Douglas hocha la tête d'un air entendu.

— D'où la disparition des « bibles » de lord Belcourt. Mais vous savez que vous ne pourrez pas les sauver tous.

— Ce n'était pas mon intention. Encore un, c'est tout.

Saint-Clive, dont la patience était à bout, bondit sur ses pieds.

— Inutile d'essayer de justifier vos agissements illégaux. Vous avez enlevé une innocente, et en ma qualité de fiancé, je demande réparation.

Isabella posa sur lui un regard glacial avant de lâcher à brûle-pourpoint :

— Je n'ai accepté aucune demande en mariage de votre part, Kentigern.

— Voulez-vous dire que vous seriez assez sotte pour refuser ?

Elle se le remémora soudain, à cette fête, avec sa culotte tachée d'herbe et des brins de luzerne dans les cheveux.

Vous n'êtes qu'une enfant...

Isabella le regarda en se demandant comment elle avait pu voir en lui un gentilhomme.

— Je refuse, en effet, Kentigern. Il n'y aura pas de mariage.

— Vous refusez ! répéta Saint-Clive, interloqué. Vous refusez un mariage avec le fils d'un comte ? Que dites-vous là, Bella ? Vous me préférez un pirate sans foi ni loi...

Il s'interrompit, respira lentement, puis reprit d'une voix grinçante :

— Vous avez déjà couché avec cet immonde pirate écossais ? C'est ça, hein ? Vous avez offert votre innocence à un suppôt de Satan, à un assassin et à un traître ?

Calum se leva et tira son épée.

— Pauvre imbécile ! Elle n'a pas...

— Vous avez raison, Calum, intervint Isabella en posant la main sur le bras qui brandissait l'épée. Je n'ai rien à lui dire. Je pourrais l'épouser sans jamais évoquer ces dernières semaines, et il passerait le reste de sa vie à se demander si ses accusations sont justifiées ou non. C'est ce que vous souhaitez, Kentigern ? Vous demander, toutes les fois que vous viendrez dans ma chambre, si je passe mes nuits à brûler de désir pour l'*immonde pirate écossais* ? La dot que mon père vous a promise est-elle plus importante que votre fierté ?

Tous avaient les yeux fixés sur elle, avec dans le regard une lueur que seule sa sœur faisait généralement naître.

Une lueur de respect.

Tous hormis Saint-Clive, qui paraissait fort mal à l'aise.

— Vous n'êtes qu'une putain !

Isabella ne broncha pas sous l'insulte. Pas le moindre tressaillement.

Il en fut autrement pour Calum qui contourna la table en trois enjambées et pointa son épée sur Saint-Clive.

— Présentez-lui vos excuses.

Comme il ne s'exécutait pas aussitôt, Calum répéta d'une voix forte :

— Vos excuses !

Saint-Clive montra alors plus d'audace, ou de stupidité, qu'on ne lui en supposait.

— Pas question. Allez-y, tuez-moi. Tuez-moi devant elle. Montrez-lui à quel sauvage elle s'est donnée.

Le visage de pierre, Calum semblait en proie à un débat intérieur.

— Calum, je vous en prie, fit Isabella. Il n'en vaut pas la peine.

Personne ne bougea. Finalement, Calum fit signe à deux de ses hommes.

— Emmenez-le. Enfermez-le dans l'écurie. Non, mettez-le plutôt avec le porc, il ne sera pas dépaysé.

— Vous le regretterez, highlander, menaça Saint-Clive. Et vous aussi, Bella Drayton. Aucun homme respectable ne voudra plus vous épouser.

Isabella vint se planter juste devant lui.

— Si vous devez être considéré comme un modèle de respectabilité, alors j'en suis ravie.

Les deux hommes chargés de l'emmener le poussèrent vers la porte.

— Allez, avance, l'Anglais…

Isabella les suivit du regard.

Une fois qu'ils eurent disparu, le silence retomba dans la salle, personne ne sachant trop quoi dire ni quoi faire.

Ce fut le duc qui le brisa en soupirant ostensiblement.

— Je ne sais pas à quoi pensait ta mère en essayant de me convaincre que ce garçon ferait un bon mari. Cette femme me brouille les idées. Dieu merci, j'ai exigé d'avoir ton accord. Je suis désolé, Bella.

— Vous ne pouviez pas savoir, père. Et je ne regrette rien. Si vous n'aviez pas arrangé ce mariage, je n'aurais pas eu la satisfaction de lui dire non.

— Je reconnais bien là ma fille. Quant à vous, monsieur… enchaîna-t-il en se tournant vers Calum.

— Père…

— Bella, cet homme est responsable, bien qu'indirectement, de ton enlèvement. Quand Saint-Clive retournera à Londres et racontera sa version de l'affaire, il y aura un scandale. Je peux assumer un scandale. Nous avons eu notre lot avec ta sœur. Mais je ne tolérerai pas le déshonneur. Je compte demander à M. Mackay ce qu'il a l'intention de faire à ce sujet.

— C'est très simple, Votre Grâce, dit Calum sans hésiter. J'ai l'intention d'épouser votre fille.

— Je n'en attendais pas moins. Douglas, ajouta le duc en se tournant vers son gendre, n'existe-t-il pas une loi en Écosse selon laquelle un mariage ne requiert que le consentement mutuel des deux parties devant témoins ?

— Absolument, Votre Grâce.

— C'est ainsi, n'est-ce pas, qu'Elizabeth s'est retrouvée mariée avec vous ? s'esclaffa le père d'Isabella.

Douglas se contenta de sourire en hochant la tête.

— Bella, ma chérie, reprit le duc en regardant sa fille, souhaites-tu épouser cet homme ?

— Oui, père.

— Et vous, Calum Mackay, voulez-vous être le mari de ma fille ?

— Je suis sûr, dit Calum en contemplant Isabella, qu'il n'y a pas un homme ici présent qui ne souhaiterait l'épouser.

— Ouais ! répondirent en chœur les hommes de Calum, la voix de Hamish dominant toutes les autres.

— Mais ce n'est pas à eux que je le demande, Mackay. C'est à vous.

— Votre Grâce, ce serait un grand honneur pour moi que de prendre Isabella pour épouse.

— Eh bien, déclara le duc, il ne vous reste qu'à l'embrasser et ce sera fait.

— Maintenant, père ? s'étonna Isabella.

— Oui, Bella, maintenant. Avant qu'il ne change d'avis.

— Impossible, répliqua Calum en s'approchant d'Isabella.

Inclinant la tête, il captura ses lèvres.

Leur baiser fut accueilli par un tonnerre d'applaudissements.

— Vous devrez recommencer pour ta mère, prévint le duc lorsqu'ils en eurent terminé. Elle n'admettra jamais de ne pas avoir été présente au mariage de *deux* de ses filles. Pauvre Catherine, je crains qu'elle ne l'enferme dans sa chambre jusqu'au matin de ses noces.

— À moins que Caroline ne trouve le moyen de l'en faire sortir, riposta Isabella.

— Oh, pour cela, je lui fais confiance ! Tu sais que ce petit diable a fait courir son cochon à la fête ?

— Non !

— Mais si. Elle l'a attelé à une charrette à âne avec rubans et tout. Elle a prétendu que je lui avais seulement interdit de participer à la course des amazones. J'avais apparemment omis d'inclure les courses de boghei dans mes instructions.

Isabella étouffa un gloussement.

— Les filles… marmonna le duc en secouant la tête. Retenez bien cela, MacKinnon, lorsque mon Elizabeth mettra votre enfant au monde. Si c'est une fille, préparez-vous à vous faire des cheveux blancs et, ajouta-t-il en se tournant vers Isabella, à connaître de grandes joies.

— Merci, père, murmura celle-ci en s'approchant de lui pour l'embrasser.

— Sois heureuse, ma fille, dit-il en lui soulevant le menton. Tu le mérites.

— Je suis heureuse, père.

— Je sais. Bon, maintenant, poursuivit-il, si nous parlions des registres de lord Belcourt ?

Calum expliqua au duc, à Alec et à Douglas le projet qu'ils avaient de libérer Uilliam Bain.

— Ce Uilliam Bain doit être un homme hors du commun, observa le duc quand il eut fini.

— C'est un excellent père, celui que tout le monde souhaiterait avoir, assura Fergus en levant son verre à son géniteur.

— Quand partez-vous ? demanda Douglas à Calum.

— Demain soir, à marée haute. Il nous faudra deux jours, peut-être trois pour atteindre Carlisle, et trois pour le retour.

— Eh bien, Douglas, je crois qu'il ne nous reste qu'une chose à faire, déclara le duc.

— En effet, monsieur.

— De quoi s'agit-il, Votre Grâce ? s'enquit Calum.

— Je n'ai pas l'intention que ma fille devienne veuve, si peu de temps après son mariage. C'est pourquoi Douglas et moi allons vous accompagner.

— Père, non !

— Tais-toi, Bella.

— Isabella a raison, Votre Grâce. Vous ne pouvez pas…

— Ne songez même pas à refuser, Mackay. Vous faites partie de la famille depuis cinq minutes. Et dans *ma* famille, on se serre les coudes.

Calum lança un regard interrogateur à Douglas.

— N'essayez pas de lutter contre lui, fit ce dernier. C'est une bataille perdue d'avance.

— Merci, dit simplement Calum, à court d'arguments.

— Affaire conclue, dit le duc. À présent, je suggère que nous buvions une bouteille de votre excellent whisky écossais. Et quant à vous, mon fils, je vous suggère de ne pas perdre de temps. On n'a qu'une nuit de noces. Autant en profiter.

— Père ! s'exclama Isabella, horrifiée.

— Je sais de quoi je parle, Bella. Un homme ne se retrouve pas avec cinq filles en dormant seul.

— Oui, mais... commença-t-elle en rougissant.

Avant qu'elle finisse sa phrase, Calum la souleva dans ses bras et l'emporta sous les hourras de ses hommes.

Il grimpa l'escalier, s'arrêtant une fois, deux fois, en chemin pour l'embrasser avec passion. Isabella ne parvenait pas à croire qu'elle était mariée, et à l'homme qui lui avait volé son cœur qui plus est.

Le rêve était devenu réalité.

Calum ouvrit la porte de sa chambre d'un coup de pied, entra, déposa Isabella sur le sol et verrouilla soigneusement la porte.

Cette nuit, rien ne devait les déranger.

— Bonsoir, ma femme, lança-t-il en lui faisant face.

— Sommes-nous vraiment mariés ? Tout s'est passé si vite. J'ai besoin de reprendre mon souffle.

— Tu as des remords ? murmura-t-il en l'attirant à lui.

— Non. Jamais.

Le visage soudain grave, il articula lentement :

— Je te jure, sur mon honneur, que je ferai tout ce qui est en mon pouvoir pour que tu n'aies pas à regretter d'être ma femme.

Sur ces mots, il l'embrassa à perdre haleine.

— J'ai hâte de te voir, chuchota-t-il contre ses cheveux. Tout entière.

Isabella s'empourpra, mais ne put s'empêcher de sourire. Elle ferma les yeux tandis qu'il déposait une pluie de baisers le long de son cou.

— Cela risque de prendre du temps, soufflat-elle. Il y a beaucoup d'épaisseurs.

Calum leva la tête, une lueur diabolique dans les yeux.

— Vous me lancez un défi, madame ?

Isabella fut secouée d'un frisson délicieux.

— Non, monsieur. C'est une invitation.

Le regard de Calum s'embrasa tandis qu'il la contemplait en silence.

— Mon nouveau mari ne sait pas par où commencer ? Par mes bas, peut-être…

Elle leva le pied.

— Oh, non, madame ! rétorqua-t-il en secouant la tête. Je garde les bas pour la fin. Figurez-vous que je nourris le rêve secret de vous voir avec vos bas… et rien d'autre.

— Oh… Oh.

Il tourna lentement autour d'elle et s'immobilisa derrière elle.

— Je crois que je vais commencer par cette mousseline dont vous avez entouré votre ravissant cou.

Isabella eut un hoquet de surprise quand elle sentit la bouche de Calum sur sa nuque. S'abandonnant à cette sensation délicieuse, elle ferma les yeux. Il tira sur la fine étoffe de manière à la détacher du corsage. La mousseline glissa avec une infinie lenteur sur sa gorge et la naissance de ses seins, caressant sa peau nue.

Lorsqu'il retira complètement le fichu, elle prit une profonde respiration.

— À présent, la robe…

Se plaçant devant elle, il fronça les sourcils.

— Je n'ai jamais vu une robe avec ce… comment cela s'appelle-t-il ?

— Un corselet, murmura-t-elle, craignant de fondre sous la chaleur de son regard.

— Ah, oui ! Il est attaché par cette rangée de jolis nœuds…

Prenant tout son temps, il défit le premier nœud, puis les quatre autres.

Lorsqu'il eut terminé, la robe s'ouvrit. Il en écarta les pans et la fit glisser sur les épaules d'Isabella jusqu'à ce qu'elle tombe avec un doux bruissement sur le sol.

Isabella leva les yeux vers lui et attendit.

Elle portait une sous-jupe molletonnée sur un jupon baleiné qui s'attachait dans le dos. Tout en lui baisant le cou et l'épaule, Calum les dénoua et les jupons rejoignirent la robe sur le sol.

Lui tendant la main, il l'aida à enjamber l'amoncellement de soies et de rubans. Isabella n'avait plus que son corset et sa chemise.

Calum lui décocha un sourire entendu, mais lorsqu'il découvrit le nœud compliqué qui retenait le corset, son sourire s'évanouit.

— Quel est ce nœud gordien ? dit-il.

Isabella gloussa.

— Nous, les dames, nous ne devons pas vous faciliter la tâche. Je suis curieuse de voir comment vous vous en sortez. La femme de chambre qui m'a appris à le faire prétend qu'on ne peut pas le défaire.

— Ah, vraiment ? fit Calum.

Il sortit son *sgiandhub* et le trancha.

— Oh ! s'exclama Isabella. Il faudra que je lui dise qu'elle se trompait.

Il ôta le corset.

Il ne restait que la chemise, la pierre autour du cou... et les bas.

Il lui leva un bras, l'autre, puis, s'agenouillant devant elle, il saisit le bas de la chemise. Isabella retint son souffle tandis que ses mains remontaient lentement le long de ses cuisses, de ses fesses, de son dos, avant de lui passer la chemise par-dessus la tête.

Sans la lâcher des yeux, il ôta une à une les épingles de ses cheveux. Qui se déployèrent, tel un écheveau soyeux, sur ses épaules et son dos.

Calum recula d'un pas et la parcourut du regard.

— Je n'ai jamais vu de vision plus enchanteresse, confessa-t-il.

Isabella rougit et dut lutter pour ne pas se couvrir de ses mains. Elle n'avait jamais été nue devant quiconque, excepté sa femme de chambre. Mais la lueur admirative qui brillait dans les yeux de Calum eut raison de sa gêne. Elle se sentait vraiment belle.

Sentiment grisant.

— Il y a cependant une chose qui cloche, reprit-il.

— Et quoi donc, monsieur ?

— Ces jarretières. Elles devraient être rouges. Il faudra y remédier.

Il s'approcha d'elle, toute espièglerie disparue, et, lui soulevant le menton, il l'embrassa longuement tout en la plaquant contre lui. Isabella sentit sa chaleur, sa poitrine musclée contre ses seins, son sexe dur contre son ventre.

Quand il lâcha ses lèvres pour lui embrasser le cou, les épaules, les seins, elle gémit doucement en enfouissant les doigts dans ses cheveux.

S'agenouillant devant elle, il lui agrippa les hanches et pressa les lèvres contre son ventre. Isabella ferma les yeux et s'appuya sur ses épaules, tandis qu'il lui pliait légèrement la jambe.

— Tenez-vous à moi, madame…

Elle sursauta lorsqu'il fit courir sa bouche sur sa cuisse, s'approchant dangereusement de son bas-ventre.

Et lorsque de sa langue il la toucha là, elle crut mourir. Les sensations qui déferlaient en elle étaient si neuves, étranges et intenses qu'elle sentit son genou céder.

— Calum…

— Tiens-toi à moi…

Isabella se cramponna à ses épaules tandis qu'il la goûtait, la taquinait, tout en faisant glisser jarretière et bas le long de sa jambe.

Quand il l'abandonna un instant pour passer à l'autre jambe, Isabella s'entendit protester.

Il ne la fit pas attendre longtemps.

Lui soulevant l'autre pied, il le posa sur sa cuisse, puis poursuivit sa délicieuse offensive. Une fois le deuxième bas retiré, il remplaça sa bouche par son doigt, ne s'arrêtant que lorsque l'ivresse du plaisir l'emporta.

Épuisée, accrochée à lui comme à un rocher au milieu d'une mer démontée, Isabella vacillait contre lui. Quand il se redressa, elle battit des paupières.

La soulevant dans ses bras, Calum la porta jusqu'au lit où il la déposa doucement. Puis, les yeux rivés sur elle, il se débarrassa de sa chemise, déboucla la ceinture qui retenait son tartan, et se tint nu devant elle.

À la lueur du feu, son corps magnifique semblait sculpté pour l'éternité. Ses cheveux sombres lui tombaient autour du visage. À son invitation, il la couvrit de son corps et s'empara de sa bouche. Leurs langues se mêlèrent voluptueusement tandis qu'il lui caressait le flanc, lui écartant doucement les jambes pour se nicher entre ses cuisses.

Elle le sentait palpiter au creux de son intimité, savait que cela ferait mal, mais c'était une douleur qu'elle réclamait tant elle brûlait de l'avoir en elle.

— Je t'aime, ma Bella.

Elle sourit et ferma les yeux, dans l'attente…

Elle tressaillit lorsqu'il la pénétra et se mordit la lèvre sous l'assaut douloureux.

Lorsqu'il fut entièrement en elle, Calum s'immobilisa un instant, le temps que son corps l'accepte. Elle était si chaude, si étroite, il lui semblait qu'il pourrait demeurer ainsi jusqu'à la fin de ses jours. Lentement pourtant, il se retira, puis entra de nouveau en elle.

L'enveloppant de ses bras, il commença à aller et venir, doucement d'abord, puis plus vite, accélérant inexorablement le rythme. Comme il se concentrait sur l'union de leurs corps et le plaisir qui les attendait, son souffle se précipita. À chaque poussée, il sentait Isabella l'accueillir plus profondément en elle.

Elle poussa un cri et il la sentit se contracter autour de lui tandis que la jouissance la secouait. Il se raidit au-dessus d'elle et cria son nom en se répandant en elle. Isabella noua les jambes autour de sa taille et le serra contre elle, tandis qu'il luttait pour reprendre son souffle.

Plus tard, cette nuit-là, alors que les braises rougeoyaient dans l'âtre et que le château était plongé dans un silence paisible ; alors que Calum dormait, la tête nichée contre ses seins, une main possessive posée sur sa hanche, Isabella songeait, émerveillée, qu'Elizabeth avait raison.

Faire l'amour avec Calum, dormir avec lui, sentir son souffle lui caresser le cou, jamais elle n'avait éprouvé de sensations plus extraordinaires.

Elle était sa femme.

Elle était sa maîtresse.

Et un jour, dans neuf mois peut-être, elle serait la mère de son enfant.

Le paradis sur terre existait.

Il s'appelait « amour ».

18

Au matin, une petite pluie fine tombait, formant des flaques sur les pierres de la cour. Les hommes de Calum allaient et venaient, chargeant les provisions et préparant les armes dont ils auraient besoin en mer.

De la fenêtre de la grande salle, Isabella observait toute cette agitation. Assise depuis des heures, elle essayait de chasser l'horrible appréhension qui l'avait saisie, au réveil, lorsqu'elle avait trouvé la place près d'elle vide. Elle était restée un moment à respirer l'odeur de Calum, à se rappeler ses caresses.

Il devait aller libérer son père nourricier, elle le savait, mais elle avait peur pour lui, et pour les autres. Et voilà maintenant que son père et Douglas s'en mêlaient. Isabella pensa à Elizabeth et à l'enfant qu'elle portait. S'il arrivait quelque chose à Douglas, sa sœur ne le lui pardonnerait jamais. *Elle* ne se le pardonnerait jamais. Mais elle ne pouvait pas plus empêcher ces trois hommes de faire ce qu'ils devaient faire qu'elle ne pouvait s'empêcher d'aimer Calum. En désespoir de cause, elle ferma les yeux, appuya la tête contre la pierre froide du mur et pria pour qu'ils lui reviennent tous sains et saufs.

Un joyeux sifflement lui fit tourner la tête. L'instant d'après, l'imposante silhouette de son père s'encadrait dans la porte.

— Alors, ma fille, qu'en penses-tu ?

Isabella en demeura bouche bée.

— Père ?

Le duc entra, mais de duc il n'avait plus que le nom. À la place de ses vêtements de brocart, il portait un tartan Mackay, une ample chemise safran ouverte sur le cou, et une paire de pistolets croisés sur la poitrine. Ses cheveux blancs toujours impeccablement coiffés étaient défaits et lui tombaient en désordre sur les épaules. Le plus étonnant était moins son accoutrement ou ses jambes blanches dépassant du kilt que sa figure peinte en bleu et barrée d'une croix blanche.

— Saint André, expliqua-t-il avec un grand sourire. Le patron de l'Écosse. C'est une idée de Douglas. J'aime bien.

— Vous n'avez pas à vous inquiéter. Personne ne devinera jamais que vous êtes le duc de Sudeleigh.

— Je sais, fit-il en se contemplant dans une glace. Brillant, n'est-ce pas ?

— Non, père, ce n'est pas brillant. Pas du tout. C'est dangereux et imprudent, et vous ne devriez pas jouer à ça.

— Sottises, Bella. Je suis adulte, et cette cause est noble. Te crois-tu seule à mériter une aventure ?

— Et si vous vous faites tuer ?

— Allons, ma chérie… Calum assure que dans ce genre d'opérations, les coups de feu sont rares.

— En voilà une consolation ! soupira-t-elle.

— Bella, il n'y a pas lieu de s'inquiéter. Nous croiserons le long de la côte, attaquerons à l'improviste et repartirons. Un jeu d'enfant.

— C'est ce que dira mère quand elle l'apprendra ? rétorqua-t-elle en croisant les bras.

Le visage bleu du duc se figea, mais il se ressaisit bien vite.

— Je verrai cela avec ta mère à notre retour. Il y va de la vie d'un homme, Bella.

Elle ne pouvait certes le contredire, de même qu'elle ne pouvait nier l'appel de l'aventure qui semblait couler dans les veines de toute sa famille. Comment ne pas le comprendre ? Son père avait consacré sa vie à faire son devoir. Il avait épousé la femme qu'on lui avait imposée, élevé cinq filles, et passé la plus grande partie de sa vie à leur assurer une existence paisible et confortable. Il n'était pas tombé dans le piège de la politique comme tant de ses contemporains et, à dire vrai, sa propre fille ne savait pas où allaient ses sympathies – aux hanovriens ou aux jacobites. C'était un sujet qu'on n'abordait pas à Drayton Hall. Une chose était sûre, en tout cas, c'est que sous ce masque azuré, ses yeux brûlaient d'un éclat qu'elle ne lui avait encore jamais vu.

Le feu de l'aventure.

— As-tu décidé ce que tu allais faire de cette pierre ? s'enquit le duc pour changer de sujet.

Isabella y avait songé durant presque toute la matinée. À présent qu'elle connaissait l'existence d'Alec, à qui des deux frères revenait-elle ?

— Si seulement je le savais. Quand le comte de Saint-Germain…

— Qui ?

— Saint-Germain. C'est un proche de Louis XV. C'est lui qui m'a chargée de rapporter la pierre en Écosse.

— Bella, fit le duc en s'asseyant à côté de sa fille, il n'y a pas de comte de Saint-Germain.

— Si, père. Je l'ai rencontré. À Versailles. En fait, c'est le roi et Mme de Pompadour qui nous ont présentés.

— Intéressant…

— Qu'y a-t-il, père ?

— Que sais-tu d'autre de ce Saint-Germain ?

— On prétend qu'il a vécu des années, des siècles même, sans jamais vieillir. On dit qu'il possède un élixir de jeunesse, et qu'il peut transformer une banale pierre en pierre précieuse. C'est un artiste...

— ... et il parle plusieurs langues, a voyagé dans le monde entier...

— Oui... oui. Vous le connaissez ?

— Non, Bella. Je ne le connais pas. Personne ne le connaît. Parce que c'est un fantôme. Une aberration, un personnage imaginaire inventé par le roi pour protéger certains individus qui lui rendent, euh... des services *délicats*...

— Vous voulez dire un espion ?

— Je n'ai pas dit cela. Mais je ne dis pas non plus le contraire.

— C'est ce qui explique son éternelle jeunesse ? demanda Isabella après un moment de réflexion. Qu'il parle tant de langues et a voyagé dans le monde entier ? Parce que ce n'est pas un seul homme, mais une succession d'individus ?

Le duc la regarda sans répondre. C'était inutile.

— Cela explique beaucoup de choses, murmura Isabella, pour elle-même plus que pour son père. Mais cela ne fait qu'ajouter au mystère de son identité. Et pourquoi m'a-t-il donné la pierre ? Et puis, cela ne me dit pas ce que je dois en faire. Ce Saint-Germain – qu'importe qui il est vraiment – m'a assuré que, le moment venu, je saurais à qui la remettre, que la pierre me le ferait savoir. Mais elle est plutôt muette ces derniers temps.

— Eh bien, en attendant de savoir ce que tu dois en faire – et d'une façon ou d'une autre tu l'apprendras –, garde-la. Il y a quelque chose de mystique dans cette pierre, c'est évident. J'ai pas mal parlé avec Alec en venant ici, il m'a raconté l'histoire de son clan. Depuis le début des rébellions jacobites, le clan s'est divisé. Leur oncle, le chef Mackay, n'a pas de fils, et comme leur père est mort, l'héritier est…

— Calum ou Alec. Ma position est horrible. J'aime Calum. Je suis maintenant sa femme. Je suis naturellement tentée de le choisir…

— Mais tu t'interdis d'écarter Alec ?

Isabella acquiesça.

— Prends ton temps, ma fille. Tu pourrais même aller rendre visite au chef Mackay. Peut-être t'aidera-t-il à trouver les réponses que tu cherches.

— Peut-être.

— Peut-être quoi ?

Isabella pivota comme Calum entrait, et son cœur se mit à battre plus vite.

De même que son père, il portait le tartan Mackay avec des pistolets croisés sur la poitrine. Ses cheveux étaient défaits, mais rejetés en arrière. Son épée était attachée à la taille, et il portait un bonnet du même bleu que le visage du duc avec la cocarde blanche des jacobites.

— Votre Grâce, dit-il en tendant une épée à son père. Vous savez vous en servir ?

— Comment ? Oh, oui, bien sûr.

Une lueur malicieuse dans le regard, le duc prit l'épée et contempla la lame.

Isabella frémit. En fait de lame, son père n'avait jamais tenu plus menaçant qu'un couteau à beurre.

Son inquiétude devait être visible, car Calum s'approcha d'elle et, lui soulevant le menton, il plongea son regard dans le sien.

— Comment va ma femme ce matin ?

— Tu n'es pas encore parti que je me sens déjà seule. Bien malheureuse est la nouvelle épousée qui se réveille seule le lendemain de ses noces.

— Je me rattraperai à mon retour, chuchota-t-il. Mais en attendant, voilà qui soulagera peut-être ta solitude…

Il inclina la tête pour l'embrasser…

Lorsque le silence fut déchiré par le fracas de l'acier contre la pierre.

Calum et Isabella virent le duc secouer la tête et se courber pour ramasser son épée qui était tombée par terre. Il leur jeta un regard et haussa les épaules.

— Seigneur, c'est un cauchemar, murmura Isabella en fermant les yeux.

— Ne t'inquiète pas, ma mie. Je veillerai sur lui.

— Je le sais. Mais qui veillera sur toi ?

En guise de réponse, il l'enveloppa de ses bras et lui donna un baiser fougueux.

Une heure plus tard, ils étaient prêts à partir.

Tous étaient rassemblés. Fergus, Lachlann, Mungo et Hugh étaient avec Calum, le duc et Douglas dans la grande salle, pour vérifier les détails de dernière minute. Le reste de l'équipage attendait les instructions. MacCuick s'était levé à l'aurore pour préparer les provisions et les outres d'eau dont ils auraient besoin. Seul un visage manquait.

Mais lorsqu'il entra dans la salle, Alec ne semblait ni prêt ni disposé à partir.

— Il y a une complication, annonça-t-il en s'approchant de Calum. Saint-Clive s'est enfui.

— Quoi ?

— Sans doute à la faveur de tout ce remue-ménage. Il a filé alors que tout le monde était occupé ailleurs, et a réussi à voler l'étalon, ce qui signifie qu'il compte aller trouver les autorités.

— Encore faudra-t-il qu'il explique comment il est entré en possession du cheval perdu de Cumberland.

— Calum, il y a un détachement hanovrien à Durness, insista Alec, manifestement inquiet. Si Saint-Clive réussit à s'y rendre, ils peuvent être ici dès demain. Et si tu n'es pas là, cela ne fera que confirmer les accusations de piraterie que Saint-Clive ne manquera pas de porter contre toi. En revanche, il sera difficile d'accuser un homme de piraterie si on le trouve confiné chez lui avec sa femme.

— Je dois partir…

— Il me semble, coupa Alec, qu'ils n'ont aucun moyen de savoir quel Mackay je suis.

— Tu ferais ça ? demanda Calum.

— Qu'a dit Sa Grâce, hier soir ? « Dans ma famille on se serre les coudes. » Mais reviens-nous sain et sauf. Je ne souhaite pas te remplacer dans le cœur de ta femme.

— Chef ! cria Hamish en entrant en trombe. Venez vite ! Il y a un bateau au large de Kervaig.

— Saint-Clive ? fit Calum en se tournant vers Alec.

— Impossible. C'est trop tôt.

Alec avait raison.

Le bateau était un chalutier gallois. Et ce chalutier avait pris dans ses filets un poisson exceptionnel.

— 'Pa ?

C'est Fergus qui, le premier, reconnut Uilliam, et encore n'en était-il pas tout à fait certain.

L'homme qui agitait faiblement la main sur la petite embarcation n'était plus que l'ombre du solide Écossais qui avait élevé les trois garçons qui venaient de se jeter à l'eau pour aller à sa rencontre. Ses cheveux et sa barbe, autrefois blond-roux, étaient à présent presque blancs, et si emmêlés qu'ils ressemblaient à de la laine. Il avait les joues creuses et les yeux enfoncés dans les orbites. Quand ils atteignirent le bateau et le tirèrent jusqu'au rivage, ils s'aperçurent qu'il ne pouvait marcher seul. Sa jambe avait été coupée sous le genou, conséquence, sans doute, de la blessure reçue sur le champ de bataille.

Mais il était de retour.

Fergus et Calum le prirent chacun sous un bras et le déposèrent à terre.

Un des pêcheurs gallois lui tendit une béquille grossièrement taillée dans une branche. Il tapota le bras de Fergus, salua Uilliam de la tête et dit : « *Hwyl fawr !* » avant de remonter à bord de la barque et de ramer vers le chalutier ancré dans la baie.

— Qu'a-t-il dit ? demanda Lachlann.

— Je n'en ai pas la moindre idée, répondit son père. C'est comme ça depuis que nous avons quitté Carlisle. Je n'ai pas compris deux mots de ce qu'ils racontaient. De braves types, cependant. Et de la bonne bière.

— Comment diable t'es-tu échappé, 'pa ? demanda Fergus.

— Je n'ai pas eu à m'échapper. Vous n'êtes pas au courant ? La Couronne a accordé une amnistie aux rebelles.

— Tu as été libéré ?

— Oui. Un jour, je crois partir pour les colonies. Le lendemain, on nous sort de cette cale puante et on nous jette sur le quai de Carlisle en nous disant de rentrer chez nous, et moi avec ma jambe amputée. Le pasteur m'a hébergé, m'a fabriqué cette béquille et a trouvé ces pêcheurs gallois qui faisaient voile vers Amsterdam. Ils ont accepté de me prendre à bord.

Il ferma les yeux et inspira profondément.

— C'est bon d'être chez soi. J'ai cru ne jamais plus sentir l'odeur de la bruyère ni revoir ces collines.

Ils emmenèrent Uilliam au château et l'installèrent dans la pièce attenante à la cuisine, occupée quelques jours plus tôt par Kettie. MacCuick entreprit aussitôt de préparer ses boissons roboratives, tandis que Fergus et Lachlann donnaient un bain à leur père et le changeaient.

Il était tard, et la pluie tombait dru. Assis autour de la table de la grande salle, Calum, Isabella et les autres commentaient les derniers événements.

— Libéré, murmura Calum, incrédule.

Afin d'apaiser ceux qui avaient été scandalisés par l'attitude de l'armée hanovrienne en Écosse après Culloden, le roi George avait décidé de libérer les prisonniers. Cependant, tous n'avaient pas été amnistiés. En étaient exclus ceux qui, selon la Couronne, étaient les instigateurs de la rébellion.

Parmi eux, celui qui était connu sous le nom de « l'Aventurier ».

— Ils ne savent pas qui tu es, dit Isabella. Ils ne connaissent que le nom de ton bateau.

— Nous allons donc le rebaptiser. Nous l'appellerons *Maris*, la sirène de la mer.

— Voilà qui me paraît parfait, déclara Isabella avec un grand sourire.

À l'autre bout de la table, le duc boudait.

— Alors, fini l'aventure, observa-t-il.

Bella se leva et vint lui tapoter le dos.

— Des tas d'aventures vous attendent, papa. Vous allez avoir un nouveau petit-enfant, le premier, je l'espère, d'une longue série.

— Grand-père ! Je suis trop jeune pour être grand-père... Je suis tellement déçu. Évidemment, je suis content que Bain soit revenu sain et sauf, mais je me réjouissais tellement de cette aventure. Ce n'est pas tous les jours qu'on se peint la figure en bleu, acheva-t-il en regardant sa fille.

Le duc ignorait encore quelle aventure l'attendait.

Installée dans la grande salle, Isabella mettait la touche finale au dessin auquel elle travaillait depuis le matin. Ces derniers jours, les hommes de Calum, libres de rentrer chez eux et de retrouver leur ancienne vie, se préparaient au départ au milieu d'une grande agitation. Leur ultime tâche avait été de repeindre la coque de l'*Aventurier* en noir avec son nom, *Maris*, inscrit en lettres d'or sur le gaillard d'avant. Mungo et Hugh avaient même sculpté une figure de proue représentant une sirène aux cheveux noirs avec un pendentif en cristal sur la poitrine. Le lendemain, Calum et Alec emmèneraient Isabella à Durness chez le chef Mackay.

Levant la tête, Isabella vit Alec entrer et lui sourit.

— Alec... avez-vous vu Calum ? Je voulais lui demander si nous...

Un autre homme, identique au premier, entrant à sa suite, elle s'interrompit.

— Calum ? Alec ? fit-elle en les dévisageant à tour de rôle.

Pour mettre un point final à sa carrière de pirate, Calum s'était rasé, s'était coupé les cheveux et les avait coiffés en catogan comme son frère, de sorte qu'il était maintenant presque impossible de les distinguer. Vêtus du même tartan Mackay et se tenantcôte à côte dans la même attitude, ils la contemplaient et s'amusaient de son hésitation.

Ah, ils voulaient jouer à ce petit jeu avec elle ?

Elle s'approcha d'eux, s'arrêta devant le premier, se haussa sur la pointe des pieds et, nouant les bras autour de son cou, l'embrassa passionnément. Puis elle s'écarta, le laissant hors d'haleine.

Elle se dirigea ensuite vers le second.

— Hé là ! ma mie… lança le premier, qu'elle avait déjà reconnu à la couleur de ses yeux comme étant Calum. Je ne suis pas d'accord pour tout partager avec mon frère.

Comme Calum l'attirait dans ses bras pour un autre baiser, Isabella rit de bon cœur en lui caressant la mâchoire.

— Ma dame regrette-t-elle son pirate ?

— Non, parce qu'il est toujours ici, répondit-elle en posant la main sur son torse, où elle sentit les battements de son cœur, la chaleur de sa peau sous sa fine chemise. Au fond de toi, tu restes un aventurier, Calum. Et c'est l'une des nombreuses choses que j'aime chez toi.

À cet instant, Fergus et Lachlann firent irruption dans la salle.

— Que se passe-t-il ? demanda Calum.

— Nous venons de repérer des voiles. Devant Faraid Head. C'est un navire de guerre.

Les Anglais.

Isabella frissonna.

Calum quant à lui ne semblait pas surpris.

— Appelez Mungo, Hugh et tous ceux qui sont encore à portée de cornemuse. Lachlann, tu sais où sont les armes ?

— Oui.

— Bien. Alec et toi, préparez-les, puis chargez les mousquets et amorcez les fusils. Hamish vous aidera. Druhan et Aidan peuvent aussi vous aider, mais je ne les veux pas ici quand le combat commencera.

— Le combat ? répéta Isabella. Calum, tu crois vraiment qu'on en viendra là ?

— Il faut s'y préparer. Je ferai mon possible pour les en dissuader, mais si nous devons nous battre, nous défendrons le château. Quand les soldats arriveront, tu descendras dans la cuisine pour t'occuper de Kettie et de Uilliam. Et si cela tourne à la bataille, je veux que tu me promettes de t'enfuir avec eux.

— Je ne te laisserai pas, Calum.

— Écoute-moi, ma mie. Il y a un tunnel au fond de l'âtre de la cuisine. Il vous conduira à l'abri, toi et les autres. Une fois en sécurité, rendez-vous à Durness. Uilliam connaît le chemin. Va trouver mon oncle, le chef, et raconte-lui tout.

Isabella commençait à avoir très, très peur.

— Calum, non…

— Tout se passera bien, ma mie, l'interrompit-il en l'attirant dans ses bras. Fais-moi confiance.

Elle lui faisait confiance. Entièrement. Mais elle priait pour que rien ne lui arrivât.

Isabella passa l'heure qui suivit à arpenter la grande salle en regardant approcher les voiles, tandis que les hommes s'activaient, dissimulant épées et mousquets derrière les portes et sous les tables, en cas de combat.

Elle s'arrêta devant la fenêtre pour surveiller la baie à l'aide de la longue-vue de Calum. Les soldats avaient jeté l'ancre et se dirigeaient vers la côte dans deux petits bateaux à rames. Une fois débarqués, ils gravirent le chemin tortueux qui montait vers le château de Wrath.

Isabella pensa à Elizabeth qui avait berné le capitaine anglais pour aider le prince à s'enfuir, et elle élabora un plan.

Tournant le dos à la fenêtre, elle partit à la recherche de Calum.

Lord William Blakely espérait ne pas s'être déplacé pour rien.

Lorsque le jeune Saint-Clive était arrivé à son quartier général en débitant des inepties à propos de pirates et de jacobites, il avait failli refuser de le recevoir. Il avait appris, la veille, que l'amnistie avait été prononcée à Londres, ce qui mettait fin à sa mission. Et il avait reçu l'ordre de rentrer immédiatement en Angleterre pour y attendre sa nouvelle affectation. Lord William avait hâte de quitter ces terres barbares au climat malsain, habitées par un peuple de sauvages. Si bien que, lorsque son aide de camp l'avait informé que Saint-Clive demandait à le voir, il avait été tenté de l'ignorer.

Ce n'est que lorsque l'importun avait menacé de faire intervenir son père, le comte de Chilton, que Blakely avait accepté de l'écouter. Ils avaient bu une bouteille de bordeaux, et lorsque le jeune homme avait conclu son récit par le refus d'Isabella de l'épouser, Blakely n'avait prononcé que trois mots :

— Rentrez chez vous.

— Comment ?

— Rentrez chez vous, milord. Même s'ils sont jacobites, je ne peux plus rien faire. La Couronne a accordé une amnistie aux rebelles. À moins que l'un d'entre eux ne soit le jeune prétendant au trône, je ne peux pas toucher à un cheveu de leurs têtes. C'est pourquoi je vous conseille de retourner à Londres, où vous aurez tôt fait d'oublier cette jeune fille.

— Mais c'est un pirate ! Sa tête est mise à prix pour quelque vingt mille livres.

À ce chiffre, Blakely avait dressé l'oreille.

— Vingt mille livres, dites-vous ?

Il avait donc rassemblé un détachement de trente hommes et était parti pour cap Wrath. À présent, il grimpait le chemin le plus abrupt et le plus inhospitalier qu'il eût jamais vu.

Un jeune garçon les attendait au pied des murailles du château.

— Bonjour, monsieur. Dépêchez-vous. Vous avez failli le rater !

— Le rater ? répéta Blakely comme le garçon leur indiquait le chemin. Rater quoi ? ajouta-t-il en se tournant vers Saint-Clive.

Ils le suivirent donc et se retrouvèrent dans la cour du château. Elle était déserte.

— Alors, où sont ces terribles pirates, Saint-Clive ?

— Par ici, fit ce dernier en se dirigeant vers la tour principale.

Il poussa la porte, gravit l'escalier, emprunta le couloir menant à la grande salle. Des bruits de voix leur parvenaient à travers la porte fermée. Saint-Clive sourit à Blakely et s'effaça pour le laisser entrer le premier.

Le commandant ouvrit la porte au moment où l'homme qui se tenait debout devant l'assemblée déclarait :

— ... et si quelqu'un connaît un empêchement à l'union de cet homme et de cette femme, qu'il le dise maintenant ou qu'il se taise à jamais.

Tous les visages se tournèrent vers lord Blakely.

— Que se passe-t-il ? fit celui-ci de sa voix la plus autoritaire.

Un grand blond aux yeux clairs s'avança vers lui.

— N'est-ce pas évident, l'Anglais ? Nous célébrons un mariage.

— Où est le dénommé Calum Mackay ?

— Il est près de l'âtre. C'est le marié.

Blakely avait un mauvais pressentiment, mais il était allé trop loin pour reculer. Il traversa la salle, ses pas résonnant dans le silence, et s'arrêta devant le couple, près de l'âtre, qui s'était retourné pour lui faire face. Un homme, le pasteur visiblement, se tenait derrière eux. Il était gigantesque, et semblait fort mécontent d'avoir été interrompu.

— Vous êtes Calum Mackay ? demanda Blakely au marié.

— Oui.

— Je suis lord William Blakely, commandant dans l'armée de Sa Majesté. Je viens vous interroger.

— Je suis quelque peu occupé pour le moment, monsieur. J'étais sur le point de me marier.

La mariée s'avança.

— C'est lui qui vous envoie, n'est-ce pas ? s'enquit-elle, la voix brisée par l'émotion.

— Qui, mademoiselle ?

— Lord Kentigern Saint-Clive. Il a juré de tout faire pour perturber notre mariage. Et, ajouta-t-elle, les yeux pleins de larmes, il a réussi. Oh, Calum…

Elle posa la tête contre la poitrine du marié.

Blakely se rappela un dicton évoquant les malheurs de ceux qui font pleurer une mariée. Il baissa les yeux.

— On m'a dit que vous étiez le pirate écossais qu'on appelle « l'Aventurier ».

Promenant les yeux autour de lui, il vit que tous le regardaient d'un air de reproche pour avoir gâché ce joyeux événement.

— J'ai sans doute été mal informé, reprit-il. Je vous prie de bien vouloir m'excuser.

Tournant les talons, il battit en retraite. Fils de comte ou pas, il se ferait un plaisir de tordre le cou à Saint-Clive.

Ayant repéré quelque chose du coin de l'œil, il s'immobilisa, se retourna et se dirigea vers le mur opposé.

— Ces tableaux. D'où viennent-ils ? demanda-t-il.

— Des tableaux, milord ? fit Calum, essayant de garder son sang-froid. Quels tableaux ?

— Ces tableaux-ci. Ils ressemblent beaucoup à deux tableaux que j'ai achetés sur le continent à un collectionneur privé. Ils ont été volés quand le bateau qui les transportait a été attaqué par des pirates – par un certain pirate écossais connu sous le nom de « l'Aventurier »...

Il pivota sur ses talons pour faire face à Calum.

— Je crains, monsieur Mackay, qu'il vous faille m'accompagner à Durness.

Calum porta lentement la main à sa ceinture, prêt à saisir son pistolet...

— Ces tableaux sont à moi.

Le duc, qui venait de prononcer ces paroles, se leva et s'approcha du commandant hanovrien, l'air hautain.

— Je les ai achetés à Édimbourg. C'est mon cadeau de mariage pour ma fille.

— Et vous êtes ? s'enquit Blakely, manifestement dubitatif.

— Le duc de Sudeleigh.

Blakely parut à la fois surpris et embarrassé. S'il avait la quasi-certitude que ces tableaux étaient ceux qui avaient été volés, et que Calum était l'auteur du vol, il ne pouvait traiter de menteur un célèbre duc anglais.

— Apparemment, je me trompe encore, fit-il. Je vous prie de m'excuser, Votre Grâce.

Il avait presque atteint la porte quand Saint-Clive déboula dans la salle.

— Que faites-vous ? Arrêtez-les ! Tous !

C'est alors qu'il s'aperçut que le jeune comte avait tiré son épée.

— Rangez votre arme, Saint-Clive.

— Si vous ne le faites pas, c'est moi qui le ferai.

Blakely commençait à en avoir par-dessus la tête de Kentigern Saint-Clive.

— Saisissez-vous de lui, ordonna-t-il à ses hommes qui attendaient à la porte.

Kentigern se rua vers Isabella.

Les soldats se précipitèrent à sa suite, envahissant la salle.

Sentant le danger, les hommes de Calum sortirent les pistolets et les épées qu'ils avaient cachés un peu partout.

Isabella entendit crier son nom. Elle fit volte-face, et vit Kentigern fondre sur elle, le regard fou, en brandissant son épée.

Pétrifiée, elle le fixait, incapable du moindre mouvement.

Juste avant qu'il ne l'atteigne, elle sentit qu'on la poussait. Elle trébucha et tomba à terre.

Levant les yeux, elle reconnut Calum qui s'était avancé pour recevoir le coup à sa place.

Elle ouvrit la bouche pour hurler au moment où la lame de Saint-Clive lui entrait dans le corps.

— Non !

Le souffle coupé, elle se traîna jusqu'à l'endroit où Calum était tombé. Elle le toucha, sentit son sang ruisseler sur ses mains, sa vie se répandre.

— Isabella… commença-t-il, le visage tordu de douleur.

Bouleversée, Isabella appela à l'aide dans un sanglot.

— S'il vous plaît, Seigneur... ne permettez pas qu'il meure. Je vous en supplie !

Il tremblait de tous ses membres.

Non !

Elle reconnut son père parmi ceux qui l'entouraient, et elle balbutia son nom.

Une demi-douzaine d'hommes de Calum s'étaient emparés d'un Saint-Clive hurlant et le traînaient hors de la salle.

Fergus, MacCuick, Douglas, Lachlann se précipitèrent.

Isabella déchirait frénétiquement ses jupons pour essayer d'arrêter le flot de sang qui jaillissait du flanc de Calum.

— Bella...

Levant les yeux, elle reconnut Alec.

— Alec, aidez-moi, je vous en prie...

Mais ce n'était pas Alec qui se tenait à côté d'elle. C'était Calum, ses yeux noisette exprimant la plus grande inquiétude. L'homme qui baignait dans son sang sur le sol était Alec.

MacCuick apporta de l'eau, des linges. Il examina la blessure.

— C'est très grave, annonça-t-il.

Isabella se redressa en tremblant.

Calum lui entoura les épaules de son bras.

— Il m'a sauvé la vie, hoqueta-t-elle.

Certains secouaient la tête, retiraient leurs bonnets et se signaient en murmurant une courte prière.

— Calum, il ne faut pas qu'il meure.

— C'est une mauvaise blessure. MacCuick fera tout ce qui est en son pouvoir pour le sauver.

— *Non.* Nous ne pouvons pas le laisser mourir, Calum. Pas comme ça. On doit pouvoir faire quelque chose !

— Prie, ma mie. Prie pour qu'il y ait un miracle.

Un miracle.

Soudain, Isabella sut ce qu'il fallait faire.

S'agenouillant à côté de MacCuick, elle souleva la chaîne d'argent qu'elle avait au cou. Elle tint la pierre des MacAoidh devant elle et regarda Calum.

— Tu m'as dit que cette pierre avait été utilisée pour guérir des maladies, qu'il suffisait de la tremper dans l'eau.

Elle plongea la pierre dans la cuvette que MacCuick avait apportée. Aussitôt, elle se mit à étinceler. Isabella prit un linge, le trempa dans l'eau et l'appliqua sur la blessure. Puis elle ferma les yeux et pria.

Épilogue

Août 1747

Isabella ferma doucement la porte derrière elle.

La pièce lambrissée de chêne était pleine d'ombres, tandis que le soleil sombrait à l'ouest. L'unique source de lumière provenait du feu qui brûlait dans l'âtre. Un panier rempli de tourbe était posé à côté du foyer. Un tapis turc aux couleurs passées recouvrait le plancher. Le mobilier, autrefois magnifique, était usé par le temps. La pièce sentait les livres, les vieux livres aux reliures craquelées qui en tapissaient les murs. Elle avait connu des jours plus fastes. De même que l'homme qui contemplait le jardin, étendu sur une chaise longue.

— Est-ce vous, mon enfant ? dit-il en lui faisant signe d'approcher.

Isabella traversa la pièce et s'arrêta près de lui.

— Bonsoir, monsieur.

— Venez plus près, que je vous voie.

Isabella obéit et sourit, tandis que le chef Mackay lui couvrait les mains de ses doigts noueux.

— Mon neveu a raison, poursuivit-il, une lueur espiègle dans ses yeux chassieux. Vous avez un visage de sirène.

— Calum aime bien me taquiner…

— Oh, mais ce n'est pas Calum qui me l'a dit !

— Alec ?

— Oui. Il prétend qu'il y a de la sirène en vous. Après tout, vous lui avez sauvé la vie.

— Comme il a sauvé la mienne. C'est la pierre qui l'a guéri, pas moi.

— Oui, mais utilisée par quelqu'un qui n'en méritait pas le pouvoir, la pierre n'aurait eu aucun effet. C'est pourquoi elle n'a jamais apporté que malheur à ceux qui ont cherché à la voler.

Isabella se contenta de sourire.

— Calum me dit que vous souhaitez avoir mon avis avant de prendre une décision à propos de la pierre.

— En effet, monsieur. J'aime les deux. Je ne peux pas croire que l'un soit un meilleur choix que l'autre.

— Alors, la réponse est claire.

— Vraiment ?

— Oui. Après ma mort, tous deux seront chefs.

— Tous deux ?

— Oui, comme vous l'avez remarqué, ils ont autant de caractère l'un que l'autre, et ensemble ils sont de taille à relever n'importe quel défi. Il aurait dû en être ainsi dès le début. Je n'aurais jamais dû les séparer comme je l'ai fait à leur naissance. Il n'en sera pas de même pour leurs enfants. Ils vivront tous en famille. Unis. Ensemble. Quant à la pierre… je crois qu'il est temps de la confier aux femmes Mackay. Qu'elle passe de mère en fille, plutôt que de père en fils. Il vaut mieux l'utiliser pour guérir que pour se battre.

Le chef fut pris d'une quinte de toux, et Isabella alla lui chercher un verre d'eau sur le buffet.

En revenant, elle rapporta une petite miniature qu'elle avait remarquée sur le mur et qui représentait un homme.

— Qui est-ce ?

— C'est mon frère, Artair, répondit le chef, après avoir avalé une gorgée d'eau.

— Le père de Calum ?

— Oui. Ce portrait a été peint juste avant qu'il ne parte se battre pour le roi Jacques en...

Isabella fut parcourue d'un frisson.

C'était le visage du comte de Saint-Germain.

— C'était lui, souffla-t-elle.

— Que dites-vous, mon enfant ?

— L'homme qui m'a donné la pierre à Versailles. C'était lui. C'était le père de Calum.

Isabella se rua vers la porte et l'ouvrit.

— Calum ! Alec ! appela-t-elle.

— Tu en es sûre, Bella ? fit Calum une fois qu'elle lui eut annoncé l'incroyable nouvelle.

— Certaine, Calum. Ne vois-tu pas ? Tout s'explique. Votre père n'est pas mort à Sheriffmuir, comme vous le pensiez tous deux. Il a réussi à s'échapper et à gagner la France.

— Où il s'est fait passer pour le comte de Saint-Germain, conclut Calum.

— Mais pourquoi ? s'étonna Alec. Pourquoi ne pas simplement vivre en exil ?

— Pour vous protéger.

C'était le vieux chef qui avait parlé.

— Que voulez-vous dire, mon oncle ?

— Votre père savait que si on découvrait qu'il était toujours en vie, les biens et les terres des Mackay seraient confisqués par la Couronne, à cause de son rôle dans la rébellion. Pour les sauver, nous n'avons trouvé qu'un moyen : que ce soit moi qui assume la charge de chef. Le roi George n'avait pas à craindre que le nouveau chef Mackay, partisan de la Couronne, ne lève une armée contre lui.

— Vous avez dit *nous*, mon oncle, dit Calum. Qui d'autre a pris cette décision ?

— Votre père, bien sûr.

— Vous le saviez vivant depuis le début…

— Mais pourquoi ne pas nous l'avoir dit ? enchaîna Alec.

— Cela, mon garçon, il faut le demander à votre père.

Calum croisa le regard d'Isabella, qui sourit et hocha la tête d'un air entendu.

— À Paris, ma mie ?

— À Paris, acquiesça-t-elle en se jetant dans ses bras.

Découvrez les prochaines nouveautés
de la collection

Aventures et Passions

Le 20 août

L'homme du Texas

de Georgina Gentry (n° 7386)

Texas, XIXe siècle. Lynne, institutrice et suffragette, souhaite par-dessus tout aller au Kansas à l'occasion d'une manifestation sur les droits de la femme. Quel meilleur moyen pour s'y rendre que d'intégrer incognito, habillée en garçon, le convoi de bétail mené par Alex ? Le séduisant Alex, qui préfère traverser le pays plutôt que de retourner en prison pour des histoires de femmes et des bagarres en tous genres…

Le 27 août

Dans l'antre du mensonge

de Patricia Potter (n° 7387)

Londres, XIXe siècle. Le puissant lord Stanhope est responsable de la mort de la mère de Monique. Il est aussi coupable de la ruine et du suicide du père de Gabriel. Aussi Monique et Gabriel ont-ils soif de revanche et un but commun : détruire lord Stanhope. Leurs destins se croisent, mais ils se cachent réciproquement leur quête car rien ne doit les détourner de leur désir de vengeance. Même pas l'attirance évidente de l'un envers l'autre qui les hante nuit et jour…

Ce mois-ci, retrouvez également les titres de la collection

Amour et Destin

Des histoires d'amour riches en émotions déclinées en trois genres :

Intrigue ***Romance d'aujourd'hui*** ***Comédie***

Le 2 juillet *Romance d'aujourd'hui*

Caresse indienne

de Catherine Anderson (n° 7343)

Chloe Evans a quitté son mari, violent. Pour donner à son fils l'enfance qu'il mérite, elle décide de s'installer dans une petite ville de l'Oregon. Mais protéger Jeremy n'est pas si simple car celui-ci est à la recherche de Ben Longtree, l'homme qui effraie toute la ville : leur chien est malade et son fils est persuadé que cet homme peut les aider. Mais Chloe a été prévenue : il ne faut pas s'approcher de Ben. Pourtant, il l'intrigue et la fascine, d'autant qu'il possède des dons de guérisseur…

Le 9 juillet *Intrigue*

L'inconnu du parc

de Wendy Corsi Staub (n° 7344)

Jane, jeune mère de famille, est portée disparue et son bébé est sain et sauf dans un parc. L'affaire jette le trouble dans cette banlieue calme de New York, notamment chez Tasha, ses amies et voisines qui sont toutes mères de famille. Le cadavre de Jane est retrouvé et le nombre de disparues augmente. Toute la ville est en émoi et Tasha est terrorisée à l'idée d'être seule chez elle. L'assassin s'attaque à de jeunes mères de familles, par jalousie peut-être, et il frappe de plus en plus près de Tasha…

Le 9 juillet *Comédie*

Les mésaventures de Miranda

de Jill Mansell (n° 5805)

Miranda travaille pour le coiffeur le plus en vogue de Londres. Gaffeuse, impulsive, trop généreuse, elle a le chic pour se mettre dans des situations incroyables. Un vrai désastre ambulant ! affirme Fenn, son patron. Mais quand il s'agit de trouver l'homme de sa vie, un minimum de discernement est requis. Surtout lorsqu'on est amené à côtoyer le monde des célébrités. Entre les faux-jetons, les don juans de pacotille et les frimeurs, Miranda saura-t-elle reconnaître celui qui l'aime vraiment pour elle-même ?

ainsi que les titres de la collection

Escale Romance

De nouveaux horizons pour plus d'émotion

Le 2 juillet
Trésors perdus
de Elizabeth Aymeric (n° 6851)

Agnès, jeune journaliste, part aux Caraïbes pour un reportage sur les chasseurs de trésors. Accueillie par des autochtones généreux et amicaux, elle tombe sous le charme de Laurent, aventurier des grands fonds. Il traque un galion espagnol, naufragé au XVIIe siècle, avec à son bord une vierge. Par malheur, il se blesse au cours d'une plongée, alors que sa concession doit se terminer. Résolue et courageuse, la jeune femme décide de l'aider…<

Qui perd gagne
de Anaïck de Launay (n° 7313)

Catherine, négociatrice dans une entreprise immobilière, fait visiter des demeures de rêve pour amateurs fortunés dans le décor paradisiaque des Bermudes. Son premier client ? Un géant canadien, à qui elle a volé une place de parking la veille. Catastrophe ! Il la reconnaît et tourne les talons sans même avoir vu la maison. Mais Catherine n'a pas l'intention de le laisser partir comme ça. Pas sans avoir tenté l'impossible pour le retenir…

7346

Composition Chesteroc Ltd
Achevé d'imprimer en Allemagne (Pössneck)
par GGP
le 2 juin 2004.
Dépôt légal juin 2004. ISBN 2-290-33877-X

Éditions J'ai lu
84, rue de Grenelle, 75007 Paris
Diffusion France et étranger : Flammarion